硅谷

创投市场风起云涌，硅谷之龙大显身手

钟东霖◎著

内 容 提 要

本书是一本商业题材小说，讲的是“海归”投资与创业基金的故事，反映了创业过程中的努力和成功，也揭示了投资领域竞争中的各种风险。小说内容积极，脉络清晰，语言流畅生动。

图书在版编目（CIP）数据

硅谷之龙 / 钟东霖著. --北京：中国纺织出版社有限公司，2022. 7

ISBN 978-7-5180-9634-3

Ⅰ. ①硅… Ⅱ. ①钟… Ⅲ. ①长篇小说—中国—当代 Ⅳ. ① I247. 5

中国版本图书馆CIP数据核字（2022）第107499号

责任编辑：段子君　　责任校对：高　涵　　责任印制：储志伟

中国纺织出版社有限公司出版发行
地址：北京市朝阳区百子湾东里 A407 号楼　邮政编码：100124
销售电话：010—67004422　传真：010—87155801
http://www.c-textilep.com
中国纺织出版社天猫旗舰店
官方微博 http://weibo.com/2119887771
北京通天印刷有限责任公司印刷　各地新华书店经销
2022 年 7 月第 1 版第 1 次印刷
开本：710 × 1000　1/16　印张：15.5
字数：190 千字　定价：58.00 元

自序

从事创投工作迄今十多年了，加上十年的创业生涯，这二十多年的“创业＋投资”历程让我不断磨炼自己、迭代更新，并从错误中不断学习。创业和投资在本质上就是一对孪生兄弟，也是命运共同体，资本既是起点也是终点，中间就是各种艰苦的奋斗历程。

这几年，我曾多次在各种国际间的创业大赛中担任评委，也多次参加创投界的活动，包括论坛和圆桌会议。每次活动都能让我从业界朋友那里获得启发，也让我对他们的投资理念有了更多的了解。

我们无法保证每一次的创业和投资都能成功，每个创业者或投资者也都有自己深信不疑的“方法论”。这些方法论也就形成了各派学说，能从不同角度系统地将一本学校里学不到的“创业成功学”演绎出来。

只是没有人能够客观地验证这些理论的成效，就像那些普世的人生哲理一样，其是非标准也言人人殊，最终却只能以成败论英雄，许多英雄豪杰倒在了一场又一场的骗局之下，但也有许多人功成名就，成为业界的明星人物。

《硅谷之龙》这本书在我心中蓄谋已久，它汇集了我过去二十多年里在创业和投资中所积累的一些有趣故事。在那个大部分人尚不知“风险投资是什么”的年代，有一群海归将创业投资基金的种子播撒在神州大地，我也有幸参与其中。

书中的男主角林立国曾在创业中积累了许多行业经验，后来被硅动力创投的董事长洪明看中聘为合伙人，转而做创业投资。他将硅动力创投从一家硬核科技的创投公司转型为互联网服务产业的投资基金，并将融资过程国际化，最终将硅动力做成了一家出色的跨国创投基金公司，并在中国市场取得了优异成绩。

书中另一个主角洪明先生早年在华尔街工作，他看到了创业投资这个行业的机遇，和老同学佩德罗一起创立了硅动力创投公司，并陆续将自己的下属青云和玛丽邀请到硅动力创投公司里来担任合伙人。

由于硅动力创投在最初的几年业绩出色，成为硅谷十大创投公司之一。但后来硅动力因为重仓押注一家破产企业而一度黯然失色，这时林立国就成为洪明眼中那个扭转乾坤的不二人选。他们的知遇之情几乎能媲美管仲和鲍叔牙。

在硅谷，斯坦福大学附近的沙丘路已经成为创投公司的扎堆地，路边的咖啡屋里随时可以遇到知名的创投家，硅动力创投也身在其中。洪明和林立国都毕业于斯坦福大学，硅动力创投也投了不少校友设立的企业，鲜明的斯坦福色彩使他们在学校教授们中口碑极佳。

商场如战场，创业这条路原本就充满血腥，企业内外的钩心斗角、尔虞我诈，扮猪吃老虎更是司空见惯；创投基金之间也经常笑里藏刀、明争暗斗，拆别人的墙角或是散播各种烟幕弹。

在硅谷，有时也会看到某家新创企业一口气将他们老东家的整个技术部门都搬空了，也有许多非法抄袭、盗窃机密的案例。他们的行为甚至比连偷带抢、打家劫舍的土匪更令人发指，而创投资本往往是他们背后的推动者，甚至是始作俑者。

中国的互联网时代从20世纪90年代末开始，在千禧年之后获得了极大发展，从而带动了国家经济的腾飞。与此同时，美国却因为互联网泡沫的破灭而百业萧条，许多跨国企业纷纷转到中国投资，也推动了风险投资在中国的蓬勃发展。

在2006年之前，几乎所有的创投基金都具有海外背景，就连联想集团旗下的联想投资也是以美元为主的。创投基金的退出渠道大部分集中在纳斯达克和港交所，例如，新浪、网易和阿里巴巴都在纳斯达克上市，腾讯则在香港上市，因此基金的操盘人也大多是海归人员，如软银赛富的阎焱、IDG的熊晓鸽、鼎晖的吴尚志和经纬的张颖等都具有丰富的海外学习经历。

由于宏碁创投公司的总部在中国台湾，我经常要返台开会，有时候也会去我们硅谷公司出差学习，而每次我们的投资决策会议也都会邀请世界各地的合伙人参加，所以我能对不同国家的高科技项目有所了解，这也为这本《硅谷之龙》提供了不少素材。

除了在欧洲十年的旅居生活之外，因缘际会，本人也在硅谷生活了一年。那一年的硅谷生涯让我深入地了解到硅谷的高科技创业生态，也从许多投资人那里学到了他们的投资逻辑。

这本书不是一本回忆录，其中的故事大部分是虚构的。书中也许每个角色都有其原型，但辨识度却并不高，因为我们不愿给当事人带来困扰，也希望大家不要对号入座。

创业的题材永远是激动人心的，坊间商战的书也是琳琅满目、各有看点,《硅谷之龙》不只是一本故事书，更是一本记录那个时代背景的写实小说。

故事太多，篇幅太少，如果反响热烈，我将会继续执笔，将未竟的故事分册写完。

祝愿那些仍然“在路上”的企业家能从这本书中得到启发；而对于广大创投爱好者而言，它也可以成为一本有趣的创投启蒙书。

钟东霖

2022年于北京

目录

第三章 秋
——遍地开花，一枝独秀

第四章 冬
——百尺竿头，实至名归

第一章 春

——一元复始，万象更新

1. 优秀创业家登入创业投资界的殿堂

飞机就快要降落在旧金山 SFO 机场了，林立国这一路上被邻座孩子的哭闹声吵得睡不着觉；他有种近乡情怯的感觉，毕竟离开硅谷也一年多了。

这一年来他可谓是周游列国，在巴黎、佛罗伦萨和罗马放松一下心情，在印度修练瑜伽和冥想，在拉萨放空自己，还在天府之国隐居了几个月，刚回到北京，林立国就接到约翰教授打来的电话。

约翰教授是林立国在斯坦福大学的博士班导师，一直对他关爱有加。约翰教授告诉他最近硅动力创投公司要招聘合伙人，他觉得林立国非常合适。

林立国从未想到自己会进入创业投资领域，不过，他倒是对创投基金不陌生；因为他之前参与创立的德用半导体曾进行过两轮融资[1]，参与了创投公司的尽职调查[2]，之后和公司的几位机构投资人成为好朋友，而且对创投生态也有一些了解。

经过几轮电话沟通之后，上周，硅动力创投公司董事长洪明通过邮件的方式，正式聘任他为硅动力创投基金的合伙人，请他尽快来硅谷报到。

---

❶两轮融资：企业的融资一般按照公司的阶段分为早期、成长期或成熟期，其融资轮次也按照这个顺序分为 A 轮、B 轮、C 轮，以此类推。

❷尽职调查：在投资或并购的过程中，对标的公司的资产和负债情况、经营和财务情况、法律关系以及潜在的风险进行一系列调查的行为统称为尽职调查。

根据约翰教授之前的介绍，硅动力创投投资了不少明星项目，在业界排名前列；这让林立国感到非常憧憬，也有些惶恐，他在飞机上不断地复盘，希望可以通过系统的思维给洪明带来良好的第一印象。

事实上，这也是洪明近十年投资生涯中第一次邀请新人加入核心团队，现有的团队成员都是和他并肩作战多年，彼此间有深度的信任，在工作上也建立了极佳的默契。

如果不是董事总经理佩德罗犯了个低级错误，误上了科盛公司的“贼船”，几度重金押注科盛公司，最终投资失败，让基金蒙受了巨额损失，新基金的融资工作也不至于做得这么辛苦。

这一年来洪明的状态一直处于低潮期，直到两个月前和佩德罗的一次公开争执后开始引爆。

洪明越想越有气：“是时候引进新的合伙人了！这个合伙人必须具有深厚的产业背景，能从技术底层上去判断公司的科技门槛，才不致重蹈覆辙。”目前，硅动力创投公司的团队成员清一色都是拥有金融背景的。

猎头公司给洪明提供了十多位候选人，面试之后感觉都不是很满意，后来还是通过约翰教授找到林立国，才终于定下来。约翰对林立国赞誉有加，认为洪明需要的就是像他这样具有产业背景、肯苦干实干、头脑敏锐的年轻人。

林立国的创业经历也令洪明十分欣赏。一直以来，洪明相信“创而优则投”这句话，他认为，创业投资家和创业家之间不只是甲方和乙方的关系，更应该是深度合作的伙伴，彼此的经验也能互相借鉴。

出了机场，林立国又看到美国加州久违的阳光，心情十分舒畅，离开了一年多，这里一切如昔；和北京的城市变化比起来，硅谷的市容更像是个老人，变化不大，虽然它的科技仍然一日千里，不断在更新迭代。

硅动力创投基金管理公司位于帕罗奥图的沙丘路上，临近斯坦福大学。

林立国在机场租了辆林肯汽车从 101 号公路开出来，然后住进了新雇主为他安排的帕罗奥图喜来登酒店。

办理好入住手续后，洪明也来到酒店，在大堂咖啡厅等他。

“洪先生，您好！”林立国有洪明的脸书头像信息，所以一眼就认出了他。

“立国，欢迎回来帕罗奥图！”洪明和立国握了握手。

“谢谢洪先生，抱歉让您久等了！”林立国身着一身新西装，虽然他知道这不是硅谷的习惯，但为了表示敬意，他考虑再三，还是在国贸商城买了一套阿玛尼品牌西服。

“我也是刚到，听约翰教授说过去一年你去过很多地方啊！”洪明问道。

“是的，我去了法国、意大利和印度，算是一种修行吧，也让我有机会重新审视一下过去的人生，充个电。”

洪明听后，露出羡慕的神情：“我一直想去印度，这是一个神秘的国度。”

林立国说：“是的，印度的历史文化错综复杂，宗教也是，那里到处可以看到文明古迹；我在加尔各答待的最久，也在恒河边上学了一点瑜伽和冥想，对东方宗教也有较深入的了解。”

宏明说：“印度贫富差距很大，他们的贵族甚至比美国的富有家族还要富有，可路上却到处都是无家可归的贫民，文盲也随处可见，实在令人扼腕。你对印度的高科技产业了解吗？”

林立国回答说：“我去了班加罗尔，那里有许多跨国企业，软件外包[1]

[1] 软件外包：企业为了专注核心业务的发展，降低软件开发成本，将软件项目中的全部或部分工作发包给提供外包服务的企业。

产业在印度发展得非常好，呼叫中心服务[1]也不错，服务对象主要针对美国和英国市场；说不定我们在硅谷买的家电出了问题，售后服务接电话的都是印度人呢！”

洪明说：“全球化进程推动了国际贸易的发展，也促成了产业的分工；中国的制造业正逐渐兴起，印度的传统工业也在升级，这些都是我们的机会。”

林立国看向洪明说：“是的。因为创投无国界。既然那边有好的土壤，那就值得播种。”

“这个比喻很贴切，但是我们还是要考虑管理半径[2]的问题；目前，我们的基金主要是投资湾区的企业，未来新的基金由你去规划。”洪明说道。

林立国点点头：“是的，育儿比生儿更重要，我们经常要和我们所投资的企业沟通，如果距离太远，就会非常麻烦；不过，如果能够合理设置地区办事处，也可以扩大我们的投资地域范围。”

洪明听后，说：“这个办法很好，你就放手去干吧！我全力支持你！”

洪明看看表，说道：“估计佩德罗已经在餐厅等候了，我们现在就去餐厅。”

洪明在电话中曾经介绍过他这位战友，佩德罗和洪明是同班同学，他们俩于 1991 年共同创立了硅动力创投公司，洪明任董事长，主要负责创投基金的整体运营，佩德罗担任董事总经理，主抓投资业务。

餐厅位于斯坦福大学西侧的购物中心，这里的牛排馆非常有特色，香脆的 T 骨散发出浓浓的芝士香。林立国不禁想起在这家餐厅曾发生过的点点滴滴。面对崭新的生活，他有了新的期待，觉得今天的牛排也特别好吃。

---

❶呼叫中心服务：呼叫中心就是在一个固定的场所，由许多服务人员组成的服务机构，通常利用计算机通信技术，提供来自企业、顾客的电话咨询服务。

❷管理半径：在此专指创投企业对他们所投资的企业的管理距离，半径指的是从创投公司到所投资企业的最长距离。

“立国，欢迎加入硅动力！”佩德罗远远地向他们招手，他身着一身球衣，看起来像是刚从高尔夫球场过来。

“下周硅动力将迎来九周年庆典，你也将躬逢其盛。哇！你真的很有品味，我喜欢你的西服。”佩德罗是意大利裔美国人，一眼就认出阿玛尼品牌独有的时尚风格。

“哈哈，我也喜欢您的球衣，如果我没记错的话，这应该是‘老虎’伍兹系列的吧？”林立国也喜欢高尔夫，每年的 PGA 赛事他从不落下。

“下次一起去挥两杆，半月湾的球场非常不错，可以直接把球送到海里。”佩德罗开玩笑说着，“最好再找两位美女一起，打完球去品尝丽思卡尔顿的美食。”

林立国微笑着点点头：“这个想法甚好，我负责美食，您负责找美女。”

佩德罗仿佛遇到知音：“没问题，硅谷不差的就是美女，各种肤色的都有。”

初次见面，佩德罗给这位新合伙人留下了不错的印象。必须承认，意大利人就是喜欢开玩笑；林立国的大学同学里也有从罗马来的，每次聚会总能逗得大家开怀大笑。

洪明特别为林立国点了一瓶“巴黎之花”香槟酒，佩德罗看后瞪大了眼睛：“明哥，这瓶酒不便宜吧？”洪明笑了笑：“有朋自远方来，不亦乐乎！”佩德罗看了看林立国，表示洪明平常可不是这种奢侈作风。

大家举杯之后，佩德罗向林立国介绍了硅动力创投公司的历史：“这九年来，硅动力创投一直专注于通信行业的投资，侧重于通信零组件及芯片等硬核科技企业；从最早的局域网到互联网，再延伸到移动通信终端，我们几乎完整布局了整个通信产业链。”

“这 20 年来，硅谷通信行业的快速发展催生了不少明星创投公司，也造就了一批像思科、摩托罗拉、诺基亚、高通这类的巨型跨国企业，企业之间的并购更是如火如荼；硅动力创投适时地抓住了这股投资热潮，成了这个行业的直接受益者。”佩德罗解说着，林立国对这股热潮并不陌生，因为他也曾参与其中。

“最近我们想设立一支新的创投基金，主要投资新一代互联网投资领域，”洪明将他的想法告诉林立国，“随着运营商的通信基础建设趋于完备，网速大幅提升，新一代互联网投资领域将成为新的投资机遇。”

这个想法和林立国之前的预测不谋而合，林立国也将自己的观察向两位创始人汇报：“我非常佩服两位老总的高瞻远瞩，不久，我们将迎来互联网服务企业百花齐放的局面，门户网站、游戏网站、网上支付和电子商务都将成为新一代互联网投资领域的主流，而且，我个人也非常看好移动通信及移动互联网。”

“有道理。孙正义投资雅虎已经获利一百倍，我相信下一波应该是搜索网站、博客和新型社交媒体。”佩德罗补充道。

“无论如何，对于硅动力创投公司而言，新的基金都将面临新的挑战，我们从未在互联网领域有过投资经验，新基金的融资工作也将面临一场硬仗。”洪明提醒大家。

在硅谷，大部分创投基金都需要融资，他们的资金主要来自主权基金❶、养老基金❷、退伍军人基金❸、大学捐赠基金❹、金融机构、家族办公室❺、大型企业和高净值客户❻等。

不同的融资渠道其投资偏好都不尽相同。过去，硅动力创投公司以通

❶ 主权基金：指由国家政府控制与支配的投资基金，资金来源通常为国家财政。

❷ 养老基金：指政府或企业为向退休职工支付固定生活费而设置的基金。

❸ 退伍军人基金：指政府向退休军人支付固定生活费而设置的基金。

❹ 大学捐赠基金：指大学获得社会各方包括法人实体、自然人等所给予的捐赠，属于公益捐赠，该资金由大学设立投资基金进行管理。

❺ 家族办公室：为富裕家族管理财富的私人机构，可以是单一的家族或是多家族。

❻ 高净值客户：金融机构一般将富有的人统称为高净值客户，在金融服务需求上和一般零售客户有较大的差异。

信硬核产业为投资标的，其投资人也以对通信行业比较熟悉的大学捐赠基金为主，现在要改变投资赛道，新的基金也需要重新调整融资渠道。

显而易见，巧妇难为无米之炊。林立国加入硅动力创投公司的首要任务就是融资；融资工作也是基金的命脉之一，他感到任务重大。

第二天一大早，林立国就来到硅动力创投公司，看到公司仍大门紧闭，他只好先去 OAK CREEK 的快餐店喝杯咖啡，那是附近最热门的约会聚集处，没准能在这里遇到老朋友。OAK CREEK 的浓缩咖啡味道非常香浓，法式可颂面包也很美味，林立国一次能吃两块。

果不其然，他远远地就看到自己的博士班导师约翰教授，约翰教授正静静地坐在餐厅一隅，享受着香醇的卡布奇诺咖啡。林立国过去轻轻拍了拍他的肩膀："约翰教授，早啊！我有预感会在这里遇到老朋友。"

约翰教授连忙放下咖啡，站起来说道："嗨！立国，我猜到你一定会来这里用餐，特地在这里等你。"原来，约翰教授是特地来这里等候林立国的："欢迎你加入硅动力创投，相信你一定能做好这份工作的。"

林立国恭敬地点头："谢谢约翰教授，感谢您的推荐，让我能顺利转行，进入金融这块属于百业金字塔尖端的上层领域。过去，您曾经给我们精心讲述了创投公司的融投管退❶以及判断项目的方法，现在总算是派得上用场了。"

"立国，你在班上虽然不是学霸型的学生，却是最有独立思想的；事后也证明你具备杰出能力，德用半导体的股票顺利上市，你是最大的功臣；没想到伍古权董事长居然对你使了点手段，他的斑斑劣迹我们都看在眼里，也为你叫屈。"原来，约翰教授一直在默默关注这位得意门生。

"感谢老师的评价，过去五年是我人生中最艰辛也是成长最快的时光，

❶融投管退：在此专指创投企业从融资、投资、管理到退出的四个主要活动，依照时间顺序将其首字串联起来。

创业会让人变得成熟，得失并不重要，重要的是能看清人性，从错误中学习。”林立国对自己的尊师说道。

约翰教授听后说：“立国，你有这样的感悟非常好，人生中的每一场战役都只是一个里程碑，胜负虽然重要，我认为更重要的是，这场战役打下来会对你的人生造成什么样的影响，相信这段创业经历对你而言已经起到了它该有的作用。”

“您说的太对了，在每次复盘中，这段经历总是会让我有新的体会；就像是一本小说重复看，每次的体会都不同。”

“这个比喻不错。其实，周边每个朋友也都像是一本书，隽永的书籍读起来耐人寻味，枯燥的书籍读起来也能锻炼心性；好书可以借鉴，坏书则可以用来警醒自己。”

“有道理。这样看起来，创业就像在写一本书，要有深度和内涵才能获得读者的肯定；而创业投资就像是走进了书店，看过一本又一本书，最后选择了他最喜欢的那一本。”

“我认为，早期的创业投资更像是到作者的家中，从作者未完成的篇章中去判断书的好坏；有些人只是看到提纲就下注，这更像是天使投资人❶；有些人则等到最后几个章节才下注，因为他们不愿意承担较大风险。”

林立国点点头：“我们创投公司应该属于折中者，有时候还会和作者一起创作，或是替他们寻求素材。”约翰听了颔首赞同，对这位学生表示嘉许。

如约翰教授所说，林立国在学习上并不突出，但教授却一直鼓励他，让他从错误中总结经验。约翰教授经常挂在嘴边上的名句就是：“犯错并不可怕，重要的是要避免犯同样的错误。”多年来，林立国一直谨记教诲，在

❶天使投资人：泛指对高风险、高收益的初创企业的早期投资者，通常为有钱的个人。

创业路上因而也少走了许多弯路。

此外，约翰教授另有一句名言：“在硅谷，唯一不变的事情就是变”。在快速变化的科技迭代中，其所对应的商业模式也瞬息万变，企业必须不断应市场变化，转换思路，只有这样，才能在商战中存活下来。关于这一点，林立国的感受最深，这也成为他不断鞭策自己创新的动力。

约翰教授拍了拍立国的肩膀：“最近我接受了洪明的聘书，担任你们新基金的咨询顾问；有什么需要的地方，我一定会尽力协助你。”

“立国，关于新基金的融资，你要有心理准备，这两年硅动力创投的业绩并不是太好。”约翰教授提醒林立国，“他们用重金押注科盛公司，结果赔得很惨，投资人对此非常有意见。”

约翰教授口中的科盛公司，其主营业务是开发新一代 3G 手机的通信基带芯片❶，核心技术团队主要来自高力通公司❷。后来，洪明才发现他们所有的技术都是照搬高力通公司的，就连设计图纸也是直接抄袭，甚至在疏忽中还遗漏了几张图纸，没有彻底将高力通的 Logo 抹掉，成为直接的罪证之一。

科盛公司直接被高力通公司告上法庭，索赔 10 亿美元；科盛公司输掉官司后被迫关闭，硅动力创投公司是其主要投资人，前后共投资了 1 亿多美元。

说到这里，约翰教授的神情变得严肃起来，接着说道：“这也是洪明找你来的原因，他希望你能帮助公司渡过难关。”

林立国对此似乎早有准备，不慌不忙地说道：“谢谢教授的提醒，投

❶通信基带芯片：指用来合成即将发射的基带信号，或对接收到的基带信号进行解码的芯片。

❷高力通公司：由于本书里的投资案例全属虚构，为了体现产业的特性，本书会将虚拟案例和真实公司联系起来；在本书中高力通公司是通信产业的龙头企业，和现实世界里的高通公司大体类似。

资失败很难避免，这是所有创投公司都需要支付的学费之一；不经一事不长一智，失败的经验必定能让大家深度反省，趋吉避害，在未来走得更稳健。”

“很高兴你有这种见解，不过原有的投资人是不会再相信硅动力创投了，你需要去挖掘新的融资渠道。”约翰教授给林立国一个建议。

在美国，一个人失去信用就没有人再会相信他了。因此，创投公司一旦表现不佳也会被投资人所遗弃，尤其是像科盛公司这类的大案子，媒体的炒作会不断地将问题放大，这使得硅动力创投公司臭名远播，投资人也纷纷走避。

说完，林立国看表，刚好是上午九点钟，他们俩一起进了公司。

在林立国和约翰教授的入职首日，硅动力创投公司特别召开了一次动员大会。

等公司所有人员都到齐了，洪明向大家隆重介绍了林立国和约翰教授。

除了洪明和佩德罗这两位联合创始人之外，硅动力创投公司的投资决策委员会[1]（投决会）中还有其他两位合伙人：玛丽和李青云。玛丽负责投后管理，李青云负责战略分析和行业调查研究，她们两个都是洪明在华尔街投行工作时的老部下，在洪明的盛情邀请下陆续加入硅动力创投公司。

会上，洪明正式宣布林立国为硅动力创投的高级合伙人，职位仅次于洪明和佩德罗；林立国将负责新基金的筹备工作，也成为公司的投决会成员之一。

介绍完新合伙人之后，大家开始做业务汇报。

玛丽第一个发言，她简明扼要地说道：“我们所投资的 55 家企业里面，上个季度获得新的融资的企业有 15 家，业绩下滑的有 8 家，其中，比

---

[1] 投资决策委员会：是基金管理公司投资决策的最高决策机构，对拟投资项目作出决议。

较令人感到头疼的是米勤林公司，他们的产品研发进度大大滞后，资金链已经断裂了；如果在两个月内不能获得新的资金注入，估计员工都会撑不下去。”

“我记得华通创投好像对米勤林公司感兴趣，不是吗？”洪明感到有点惊讶。

“是的，华通创投所投资的一家通信企业原本有意收购米勤林公司，也对米勤林公司做了详细的尽职调查，可是，后来发现米勤林公司技术上有瓶颈，因此就喊停了。”玛丽答道。

“哎，米勤林公司也太没有戒心了，怎么可以把自己脱个精光地让竞争对手看个明白呢？我判断所谓的技术瓶颈也只是个借口，对方无非是想套取商业机密罢了。”洪明感叹道。

“是的。正因为华通创投的反馈，其他的潜在投资人也都打退堂鼓了；华通创投这一招其实也蛮阴狠的。”玛丽对此事有点愤恨不平。

“华通创投怎么可以到处宣传？不是签了保密协议的吗？”洪明感觉这件事有点蹊跷。

“那倒没有，是米勤林公司的离职员工无意中泄露出来的消息。因为米勤林公司已经有三个月没发工资了，每个月都有人辞职。”玛丽无奈地解释道。

“佩德罗，这家企业也是你推荐的项目，我们的投资才不到两年啊！”洪明将目光投向佩德罗。

佩德罗对此也感到无奈，事已至此，很难说得明白其中原委，他只好试探性地问：“洪总，其实我认为米勤林的产品还是非常有竞争力的，至于研发进度滞后是许多高科技企业经常会遇到的问题，我们不必过于悲观。要不要我们再给他支援一下？只要渡过这个难关，相信他们一定不会令我们失望的。”

玛丽也支持佩德罗的观点：“是的。我始终认为米勤林公司的核心技术是世界领先的，正是因为他们没有将技术内涵全盘告知华通创投，才会引起他们的不满；我们也没想到华通创投的意见会导致其他感兴趣的创投公司都在观望。”

“立国，作为旁观者，你怎么看这件事？”洪明将目光投向这位外来的“和尚”。

林立国缓缓起身，小心翼翼地答道：“我恰巧有同学在米勤林公司工作，我们曾经交流过他们的产品；我个人认为，他们的技术是具有领先性的，可能是由于研发的进度比当初设想得要长，所以，才会产生资金方面的问题。”

玛丽非常认同林立国的观点：“是的，员工应该是最了解公司状况的，据了解，目前米勤林公司离职的员工都属于运营人员，核心的技术人员始终坚持在岗位上；如果不是对产品有信心，欠薪三个月早就留不住人了。”

“从市场反馈来看，米勤林的产品似乎是革命性的；不过，我们是否需要进行详细的尽职调查之后再做决策呢？”李青云建议对米勤林公司进行深入了解。

佩德罗感到有些不耐烦，急忙插话：“我觉得尽调就没必要了，那也只是多花钱而已；玛丽和米勤林公司的高管几乎每天都在沟通，上上下下也都非常熟悉。不过，我们倒是可以设定一些投资条件来保障我们的资金安全。”

“既然如此，我同意大家的想法，我们可以拿一笔过桥资金[1]帮米勤林公司渡过难关，如果一年内没有找到投资人，我们再把贷款转成股份。”洪明对米勤林公司是比较了解的，他迅速做了总结，也形成了一个新的投资决议。

[1] 过桥资金：专指一笔救急资金，通常使用周期不长，等预期的资金到位后立即偿还资金方。

这次会议让林立国见识到硅动力创投公司的动力和效率。不过，他内心里也有些担忧，毕竟这次的投资决策并没有走必要的尽职调查流程；即使英雄所见略同，但未经审慎的尽职调查，就轻易做出这样的决策未免轻率了些。

林立国留意到在这次会议上，只有李青云提出需要再做尽职调查的事情，他认为这才是做事应有的态度，由此也对李青云产生了好感。

幸好，硅动力的投资人都不参与他们的投资决策流程，否则的话，估计他们也会为这笔投资决策的随意性感到担忧；事实上，除非有严重违法事情，否则，基金管理人永远不必为基金的亏损埋单。

创投基金的管理人就像税务局的官员一样，基金盈利了他们会分走超额收益[1]部分的20%提成，基金亏了他们却没有任何损失，而这早已是行业内不成文的规矩，从来没有人会去挑战其背后存在的逻辑性。

其实，投资行为一旦亏损了，基金经理总能找到许多冠冕堂皇的理由，有的会说这是黑天鹅事件[2]，其基金的亏损率已经比同行要低很多了；有的则表示大环境欠佳，覆巢之下无完卵，幸好基金及时止损云云。总之，就是不会承认是自己的能力弱爆了。

当然，基金经理人也必须具备一定的信誉才能获得投资人的青睐，投资业绩是其中最重要的支撑点。投资者普遍都喜欢投资“白马团队[3]”，他们对于刚刚出道的“黑马团队[4]”往往不理不睬，这也是硅动力创投公司的品牌优势之一。

---

❶超额收益：本书专指基金在所投资的项目中获得收益，扣除投资成本的利息后剩下的收益。

❷黑天鹅事件：在金融界泛指那些极其罕见的、出乎人们意料的风险事件。

❸白马团队：本书中专指那些已经行之有年的优秀团队。

❹黑马团队：本书中专指那些刚刚设立不久的优秀团队。

洪明给林立国安排了一间朝南的办公室，采光效果非常不错，窗外树影婆娑、随风摇曳；人事经理把金色名牌挂在门上，林立国正式成为硅动力创投公司的高级合伙人。

李青云跑来道贺，林立国请她喝了一杯从北京带来的“张一元”特品茉莉花茶，李青云品香后，好奇地问：“你也喜欢老字号张一元的茶叶？”

林立国笑了笑，颔首道：“是的，从小我们家经常有人会送张一元的茶叶作为礼品。这包茶叶还是我上个月在前门大栅栏的总店买的；北京张一元茶庄始创于清朝光绪年间，因其茶好汤清而闻名遐迩，和复杂的南方茶相较起来，我比较偏好张一元清香的花茶。”

李青云也来自北京，她把自己介绍了一番：“我小时候住在北京南城的大院里，父亲退休前在总参工作，现在被一家国企返聘当顾问；父母亲现在都搬到南池子的四合院里住了，离张一元茶庄也不远，我父亲也喜欢他家的茶叶。”

林立国问她：“你在硅动力创投公司工作多久了？”。

李青云答道：“7 年多了。原先我在纽约摩根大通公司投行部工作，洪明是我直属老板；最初洪总找我来这里工作时，我才刚刚被提升为执行董事（ED），实在下不了离职的决心，后来禁不起洪太太的多次劝说，我就过来了。”

林立国好奇地问道：“对于这个决定，你后悔过吗？”

李青云摇摇头，说：“其实华尔街都是白人的天下，黄种人有职位天花板，尤其是到了合伙人这个级别时。”

“是的，好在硅谷的华人多，彼此间也有个照应。”

李青云点点头，说：“洪总对我挺好的，他给大家提供了非常好的平台；

不过，硅谷的华人并不是太团结，有时候这些华人对白人反而比对自己的同胞还要好。”

林立国很欣赏李青云的坦诚：“是的，有句俏皮话是这样说的，‘老乡见老乡，背后捅一枪’。早期华侨之所以经常欺负老乡，是误以为知根知底，所以更容易上当。”

“华人也经常息事宁人，这也给自己带来许多不必要的麻烦。”

林立国对李青云的话很赞同，点头说：“你多久回北京一次？父母亲会来硅谷看你吗？”

李青云低头叹道：“我有3年没回去了，父亲在体制内工作不方便出国，母亲经常过来，可她的英文不太好，因此每次停留的时间都不长。”

“听说最近这几年硅动力创投公司的业绩不太好，你怎么看？”林立国试探着问。

李青云答道：“科盛公司的失利的确给硅动力创投公司带来较大的影响，连带着市场就对我们的其他投资项目持怀疑态度了；事实上，我们其他投资项目的表现都还不错，只是需要时间去验证，毕竟创业投资基金是一场持久战，我相信路遥见马力，硅动力创投公司的远景还是非常好的。”

李青云继续说道：“其实，我们这两年所投资的项目较以前已经有很大的进步，因为经验多了坑就少踩了；有许多项目我们在几年前就看过了，对它们的成长轨迹都知根知底，这种项目经验的积累对于创投公司而言是非常宝贵的。”

林立国给李青云的水杯加满水，说道：“青云，我非常同意你的看法，机构投资者有其原生的风险厌恶性，往往听风就是雨；偏偏媒体又爱捕风捉影，短期内我们很难拨乱反正，只能靠不懈努力来改善公司的形象了。”

望着眼前的这位老乡，她身上散发出一股正能量，让林立国对硅动力创投公司的种种忧虑突然一扫而空；事情会好转起来的，林立国对自己有信心，也对洪明的团队深具信心。

2. 构建新基金，试水新领域

上班的第一周，林立国给洪明写了一份内容详尽的工作计划，将新基金设立的思路巨细靡遗地描绘出来；洪明看后感到十分满意，特地找他来办公室。

洪明给林立国倒了一杯意大利咖啡，嘉许他：“这份报告非常具前瞻性，你就放手去做吧！”林立国恭敬地点点头，拿起咖啡闻了一下，喝了一口。

看到洪明桌上放着《盛田昭夫❶的经营之道》这本书，林立国说道：“企业的经营就像这杯香醇的咖啡，其中的苦甜，只有企业家知道。”

洪明笑一笑，说道：“这个比喻不错。日本的企业家中，我最欣赏两个人：一位是京瓷和第二电信的创办者稻盛和夫❷，另一位就是索尼的盛田昭夫。他们的企业经营之道已经超脱了自我，在高效中还带有一份社会使命感。”

林立国又喝了口咖啡，说道：“是的，美式管理和亚洲企业管理模式最大的不同就是企业家的社会责任感；美国公司可以随时将人炒掉，日本企

❶盛田昭夫：日本著名企业家，索尼公司创始人之一，曾被誉为“经营之圣”。

❷稻盛和夫：日本著名企业家，27岁创办京瓷公司，52岁创办第二电信公司，这两家公司都进入了世界500强。

业却甚少会出现炒人的情况。”

洪明点头：“表面上看，美国公司拼搏的创业精神非常高效，却也非常残酷；短视的公司文化既容不得庸人却也留不住能人，人才的流动非常频繁。我们硅动力创投公司从创立的第一天起就给员工足够的容错空间，就好像对待自己的家人一样。”

“最近也有越来越多的企业在讨论 CSR 了。CSR 就是 Corporate social responsibility（企业社会责任），指企业在创造利润、对股东和员工承担法律责任的同时，还要承担对消费者、社区和环境的责任。”林立国说道。

“是的，就在今年 7 月的‘全球契约’论坛上，有 50 多家著名跨国公司的代表承诺，在建立全球化市场的同时，要改善工作环境、提高环保水平，其中还包括中国在内的 30 多个国家的代表、200 多家著名大公司参与。”

“洪总，不过我还是觉得，在日本和美国的管理模式之间要讲求中庸之道，既能体现出温度，也能体现出力度；既不能苛刻，也不能吃大锅饭。这是我在工作计划中提到的赏罚分明的思路。我觉得您对此似乎有不同的看法。”

洪明笑笑，说：“我们容许大家在经营思路上存在差异，求同存异嘛！未来新的基金你说了算，我只是觉得每个人的潜力无穷，而且公司里每个人的学识经历都不一般，想尽力留住人才，毕竟要培养一个新人，公司需要付出更多的代价。”

林立国终于明白洪明的苦心了，点点头：“看起来经营之道不能照搬，应该因地制宜，尤其是对高端人才的管理方式，需要多一点尊重。”

“这倒不急着下结论，你会有足够的时间去体会。对了，你觉得我们新基金要关注哪些领域呢？”洪明问道。

林立国终于有机会把他昨天整理出来的一套思路说出来了。于是，他放下了杯子，说道："自 2000 年 3 月 10 日纳斯达克综合指数攀升到最高点（5048 点），网络经济泡沫达到最高点之后，大量对高科技股的领头羊如思科、微软、戴尔等数十亿美元的卖单引发了美国科技网络泡沫的破灭，几乎所有的互联网巨头都遭到波及。

"而我们新基金设立的时间刚好是在谷底，高科技企业的估值普遍不会高；一旦大盘触底反弹，我们就可以获得不错的收益。即使大盘短期内不能回调，新基金的投资风险也不大，如果投资方向把握正确的话，还可能在逆势上扬。

"另外，随着通信技术的成熟应用，宽带已经进入千家万户，直接带动了互联网服务产业的兴起，尤其是透过即时通信和电子邮箱能将信息传递变得非常高效。这些通信技术的革新也让美国的互联网巨头们开始思考，如何在未来以'内容为王'的市场上获得先机。所以，我个人认为新基金最好能专注于'互联网服务领域'的投资。"

听完林立国精辟简要的分析后，洪明非常赞同将互联网服务作为新基金的主要投资领域；林立国也开始着手这支新基金的准备工作了。

然而，新基金的筹备工作却比林立国想象得要复杂许多。首先是去统计硅动力创投公司的历史业绩，用不同的测算方式所得出的年化收益率❶都不同；公平市场价值❷（FMV）看起来很平庸，内部收益率❸（IRR）也不高。

其次，互联网服务产业仍在快速变化，要做出精细的投资模型❹具有一

❶年化收益率：指每年可以获得的收益率，它是把当前的收益率换算成每年的收益率来计算的，也是一种理论收益率。

❷公平市场价值：指企业目前的合理价值，可以按照企业的资产计算、企业现金流计算，或是按照市场的交易价值测算。

❸内部收益率：指资金流入现值总额与资金流出现值总额相等、净现值等于零时的折现率。

❹投资模型：专指创投基金投资的类别、阶段，再按照参考标的计算出投资收益的一种模拟方式。

定的难度。缺乏投资经验的硅动力投资团队也只能是纸上谈兵，很难描述具体的投资画像[1]。

林立国有点蒙了，他找来李青云商量："你们过去是如何将基金的亮点表现出来的？例如公平市场价值和年内部收益率的预估值？"

李青云感觉林立国有点过于紧张了，她说："我们从不美化报表，也不用内部收益率来测算，我们直接用投入资本分红率[2]（Distribution over Paid-In，DPI）计算。对于尚未退出的项目估值，我们一律用投资初值[3]来计算价值。"

林立国说："那不是太吃亏了吗？至少在项目获得下一轮融资的时候也应该要体现公平市场价值吧？否则投资人会认为我们的基金表现差啊！"

李青云说："洪总认为未实现的收益[4]不能和已实现的收益相提并论。所以，我们顶多会将获得新的融资的项目特别标注出来，告诉投资人项目的进展而已。洪总认为真金不怕火炼，基金最后都需要清算的，如果项目到最后才发现不能变现，对投资人的打击会很大。"

林立国一副恍然大悟的样子，说："明白了，幸好硅动力创投公司之前的退出情况还不错，那我们新的基金就沿用现有的业绩表现方式吧！"

林立国能够体会洪明的用意，其实比来比去，在创投行业里永远没有最好的，只有更好的。就是因为某些明星项目能带来的回报实在太丰厚了，才让所有的投资人都对高科技产业基金趋之若鹜，期盼从中能投到第二个

---

[1] 投资画像：专指创投基金投资的种类、业态、市场及方式，做出比较具体的描述，以提供投资人对基金的投资行为有更深入的了解。

[2] 投入资本分红率：指的是基金对投资者已分配的收益，也就是投入资本分红率，投入资本分红率等于 1 是损益平衡点，代表成本已经收回；大于 1 时，说明投资者获得超额收益；小于 1 时说明没有收回所有成本。

[3] 投资初值：指基金最初对项目所投资的金额。

[4] 未实现的收益：指基金投资到项目里的金额因项目增值其价值有所增加，这部分增值如果还未变现的就称为未实现的收益，可以计入基金的投资业绩里。

孙正义。但是，大多时候他们也并非绝对理性。

尽管如此，林立国仍然到处碰壁，大学捐赠基金不再关注硅动力创投公司了，有些大学捐赠基金甚至还把硅动力创投公司列入不受欢迎的黑名单里；这让林立国感到很是受伤，他不得不找来担任德州大学校董的师兄，希望他能助自己一臂之力。

“立国，我虽然身为德州大学的校董，在投资决策委员会（投决会）中享有一票，面对其他多数反对投资硅动力创投公司的委员，我也着实无能为力。不过，我建议你去找找中东国家的主权基金，孙正义的资金大部分是从沙特来的，这些投资人已经在孙正义的互联网投资上尝到甜头，估计也想扩大战果，没准在这个领域的同行们也都能雨露均沾呢！”林立国的师兄建议。

这并不是林立国第一次听到类似建议，几乎所有的朋友在拒绝他时都会顺口来这么一句，林立国再一次受到打击。最后，他只好向洪明如实相报。

“立国，仔细想想，你师兄说的并没错，也许中东主权基金才是我们真正的金主。”没想到洪明知道后反而认真考虑，他鼓励林立国应该去尝试一下。

佩德罗对此却不以为然，他建议道：“我们还是先把现有的融资渠道全跑一遍再去尝试新的渠道吧，如果连美国的投资人都不认可我们，那么，如何能奢望那些有着异域风情的投资人能读懂我们，这不是缘木求鱼吗？”

洪明坚持己见：“就是因为美国的投资人太了解美国的创投生态了，那些约定俗成的标准已深入人心，我们极难改变他们的定见；没准阿拉伯人会比较容易被说服呢！毕竟他们已从互联网的投资上赚得盆满钵满。”

“这样吧，我们兵分两路，我来主抓美国境内的投资人，你来负责开发国外渠道，这样两不耽误。”佩德罗向林立国抛出一个折中办法，他似乎积极地想介入新基金的融资工作。

事实上，自从林立国主抓新基金的设立工作之后，佩德罗感觉自己被边缘化了，所以，最近他一直在刷存在感，经常在新基金的重要环节上对林立国指指点点。

“佩德罗，我们现有的通信产业基金还需要你来挑大梁呢，新基金还是全权交由立国处理吧！”洪明不想让佩德罗影响了林立国工作的积极性，这不单单是因为他对林立国的许诺，他也觉得“两个和尚抬水喝”并不是一件好事。

佩德罗知道洪明的脾气，忙道：“我全力支持立国，我也认识一些中东主权基金的朋友，届时我都会介绍给立国认识的。”林立国非常感谢洪明和佩德罗的支持。

不过，现阶段林立国也的确需要帮手，洪明安排李青云协助林立国，负责调研中东的主要投资者，以及这些投资人的投资偏好。

有了“老大”的指示，林立国立即着手准备中东之行。他回到母校，收集来自中东的校友名单，约翰教授也帮他筛选；他们最后挑选了一位名叫阿布的校友作为切入点。据校友会秘书说，阿布是迪拜埃玛尔地产的小开，埃玛尔地产则是迪拜购物中心的最大股东，阿布一直和母校有联系。

约翰教授将硅动力创投公司正在筹备新基金的计划告诉了阿布，阿布听后即热情地表示非常乐意协助他们。

走出校门，李青云有感而发：“你们斯坦福大学的校友圈子还是非常管用的，只要有相关教授搭桥引荐，校友们就能突破地域和种族的藩篱，彼此敞开心扉。”

林立国笑笑，说：“难道你们马里兰大学不是这样子吗？”

“我在马里兰大学读书的时间不长，硕士班只有两年时间，不像你们博士班要四五年；一出校门，我和同学就很少联系了，同学聚会我也很少参加。不过，倒是我们北大的同学感情始终很好，会经常联系。”

“我们也一样，大学时期正处于青春期的尾巴，大家无论是心思还是感情都比较纯真；同学之间几乎无话不说，从幼稚到成熟，彼此扶持，相互鞭策，到了研究生时期，思想成熟了，也就比较难再打开心扉了。”

“不过，我还是感觉斯坦福大学有它的独特之处，尽管校友在学校的时间不长，也都对它有浓浓的归属感，彼此很容易沟通。”

林立国点点头，问李青云想不想去旧金山城里吃饭，说他知道有一家名叫 Hog Island Oyster Co 餐厅的海鲜不错，林立国喜欢他们家的生蚝和蛤蜊浓汤。李青云开心地点点头，说：“我也好久没出来打牙祭了。”原来，大部分时间他们都是在公司里点比萨吃。

从帕罗奥图开车去旧金山并不近，尤其是在交通最繁忙的时刻；幸好在傍晚时分出城的车辆比进城的要多很多，而且他们两个人可以使用 101 号公路的快速车道（Car Pool 车道），这次他们只花了 40 分钟的时间。

品尝了新鲜美味的生蚝，佐以来自纳帕溪谷的白葡萄酒，李青云感到十分畅快；她觉得林立国特别懂生活，和其他硅谷人有明显的不同，除了佩德罗。

有几次佩德罗也曾经邀请她和玛丽来旧金山晚餐，可是一想到拥挤的公路，她们就显得很犹豫；看到她们为难的样子，弄得佩德罗吃大餐的兴致也全没了，后来，他索性也不再提了。

喝了一口蛤蜊浓汤，李青云赞不绝口：“这里的蛤蜊味道很鲜美，以前就听说过这家餐厅，可是一直都没有机会品尝，今天终于可以大饱口福了。”

林立国指了指菜单，说：“待会可以试试这里的生蚝，今晚我特别点了法国贝隆生蚝；这是他们最顶级的菜品，不是每天都有的。”

李青云看到菜单上有不同编号的生蚝，就指着 5 号生蚝说道：“生蚝我喜欢吃瘦的，太肥的会感觉有点腻。”

“贝隆蚝等级分为 11 等，是依照蚝壳的大小和重量来分级，最小的是 6 号，大一点是 5 号、4 号，以此类推；在 1 号之后会以‘0’来评级，90 克的为‘0’，最大是‘00000’。生蚝太小的无肉吃，太大的肉会韧，所以，三四个‘0’的也就是养了三至五年的最好吃，口感和味道都达颠峰。”林立国解释道。

李青云听后不由得瞪大了眼睛：“没想到您这个理工男对吃会如此讲究。”

林立国笑一笑，其实这些知识都是餐厅老板告诉他的，而且在菜单上也有解说。

举杯之后，林立国问李青云：“你曾经参与过基金的融资工作吗？”

李青云回答说：“过去曾经陪佩德罗去拜访过大学的捐赠基金，硅动力创投公司的资金主要来自德州大学、哥伦比亚大学和斯坦福大学三所大学的捐赠基金；我以前就感觉我们基金的融资渠道过于单一，的确需要再扩大触角。”

林立国点头：“过去我们主要围绕着通信硬件领域，它的生态链比较小而专；互联网服务的生态链则要大十倍以上，竞争对手也相对多了许多。”

“真是这样的，凡是一般人看得懂的业务，竞争就会激烈，未来我们还会面对许多来自同行的威胁，希望林总能多给予指导。”李青云直陈道。

“其实投资是离不开市场分析和行业调研的，你的工作是上层建筑；如果想把工作做到位，还必须将市场上的领头企业和热门项目都一一列举出来；对于投资部门而言，一份翔实的行业调研报告会节省许多盲目看项目的时间，这就是所谓的‘见树又见林’。”林立国有感而发。

李青云点头：“感谢林总的指点，这方面我会尽力做到极致，日后我会和主流企业做更多的交流，挖掘其潜在的投资机会。过去我们都是由下而上，只做项目分析，对市场的确缺乏全盘掌握。”

林立国说道：“你果然一点就通，我们必须对目标市场做充分的分析，这样才能看清项目的定位；因为市场变化是实时的，一个关键消息的疏漏就会造成无可弥补的投资损失，不可不察也。”

李青云把话题一转，问起林立国的家世背景。

林立国笑道：“挺巧的，我父亲也是个军人，从小我在西苑大院住过，现在全家都搬到清华大学附近的公寓；我有一个弟弟，他就在清华大学当讲师，可以就近照顾老人家。

“我和弟弟都毕业于清华大学，后来他去了普林斯顿大学深造，而我选择在斯坦福大学硕博连读；取得博士学位后我加入了博通公司，当时博通公司才 200 多人，我主要负责通信传输芯片产品的研发。”

李青云说：“我毕业于北京大学，也有很多清华的朋友。”

“是的，我们这两所学校挨得很近，经常联谊，记得初秋时北大的未名湖和博雅塔特别美，我经常过去赏红叶。”说到这里，林立国不禁想起那段无忧无虑的年轻岁月。

“我倒觉得清华园的美景更胜北大，或许是你早已看腻了清华的风景？”

“哈哈，我并不是觉得清华的校园不好，我也经常漫步在水木清华的湖畔，欣赏‘槛外山光历春夏秋冬万千变幻都非凡境，窗中云影任东西南北去来澹荡洵是仙居’那副长联，对照着湖面风光，饶富诗意。”

“聊着聊着，我也开始想家了。对了，听说你创过业，是吗？”

“算是吧！我于 1995 年加入初创企业德用半导体，担任 CEO，虽然公司是伍总创立的，负责研发的创业伙伴却早早离开了他；如果我不加入德用半导体，公司就只是个空壳子，我们也算是从零做起。”

“这样啊！我听说德用半导体的董事长伍古权先生的事迹了，最近他到处演讲；他们的通信芯片可是当红的‘炸子鸡’啊，听说公司股票已经上市了！”

“是啊，我们的传输芯片比博通公司的产品性能还要好，这也是当年我的研发成果；目前德用半导体的股价又较一年前刚上市的时候翻了一倍。”

“那你为何选择离开呢？这么好的公司。”李青云十分好奇地问道。

“说来话长。原本我是德用半导体的第二大股东，持有公司 20% 的股份，可是伍总使坏，他在股东协议中加上一条股份优先稀释条款[1]，意思是在未来几轮的融资中，先从我的股份开始稀释，稀释完了再稀释他的股份。这个条款写得非常绕，我们中国人实在很难看穿其中的玄机。”

李青云听后，感叹着说：“我们硅谷还有这种人啊！真是不要脸，那最后你还剩下多少股份呢？”

“德用半导体前后总共做了两轮融资，这两轮就将我的股份全都稀释光了，伍总的股份却才稀释了 3%；后来，伍总见我义愤填膺，他心里也觉得过意不去，才在上市前补偿了我 1% 的股份。”

“这实在是太欺负人了，以后我们签各种合同之前一定要找律师咨询，否则后果不堪设想！要不是这份带有欺诈性质的合同，估计你也能实现财富自由了吧。”

立国点点头，说：“这是我深刻的人生教训，真是不经一事不长一智啊！”

饭后，林立国送李青云回单身公寓，李青云想邀请林立国上去喝一杯咖啡，醒醒酒。林立国忙道：“太晚了，我还得回去准备一下去迪拜和阿布扎比的行程。”

这些年来，林立国总是对美女视而不见，李青云自己讨了个没趣。这也是李青云人生中的第一次主动，其实，她话刚一出口就开始后悔了，希望林立国不要觉得自己轻浮才好。

其实，林立国对李青云的印象并不差，李青云的美丽聪慧和善解人意让单身的他无可挑剔，只是她毕竟是自己的同事，现阶段还称得上是自己

---

[1] 优先稀释条款：指的是如果公司接受新的投资，可以指定从某人的股份中先稀释，这通常发生在某人代持公司的期权池时。

的下属，基于职业道德准绳的约束，他不能利用职权占人便宜，无论是自己主动还是对方主动都不行。在美国，职场性骚扰是不轻的罪名，哪怕只是开个轻浮的玩笑都不行。

回到住处，林立国打开文件袋，阅读了李青云最近收集的市场资料；发现里面对互联网服务产业的分析非常透彻，对产业竞争生态的描述也巨细靡遗，足证李青云的工作非常用心。

林立国打开电脑，将这些数据导入自己特制的表格中，整个行业的大趋势就清晰地呈现出来了。兴奋之余，他连夜完成了一份《互联网服务产业地图》，他要用这份地图来打动潜在投资者的心，并作为新基金未来的投资战略。

第二天早上，林立国准时到公司，李青云交给林立国一份《互联网服务行业发展报告》。这份报告将现有的互联网企业做了重点分析，详列了各个企业的优势和劣势，从而可以预判互联网服务产业的发展走向；李青云还在最后一页将市场上比较优质、值得关注的企业特别标注出来，这对林立国而言简直太有用了。

林立国问李青云："这些资料都是你昨晚整理出来的吗？"

李青云点头："是的，你们中东之行在即，希望这份报告派得上用场。"

在硅谷，虽说通宵达旦地工作已经成为一种常态，但是李青云的高效还是挺令林立国刮目相看的。和自己做出的产业地图比起来，李青云的报告直接指明了投资标的，在这么短的时间内能做出来，实在说明了她对这个行业的深刻了解。

在一切准备就绪之后，林立国给约翰教授打了电话，邀请他和自己去迪拜会见阿布先生。约翰教授义不容辞地答应了，并且立即将此次的行程发邮件给阿布，阿布秒回，表示会做好地陪工作，让他们不必担心。

林立国对中东之行充满了期待，却又怕受伤害。

3. 基金融资，千头万绪

经过长途飞行，林立国和约翰教授终于来到迪拜。阿布亲自到机场接他们，并安排他们入住迪拜最豪华的阿拉伯塔酒店（帆船酒店）；校友们见面格外亲切，聊起曾经的校园生活。

阿布说："约翰教授，我在学校里就经常听同学们提起您，说您的物理学课程非常精彩，只可惜我一直没有机会选修您的课，因为时间上都冲突了。"

约翰教授很开心受到认可，笑道："哈哈，我现在不教物理学了，我现在主要带研究生。迪拜发展得很好啊，非常现代化的一座城市！"

"现在的迪拜是一个大工地，再过几年，这些建筑都建造好了，市容会更好些。对了，硅谷最近变化大吗？"

"如果你指的是市容，差别不大，不过湾区高科技企业变多了，尤其是位于红木城（Redwood City）的甲骨文公司（Oracle）发展迅速，沙丘路上也聚集了许多风险投资基金，非常热闹。"

"可惜我父亲一直催我回家继承他的事业，否则，估计我也可能成为科技新贵之一啊！我和同学把创业的题目都想好了，就等父亲汇来资金。"

"创业看起来浪漫，其实挺艰辛的。"

"那倒是，其实我也不后悔；约翰教授，这个季节应该是旅游的最佳季节，你们来得正是时候。”

“我上一次是七月份来的，高达45度（摄氏度，下同）的气温让我一直待在室内。”

林立国听说，立即感叹着说：“哇，45度，那不是和凤凰城差不多吗？”

阿布笑了笑：“45度对我们而言不算是最差的，不过，我们都习惯了，就像我们的衣着一样，大家都把身体裹住了，基本晒不到太阳。”

迪拜元月份的气候非常温和，和夏天的酷暑形成了强烈的对比；阿布带他们参观了家族的产业，规模之大令林立国和约翰教授都不禁咋舌，只见埃玛尔地产公司聘用了来自各国的员工，仿佛是个小联合国。

迪拜也是阿拉伯国家中民风最为开放的，妇女的地位比其他中东国家也好很多。在这座号称是七星级的奢华酒店里，满眼望去都是来此猎奇的外国人，丝毫感觉不出任何来自宗教上的拘束。

帆船酒店建在离海岸线280米处的人工岛上，造型像是正在行进中的帆船，轻盈、飘逸，具有很强的膜状结构特点及现代风格。

除了独特的地理位置之外，这座梦幻般的建筑将浓烈的伊斯兰风格和极尽奢华的装饰与高科技手段、建材完美结合，门把手和厕所水管都“爬”满黄金。

当晚，阿布邀请林立国和约翰教授在酒店奢华的海鲜餐厅用餐，酒店用潜水艇将他们送到餐厅；七彩的热带鱼和蔚蓝的海底奇观尽在眼前，实在令人大开眼界。

林立国对这里的一切感到十分惊奇：“阿布，这餐厅忒有特色了！”

阿布回答道：“是的，来这里需要提前几个月预约，否则订不到座位。待会儿会有潜水美女表演，也可以和她互动。”

约翰教授说道：“迪拜也算是沙漠中的奇迹了，让世界各地的游客都流连忘返。”

“是的，我们国王意识到石油终有枯竭的一天，只有让国家现代化、摩登化，才能有源源不断的经济来源。”阿布说道。

林立国非常认同，说道：“是的，发展才是硬道理。美国人用科技手段将中东的石油资源牢牢抓在手里；石油交易市场就是他们用来分享资源的工具，石油输出国组织（OPEC）也一直在和华尔街博弈。”

约翰教授说：“立国，我认同你的看法。不过，要是没有我们美国人，就不会有中东的经济繁荣了。最初沙特和伊朗都是靠美国的技术支持才能大量勘探并开采油矿的，欧美的石油公司也在不断地研发新的开采技术，以提升开采效率。”

“是的，我们非常感谢欧美国家的协助，我们国家也有很多人都在美国和英国受教育，受西方文化的影响很深。”阿布接着约翰教授的话说道。

约翰教授问：“阿布，你在美国住了几年？”

“我是高中三年级来到美国的，一共住了5年；其实，我对您有印象，我是莎蔓莎教授的学生。”

约翰教授感叹：“世界真小，原来你是莎蔓莎教授的学生。”

原来，阿布的导师莎蔓莎教授和约翰教授在年轻时曾有过一段情，后来两人因误会而分手，不久也各自拥有了自己的家庭；前几年莎蔓莎教授的老公因车祸去世，他们旧情复燃，常在一起约会。估计阿布就是在那时候见过约翰教授的。

不过，这段旧情并没有维持很久，当约翰教授的儿子无意间发现他们的关系后，约翰教授就果断终止了这段感情。毕竟曾经沧海难为水，他也不想伤害自己的家人，更不希望成为同事之间的笑柄。

听完了教授的故事，阿布也分享了自己的感情经历，他曾暗恋着学校心理系的一位美女，为了能经常见到她，还刻意选修了心理系的课程；两年下来，感情没什么进展，阿布倒成为心理学专家了。

"在毕业的时候，我终于鼓起勇气，请这位美女吃了一顿饭，向她表白，结果被她拒绝了，她说知道我一直对她有好感，可惜双方不合适。"

说到这里，阿布长叹了一口气："她还说，其实她对我还是挺有感觉的，只是彼此在文化、种族和宗教上的差异实在太大；她是虔诚的摩门教徒，她认为我不可能放弃自己的宗教，既然知道彼此不合适，只好将这份感情放在心底了。"

林立国和约翰教授都为阿布这段感情遭遇感到惋惜，不过，这似乎是个无解的情局。

此时，玻璃窗外面出现了五位潜水美女，摆弄舞姿，配合室内的音乐舞动起来；热带鱼群也仿佛听懂了音乐，顺着美女的舞姿游荡着。

约翰教授发现了其中的玄机："明白了，鱼群是奔着美女手中的鱼饵游去的。"

说得林立国也立刻明白过来，感叹道："万物皆有其性，人类文明的力量在于我们善用大自然的规律；真是利之所趋，行之所至，几无好为无言也！❶"

经过林立国的再三解释，阿布笑了笑，说道："回国以后，我一直在思考如何将美国高科技产业移植到中东国家来。毕竟阿联酋的产业过于单一，工业上以石油生产和石油化工为主，商业上高度依赖贸易和旅游业。现在看起来，通信、互联网和信息产业在这里应该会有极大的发展前景。"

约翰教授说："看来英雄所见略同啊！立国，把你做出来的《互联网服务产业地图》给阿布解说一下。"林立国立即将他事先准备的册子交给阿布并解说一番。

最后，林立国说道："我们基金就是专门针对互联网服务产业领域投资

❶利之所趋，行之所至，几无好为无言也：所有的事情，都是利益驱使着人们才去做，没有什么好或不好。

的，未来，还将通过全球布局来促成各国的科技合作推动。”

阿布被林立国完整的规划吸引了，他举杯敬了林立国和约翰教授一杯酒，说道：“这几页纸将我这些年的观察有系统地归纳表述出来了，实在是太精辟了！”

约翰教授告诉阿布硅动力创投公司正在筹组一支新基金，希望阿布给予支持！

阿布表示没有人会怀疑硅谷的科技领先地位，加上这个基金的管理人又师出同门，彼此有信任基础；阿布当场表态，会投资硅动力互联网基金一亿美元，阿布也希望能通过投资创投基金来拓展自己的科技视野，说不定还能借此引进一些绝佳的商业模式，在中东落地生根。

阿布表示一亿美元的投资对他而言是没有任何压力的，即使是支付一笔入门费也值得；他觉得互联网服务产业将为人类带来一场生活方式的大变革，硅动力创投很有眼光，这几天他会尽全力协助他们在中东的募资活动。

林立国和约翰教授没想到阿布会这么爽快，他们一起举起杯子，期盼这次的合作能推动中东国家的高科技发展，完成阿布的心愿。

翌日，阿布安排林立国和约翰教授去拜访阿联酋主权基金阿布扎比投资局（ADIA），其投资委员会主席默罕默德和阿布家是世交，两个家庭之间也有姻亲关系。默罕默德有皇族血统，管理着国家几千亿美元的资产。

阿布扎比投资局由阿布扎比财政部成立，资金来源主要是阿布扎比的石油收益；阿布扎比投资局管理的投资组合跨行业、跨地区，涉及多种资产等级，包括公开上市的股票、固定收益工具、房地产和私募股权基金。

阿布扎比投资局早在1989年就积极参与私募股权基金的投资，他也是孙正义的主要投资人之一。

默罕默德见到阿布一行，非常高兴，招呼道：“阿布，好久不见！约翰教授，林先生，你们好！我也是斯坦福大学的校友，对你们我并不陌生。”

阿布这才想起来，忙说："对啊！默罕默德先生比我大七岁，在美国的时间比我长，我居然忘了提了。"

默罕默德说："其实我大三之后就转学去纽约了，所以和学校联系得比较少。"

看到默罕默德的长胡子，林立国突然想了起来，说道："我们好像见过几次面，在学校的图书馆？"

默罕默德仔细地回忆着，说："我想起来了，那时你身边还有一位美女，有一次我们还在一起讨论过'量子纠缠[1]'的理论？"

林立国说："是的，为此我们争辩了一个下午，后来我输了，还请您吃了晚餐。"

"哈哈，可惜后来我就转学了，要不我们一定会成为好朋友的。"

"是的，后来我还纳闷呢，怎么从此就没在图书馆遇到您了。"

说着，林立国就把这次拜访阿布扎比投资局的用意告诉默罕默德，并介绍了硅动力创投公司和新基金。

默罕默德听了林立国的介绍，表示赞许，也针对新基金提了一些问题。

有充分准备的林立国针对默罕默德的问题逐一做了解答。

经过半个小时的交流，默罕默德对林立国的基金产品有了较完整的认识。

默罕默德继续问道："林先生，请问你们怎么评价博客这类的社交网站？"

林立国答道："默罕默德先生，目前美国市场上比较热门的博客网站有Blogger、Pita、Greymatter、Manila、Diaryland及Big Blog Tool等公司，其服务都是免费的；博客尚属于百家争鸣的战国时代，还看不到其商业价值，也不是我们主要的投资范围。

"虽然如此，我始终认为自媒体会是将来的趋势，各国政府必定也会出台

[1] 量子纠缠：在量子力学里，当几个粒子彼此相互作用后，无法单独描述各个粒子的性质，只能描述整体系统的性质，这种现象称为量子纠缠。

相应的法律来规范网络安全问题；对于那些恶意攻讦和造谣中伤他人的传播者都会予以制裁，也会要求各自媒体网站对发布者进行严格的把关监控。”

默罕默德点了点头，他非常认同林立国的看法；同时他也感觉社交网站对于未来中东国家社会秩序的影响将是难以预料的，不禁忧形于色。

林立国略略能猜到默罕默德对于互联网科技的向往和担忧，这就好比父母亲希望女儿早日结婚，又担心她找的对象不好。封闭有封闭的安全，开放也有开放的机遇，如何调和鼎鼐就成为各国政府在科技迅速变革下的社会首等难题。

“林先生，那你如何看待以色列的技术？”默罕默德好奇地问。林立国知道阿拉伯人和以色列人从来就水火不容，他需要谨慎以对。

“科技是无国界的，许多阿拉伯国家的投资人都在美国投资了高科技企业，其中也有许多是犹太人所控制的企业，大家都能求同存异，和平相处。”林立国不温不火地回答，“以色列将是硅谷的延伸，谁能抢先一步将获得极大的先机，我们会持续地关注它，他们在网络安全和加密算法方面有不少杰出的人才。”

“这点让我感到很意外，看来我们需要多了解以色列这个国家，不能故步自封；也许通过你们的基金还能让我们对以色列的科技产业有更多的认识。”默罕默德继续发问，“那么，请说说你们基金的投资战略是什么？”

“默罕默德先生，我们会关注两个重点，一个是颠覆性的技术，一个是核心团队，就是人。”

“很好，人是根本，那你们衡量一个成功创业家的标准是什么？”

林立国答道：“首先，我们关注核心团队的股权比例，创业家是否具有对公司的绝对话语权？他是否对公司投入的足够多？”默罕默德点点头。

“其次，创业团队是否有退路？他们的过去是否曾经因为各种诱惑而丢下事业伙伴不管？或是知难而退、半途而废？这些都是衡量企业家人品的方法。”

“此外，我们还会从核心产业入手，找到技术驱动者，再从中挑选潜力股，判断谁会笑到最后。比起那些满街找投资人的项目，我们更倾向于主动出击，深度挖掘核心产业的核心项目；当然，许多时候好的项目也都是‘美女不愁嫁’，我们必须使出浑身解数才能争取到好的投资机会。”

默罕默德打岔道：“那要如何判断未来产业的发展趋势？”

林立国答道：“冰冻三尺，非一日之寒。一个新兴产业的崛起都是经年累月的结果；也许要先知先觉并不容易，可是，当个后知后觉者也胜过那些不知不觉的人。互联网服务是我们看得到的产业趋势，目前的通信技术已经成熟到能支撑互联网的基本应用，如同高速公路建好了就等着汽车上路一样；过去十年我们一直在投资通信硬核企业，从被投企业身上我们看到了互联网产业的巨大变化，在这个领域上我们有十足的信心。”

默罕默德还问了几个关于硅动力创投基金的团队背景和历史业绩等问题，林立国都一一做了详尽的回答。

最后，默罕默德和林立国定下了去美国拜访洪明的日期，看起来一切进行得非常顺利，出门后阿布对林立国竖起大拇指。

次日，阿布亲自当导游，带约翰教授和林立国参观了正在建设，被誉为“世界第八大奇迹”的迪拜棕榈岛，整座岛屿就是一个巨大的避暑胜地和游玩天堂。每座岛上都有大量的别墅、公寓在发售，为整个迪拜酋长国增添诸多供不应求的海滩。

临别时阿布还告诉他们，埃玛尔地产正在规划新的摩天大楼项目，名叫“迪拜塔”；规划中的迪拜塔楼高 828 米，楼层总数 162 层，建成后将成为世界第一高楼。对于阿布的话林立国觉得有点不可思议，但在见识过这个充满奇迹的沙漠国家之后，他着实也见怪不怪了。

在回程的班机上，约翰教授总结道：“其实，关系只是合作的开端，信任才是合作的基础；默罕默德虽然和我们不熟悉，但却看得出他仍然对斯坦福有感情，校友之间有一种天生的信赖感。”接着，约翰教授说了一个关于“哈佛学生证”的故事：

“几年前，三个哈佛大学的黑人学生去登雪山，不幸遇到暴风雪，在山上迷路了；走了半天的雪道，雪越下越大，路也越陷越深，眼看着天就要黑了，风雪也变得更大了，身无长物的他们再也撑不下去了。

“此时，他们在山边发现了一处居所，在黑夜中灯火通明；他们前往敲门，迎来的却是一把来福枪，要驱散他们，其中一个黑人学生急中生智，连忙将哈佛大学的学生证扔到地上。

“屋主捡过学生证，看了一眼，立刻放下枪支，让他们仨进屋取暖，还招待他们吃了一顿大餐，这也足证哈佛大学的魅力和学生的机智。”

“估计斯坦福大学的学生证也能混吃混喝，下次滑雪迷路的时候试试。”林立国调侃着。然后，他问教授：“听过斯坦福大学起源的故事吧？当初要是哈佛大学没有拒绝斯坦福夫妇的捐赠，就不会有后来的斯坦福大学呢！”两人对视而笑。

约翰教授连忙澄清：“那只是以讹传讹罢了。其实，斯坦福夫妇一开始就是想创立整所大学的，他们从未有过给哈佛大学捐赠学院楼的想法。”

林立国说：“原来如此，看来媒体也不可靠啊！期刊上写得绘声绘影、若有其事的样子，居然只是个谣言。”

约翰教授笑道：“你还相信媒体啊？我认为报纸上除了日期和讣告应该是真的之外，其余内容都有待商榷。”

林立国点点头，记得《圣经》中曾提到过“太阳底下没有新鲜事”，看来许多新闻、怪闻和趣闻都是记者在“庸人自扰之”啊！

如果没有媒体，也许大家看问题的角度会更接近事实。

4. 阿拉伯贵族寄情高科技产业

林立国和约翰教授的中东之旅算是圆满完成任务了，洪明为他们接风。

接风宴选在旧金山渔人码头的海鲜餐厅，当晚海边风浪大，还飘点小雨；林立国想起他刚到硅谷的时候，十足的穷学生模样，在细雨中兀自沿着海边漫步，心中揣着许多人生梦想。

在晚宴中，洪明有感而发，九年前他和佩德罗就是在这家餐厅筹备硅动力的第一支基金的；这里是幸运之地，洪明期盼着这份幸运能继续传承下去。

洪明的话也让佩德罗回忆起当时的情景，简陋的办公室里只有四名员工，名校毕业的他们干的尽是打杂的工作。佩德罗还记得他和洪明准备公司介绍幻灯片的情景，他们必须把透明薄膜放在复印机里打印，再置于投影机上投影。

当时的通信系统还是模拟信号，数字信号的时代还未到来；佩德罗画了一张图把整个通信产业的发展趋势浓缩在图里，后来证实通信产业的市场变化比他们当初估算的还要大，通信的数字化快速引爆了移动通信的市场。

前半年，硅动力创投公司的投资战略还不成熟，经不起投资人的反复推敲，后来还是玛丽的加入改变了局势；她动用了在哥伦比亚大学的关系，终于让其捐赠基金为硅动力投了第一笔钱，此后和其他学校基金的沟通就顺畅很多了。

这两年来，佩德罗时运不济，他所推介的项目不是倒闭就是资金链紧张；然而，这些投资决策也都是经过投决会表决的，佩德罗觉得自己也很无辜，凡是项目上出了问题，洪明都会把矛头指向他。

看到佩德罗闷闷不语，洪明仿佛能看穿他的心思，不由得打了个圆场："佩德罗，感谢你这九年来的不离不弃，没有你就没有今天的硅动力！"随后，洪明倡议："让我们一起举杯！"

干了满满的一杯酒，佩德罗有感而发："明哥，我也要感谢您一直以来给我的支持，是您领我进入创投领域的；这些年我们一起经历过许多事情，也成长不少。"说完，佩德罗把酒杯满上。

"让我们一起举杯，愿硅动力创投公司的新基金旗开得胜！"李青云倡议道。

玛丽和佩德罗都是意大利裔美国人，玛丽父母亲来自威尼斯，佩德罗则生于米兰。在开投决会时他们经常会用意大利话窃窃私语，搞得全场神秘兮兮的；为此洪明还特意学了三个月的意大利话，结果无功而返。

显然，林立国的加入将打破种族平衡，投决会由四票变成五票，华裔成为多数派；现在轮到佩德罗和玛丽需要学汉语了，估计在投决会中洪明想不说普通话都难。

约翰教授说："我相信硅动力创投公司能走出阴影的，挫折是好事，可以让我们有时间去反思自己，创新思路。"

林立国说："我非常同意约翰教授的话，上次的创业经验对我而言也许不太如意，但是对我整个人生而言，它教会了我许多东西，让我处事更加成熟。"

李青云说："无论如何，林立国和约翰教授这次的迪拜之行非常顺利，相信很快我们就能把新的基金设立起来了，我们要再接再厉！"

佩德罗再次举杯说："立国，恭喜你们找到了新的资金渠道！"

听到佩德罗的真诚祝贺，林立国也把酒干了，说道："这都是大家的功劳，没有前人种树，就不会有我们后人乘凉之地。"

看到林立国的谦虚，洪明也拿起酒杯："是的，这都是大家的功劳，硅动力创投公司是大家的，未来还需要我们一起努力！"

晚餐后，李青云问林立国要不要去海边走走，让食物消化一下，她知道有个酒吧挺不错的。林立国点点头，他们撑起小伞，沿着步道向酒吧走去。

渔人码头的海边步道除了礼品店，就是餐厅和酒吧，他们找了一家爵士乐酒吧坐下来。虽然不是旅游旺季，仍然可以感受到游客们奔放的热情。

李青云看到酒吧中拥挤的人潮，说道："今晚的乐队应该不错。"

林立国说："有可能，否则不会有这么多人，尤其今晚又下着雨。"

他们找了靠舞台的座位，林立国取出他在迪拜免税店买的名牌丝巾，交给青云："希望这个图案你会喜欢。"李青云将丝巾披在肩上，场面非常温馨。

此时音乐声响起，林立国要了一杯长岛冰茶，李青云点了一杯甜雪莉酒。泛黄的灯光中林立国看着李青云，想起伊曼，如果不是那次雪崩，估计他们应该已经结婚有小孩了吧。每次和美女独处时，林立国总跨越不了这个心结。

李青云率先打破沉默："这些年来你都是一个人生活吗？"

林立国回答说："我曾经有一个女友，是我在清华大学的同学，她也随我来美国读书；她酷爱滑雪，三年前的一次雪崩让她香消玉殒，那也是我仅有的一段恋情。"

李青云听完说："她一定很美，让你一直找不到可以取代她的人。"

林立国不知道应该如何回答，伊曼对他而言，不是单纯的可以用美貌来概括的。他们之间有太多共同的回忆，还有心灵上的契合……想到这里，他只能微笑以对。

李青云似乎看出了林立国的心事："记得苏轼有一首纪念亡妻的词：'十年生死两茫茫，不思量，自难忘。千里孤坟，无处话凄凉。纵使相逢应不识，尘满面，鬓如霜。夜来幽梦忽还乡，小轩窗，正梳妆。相顾无言，惟有泪千行。料得年年肠断处，明月夜，短松冈。'每次读它时我都特别感动，无法想象那种天人两隔的悲切之情。"

林立国接着李青云的话音说道："这首词是苏轼在乙卯年正月二十日夜记梦时所做的《江城子》，主要在追思他夫人王弗，王弗除了是苏轼的贤内助之外，更是一位此生难求的红颜知己；她红颜薄命，却让苏轼思念一辈子。其实，苏轼每逢正月二十日都会留下一些悲伤的词句，只是大家以这首词为代表而已。"

"逝去的人总是最完美的，活着的人是永远无法战胜或取代的。"李青云感慨地说道。

"深刻的感情的确会让人思念一辈子，每次遇到困难，我总感觉伊曼在默默地支持我，给我力量。"

林立国的话音刚落，酒吧里响起一阵欢呼声，爵士乐队主唱邀请一位客人上台同乐，为沉寂舒缓的舞台掀起了些许愉悦和高潮。

林立国突然想起在清华读书的时候，伊曼非常喜欢爵士乐，她的萨克斯风吹得不错，他也经常被迫去爵士乐酒吧。当时林立国觉得爵士乐不带劲，更喜欢摇滚音乐，没想到最近自己对爵士乐又发生兴趣了，不知道是否是因为年纪大了，还是一种因思念而产生的移情作用。

李青云也深爱爵士风情，那些低沉慵懒的曲目让听者不自觉地沉醉在其中，非常放松。她第一次接触爵士乐是在北京香格里拉酒店，立刻被这种特殊的曲调所吸引，就像今晚一样，同时林立国也深深吸引着她。

接下来，乐队主唱突然吹起萨克斯风，一首《*Autumn Leaves*》（秋天的落叶）将林立国和李青云带进了美国南方城市新奥尔良的往日岁月里；这首歌虽是在 1945 年由匈牙利籍法国音乐家 Joseph Cosma 所创作，却在美国流行起来，那种蓊郁浪漫的感觉仿佛令人欲罢不能。

后来，主唱连续表演了《*Summertime*》（夏日时光）、《*Maiden Voyage*》（首航）、《*Girl From Ipanema*》（伊帕内玛姑娘）等脍炙人口的爵士乐曲，林立国记得这些曲目曾经是伊曼最喜欢的，显然李青云也深深陶醉其中。

不知不觉，浪漫的气氛随着乐队的告别而结束了，欢乐的时光总是那么短暂，李青云和林立国都感到依依不舍。过马路时李青云把手交给林立国，林立国用手肘让她轻轻挽着，林立国能感觉到自己加速的心跳，可是他还没有从伊曼的旋律中解放出来，过完马路就假装找车钥匙，把李青云的手放了下来。

李青云能理解林立国的心理障碍，她会给他时间慢慢去调试。

在庆功宴之后不久，阿布扎比投资局的尽职调查团依约搭乘专机来到硅谷，要对硅动力创投公司展开密集的尽职调查；第一天是对基金管理团队的考核，第二天是审查所有的投资报表和已投企业，最后几天他们会走访其他母基金和创投企业，也听听他人对硅动力创投公司的综合评价和看法。

晨会中，林立国向大家报告了这个消息，大家都十分期待。

洪明说："立国，祝贺你！接下来我们要好好准备这一次的大考了。"

林立国说："是的，我已经将所有的资料都准备好了，接下来就是访谈了。"

佩德罗说："我们是否要和已投企业及相关人员提前打招呼？以免他们

说了对我们不利的话。”

洪明说：“这我倒不担心，就让他们尽情发挥吧！这些年我们对所有的投资人都心怀坦荡，从来不隐瞒公司的业绩状况，未来我们也会一直保持这个原则。”

佩德罗点点头表示认同，他对洪明这位大哥一直都非常敬重，其中最令他佩服的就是那股正气。

尽调团队里除了默罕默德和他的助理班达尔，还有阿卜杜拉先生，他曾在美国生活了十多年，也在美国养老基金工作过；这次的尽调将由将他做主审。

在第一天的尽调中，五名投决会成员分别被单独请去会议室问话，作为董事长，洪明被安排在第一位，尽调团队在了解了公司情况之后，开始发问：“洪总，请问如何用一句话来概括硅动力公司？”阿卜杜拉问道。

洪明答道：“我们公司的企业文化是：发现价值、创造财富和分享收益；我们公司的定位是：成为高科技产业的弄潮儿，和优秀企业家一起成长。”

“那么，你们公司的亮点和暗点（the pros and cons）各是什么？”阿卜杜拉继续问道。

洪明回答道：“经过了近十年的努力，我们团队一共看过了两万多个商业计划书，拜访过五千多家企业，缴过无数学费；这是硅动力的无形资产，多年来我们的核心团队一直没有变化，积累了许多成功的和失败的投资经验。”

“至于暗点，这两年我们犯了一些错误，科盛公司的投资失误让我们承受了严重的后果；这当然也给我们上了宝贵的一课，未来我们会汲取教训，避免犯同样的错误。”

阿卜杜拉追问道：“洪总，根据您这九年多的经验，可否总结一下企业成功的要素？”

这个问题在他们预先准备的问题清单里，洪明有条不紊地陈述："企业的三要素是人、资金和市场，缺一不可。其中又以人为核心，资金为工具，市场为舞台；如何有效地整合资源、配置资源和利用资源就成为企业家需要面对的问题。"

"在我访谈过的企业家里面，那些佼佼者几乎都具备钢铁一般的意志力，他们对成功的渴望异于常人，面对困难从不退缩，天塌下来也任劳任怨；这是一种勇于担当的魄力，和那些身先士卒的将军没有差别。"洪明继续说道，"至于市场，看起来变化无常却又有脉络可循，随着科技不断地进步，也催生了许多新的蓝海；我们对科技发展趋势的掌握也让我们能看清市场的脉络，市场赋予新科技新的发展机遇，新科技也在左右着市场的变化。"

阿卜杜拉点点头，继续问道："大家都想投资蓝海，你们怎么看那些市场上已经过于拥挤的赛道[1]？"

洪明答道："随波逐流和弄潮儿是有差别的，刚刚我说过硅动力创投公司的定位是成为高科技产业的弄潮儿，这就意味着我们必须比别人更早地看到新科技所带来的影响，只有这样，才能及时抓住市场机遇。"

阿卜杜拉非常认可洪明的观点，他们又交流了半个小时，才结束了这次访谈。

接下来轮到佩德罗，阿卜杜拉问道："你们基金投资项目成功的比例大概是多少？年化收益率大概是多少？"

佩德罗回答："我们基金平均每十个项目的投资会有三个公司股票上市，两个公司被其他大公司收购，两个由被投资企业大股东回购股权，三个血本无归，年化收益率大约在30%。"

---

[1] 赛道：此处专指创投公司关注的投资领域。

阿卜杜拉非常满意这个成绩，他继续问了佩德罗几个关于业绩的问题。

由于佩德罗对每个已经投资的企业都非常清楚，因此对答如流。

“通常你们会追加投资吗？在什么情况下会追加？”阿卜杜拉问道。

“对于那些业绩明显增长的企业我们会继续追加投资，对于业绩下滑的企业我们会止损，并设法将股份卖掉。”佩德罗答道。

此时，阿卜杜拉从提包里拿出一台路由器，上面标示着米勤林公司的Logo，问道：“你怎么看这个产品？”

佩德罗没想到阿卜杜拉居然会出这一招，却又吃不准他的套路，只能硬着头皮说：“这是米勤林公司的上一代产品，有一些质量问题，正在改善中，其新一代产品的传输速度会快一倍，成本会降低一半，在市场上将非常有竞争力。”

阿卜杜拉：“我听说米勤林公司的资金链断裂了，是否是因为估算不足？”

佩德罗摇摇头：“不会的，他们刚刚拿到我们的过桥资金，业务一切正常。”

阿卜杜拉：“这就是问题所在。面对一个业绩下滑的企业，你们贸然决定加码米勤林公司，这是否有点冒进？可否看一下你们的投决会会议纪要？”

佩德罗有点不知所措，后来才发现这是玛丽提前提供的信息，尽调团队在来之前曾要求公司提供最近两年所投资的项目名称、投资金额和项目负责人，以及已投企业这三年的财务报表和融资记录。显然，阿卜杜拉做足了功课，研究过硅动力创投公司的已投企业清单。

佩德罗答道：“我们一般在追加投资的时候都不会再做详细的尽职调查，对于已投企业我们会和他们经常保持沟通，所以能实时掌握他们公司的动态。”

“好的，那你知道米勤林公司的创始人去年还买了一艘游艇的事情吗？”阿卜杜拉追问道。

佩德罗一脸茫然，他无法立刻确认这件事情。

走出会议室，佩德罗感觉凶多吉少。

接下来轮到玛丽，她今天特别选了一套非常正式的西装。

阿卜杜拉开始问道：“你是负责投资后管理的，请问你们这个部门有多少人，都提供哪些投后服务？”

玛丽答道：“我们部门有五个人，为五十多家已投企业提供投资后的增值服务与管理，我们会按月收集每家公司的财务报表，并参加他们的董事会。在董事会上我们除了深入了解公司的业务情况之外，还会从战略上给他们指导。”

“在已投企业需要进行新的融资时我们都会全力支援他们，必要的时候我们也会跟投一部分。由于我们所投资的企业都在通信领域，项目之间往往互为上下游关系，所以，我们也能起到穿针引线的作用，为他们介绍客户。”

阿卜杜拉继续问道：“如果遇到那些强势的企业，以商业机密为由拒绝给你们提供信息，你们会怎么处理？”

玛丽笑道：“这种事情也经常发生，我们常比喻投资方和企业方互为甲方和乙方[1]的关系，投资前我们是甲方，投资后就变成了乙方；许多已投企业都不希望我们干涉太多他们的业务，他们只希望我们在关键时刻能帮到他们即可。”

“不过，为了保障我们的权益，我们通常会在投资协议中和被投方事先约定好一些保护条款，其中包括定期提供信息和参与董事会等权利义务，

---

❶甲方和乙方：在商业合同里通常会有甲方和乙方，在这里的甲方泛指强势的一方，乙方泛指弱势的一方。

对于非标准信息，则需要靠私人关系来取得。”玛丽解说着。

阿卜杜拉再问道：“那你觉得这份工作最大的挑战是什么？”

玛丽回答：“投后管理是结果导向的，公司也是根据被投企业的最终结果来评价我们部门绩效的。我个人认为，最大的挑战就是要在业务上协助企业进行扭亏，或是要深入介入管理层，调整组织结构。必要时我们也会推荐一些高管给企业，或是强迫 CEO 退居二线；新旧团队之间的磨合问题就成为企业最大的挑战。”

阿卜杜拉对玛丽的观点基本满意，他又问了玛丽几个关于投后管理的问题，玛丽对答如流，让阿卜杜拉对玛丽印象深刻。

接下来轮到李青云。在硅动力创投公司，李青云像是个大管家，除了负责战略分析和市场调研之外，人力资源和财务行政工作都由她兼管，仿佛是公司的首席运营官。

经过了一个上午的尽职调查，下午阿卜杜拉显得有点小累，他开始发散性地提问了一些轻松的话题：“请问你如何看待硅动力创投公司，是老牛还是小牛？公牛还是母牛？”

李青云觉得阿卜杜拉十分风趣，机智地应答着：“硅动力创投公司是一头正在发育中的年轻乳牛，她除了每天从市场上吸收美味的草料之外，还能给投资人带来优质的奶源，甚至繁殖优秀的下一代，给投资人带来丰厚的投资回报。”

阿卜杜拉感到有意思，继续发问：“这头妙龄乳牛是如何挖掘美味草料的？”

李青云顺势道：“首先要从万里高空往下看，了解每一片草原的地理情况，其次是判断哪一个草场的发展空间较大，草种的养分较丰富，以及气候变化可能带来的影响。”

阿卜杜拉继续发问：“你们市场调研部门是如何对投资经理形成影响

力的？”

李青云道：“由于通信产业是我们的大方向，所以，我们部门会针对这个市场做行业分析，包括核心企业的产品变化、技术迭代路线，主流创投所投资的企业情况，做到知己知彼。然后我们会访谈已投企业以及行业专家，找出市场上可投资的潜在标的。

“我们还设立了硅动力创业研究所，不定期给我们的投资经理和已投企业家进行培训；研究所里会设立行业研究小组，从外部邀请专家顾问来做专题演讲。”

看起来硅动力创投公司麻雀虽小五脏俱全，阿卜杜拉对李青云印象十分深刻；而这些理论都是林立国传授给李青云的，具体实践还需要人力、物力和时间的投入。

越问越起劲儿，阿卜杜拉也睡意全消，面前这位小女子缜密的思路让他十分欣赏。

他继续问道：“你们怎么看今年三月份美国股市泡沫破灭的事情，对你们基金的影响大吗？”

李青云答道：“覆巢之下无完卵，这次的黑天鹅事件让整个市场都受到波及，我们的已投企业也受到影响；所幸过去我们只投资硬核科技，他们不像互联网企业那么脆弱，到明年应该都能恢复过来。”

阿卜杜拉又问：“那你们新的基金为何不持续做你们善长的专业，而要开展一个全新领域的投资？尤其是在互联网泡沫破裂的时候。”

李青云答道：“科技就像资本一样，永远不会休眠，这和证券市场的好坏关系不大；我们坚信互联网服务产业将是未来的趋势，它也属于大通信产业范畴，和我们过去所投的企业可以形成协同效应。我们决定抓住机遇，林立国先生已经有了非常详尽的投资策略。”

阿卜杜拉看过林立国的《互联网服务产业地图》，这也是他们认可硅动力创投公司的原因之一。他又针对互联网服务产业的市场做了一些交流，阿卜杜拉和默罕默德都对李青云的回答感到满意。

最后的访谈对象是林立国，由于他和默罕默德曾经在阿布扎比交流过，阿卜杜拉并没有太刁难林立国，他们继续讨论《互联网服务产业地图》的内涵，也对新的基金做了一番了解。

最后，阿卜杜拉好奇地问道："林先生，听说你从未做过创业投资，请问您能给硅动力创投公司带来什么价值？"

林立国答道："过去硅动力创投公司最大的短板是核心团队缺乏专业背景，我和洪明是斯坦福大学的校友，我修习通信专业，也曾创过业，这些背景让我能看清产业发展趋势，并深入到项目公司的技术层次，或从战略上协助创业家，这也是洪明邀请我参加硅动力的原因。"

阿卜杜拉又问："那你觉得公司目前最大的问题点在哪里？"

对于这个总结性的问题，林立国不慌不乱，答道："刚来公司的时候，我觉得这家企业的赏罚制度不太清晰；后来我发现这也是它的优点，公司的氛围好了，彼此之间的交流也多了，也能在许多问题上形成共识。"

林立国继续说："如果一定要我举出这家公司的缺点，那就是对员工过于信任；在投后管理这一块还欠缺火候，尽管这也没有标准可循，完全看员工的段位。"

阿卜杜拉点头表示认可林立国的说法，默罕默德也非常欣赏林立国的坦诚。

晚上，约翰教授要招待默罕默德、阿卜杜拉、班达尔、洪明和林立国一起共进晚餐。宴席中，默罕默德告诉约翰教授，他觉得硅动力有一种鲜明的特质，那就是斯坦福精神。

默罕默德回忆起在斯坦福求学的时候，教授和同学都能打成一片，彼此更像是商业上的合作伙伴。当时他尚不能理解这种松散的校风，毕业后才发现这种校风的确能激发学生自主创新的精神。如同校园和沙丘路之间并没有任何围墙阻挡，象征着学子们从学习、科研、创新到创业的无缝融合。

今天和硅动力创投团队面谈之后，他终于明白了自由学风对于科技的发展是多么重要。在中东的许多重点大学里，宗教和性别仍然将大家区隔开来，更遑论师生之间的关系了。他真希望未来有更多的同胞到斯坦福大学求学，能将开放的学风和科技的种子带回去。

当晚，默罕默德破戒喝了半杯葡萄酒，阿卜杜拉和班达尔也随他喝了一杯，杯觥交错间大伙都非常感动；是科技强国梦将大家拴在一起，还是同窗之谊打破了所有的猜疑和禁忌。席间，约翰教授提出一个问题："一所出色的大学，到底是教授优秀重要？还是学生优秀重要？"

默罕默德答道："我觉得教授重要，有了一流的教授，才能培养出一流的学生；要是学校的师资不好，也就培养不出优秀的学生来。"

洪明有不同看法："我觉得应该分阶段，学校刚创建的时候是教授重要；后来校友多了，为社会做出贡献了，学生就开始比教授重要了。"

林立国附和着洪明的看法："其实，中国的儒客先师荀子早有明言，所谓'青出于蓝而胜于蓝'也，是校友的素质决定了学校的品牌。"

约翰教授最后说道："其实你们都对。这就是鸡和蛋的问题，社会能见度较高的总是学生和校友，例如产生多少诺贝尔奖得主和多少个政治家云云，但他们没看到背后那些默默付出的教育家，为了维护学校优良的传统和追求高度教学品质而不懈努力的那群人。"

林立国突然想起"春风化雨，润物无声"这句话，真所谓师恩重如山。而这次硅动力创投公司能获得校友的青睐，也全靠约翰教授的人格魅力啊！

5. 万事俱备，只欠东风

尽职调查的第二天，默罕默德团队将访谈硅动力的已投企业。一直以来，硅动力创投公司对所投资的企业始终关怀备至，从各方面给企业家赋能。

而默罕默德团队和已投企业的访谈，主要也是想多了解基金的投资情况以及基金在投后管理的水平，用以判断硅动力创投公司的投资质量和管理能力。

由于硅动力创投公司只投资旧金山及湾区的企业，其投资（管理）半径也比较短，不必整天出差，就近也能和企业做密切交流；默罕默德所挑选的三家企业都在硅谷，安排起来非常方便。

第一家是米勤林公司，由于位于旧金山东湾的米勤林公司离帕罗奥图稍远，上午还经常会堵车；佩德罗特别请米勤林公司的 CEO 乔治先生到公司来和默罕默德及阿卜杜拉见面。

乔治提早半个小时来到硅动力创投公司，他和洪明及佩德罗做了简单的交流，了解到此次的融资要点之后，就在会议室里静静等待。

阿卜杜拉和默罕默德迟迟没有出现，事实是他们在酒店里打了一通极长的越洋电话，电话结束时已是中午时分了，洪明只好将会议的地点挪到餐厅。

这家日本料理店位于帕罗奥图的市中心，离斯坦福大学不远，可以提供清真食品；他们选了一个角落的房间，八个人面对面地坐着。

今天由默罕默德来提问，他首先让乔治介绍一下企业。

乔治介绍说："米勤林公司创立于1997年，主要的产品是宽带路由器，使用的是ADSL[1]技术；团队成员主要来自Amati通信公司，Amati创始人西奥菲被誉为ADSL之父，也是乔治的博士后导师。我们第一代产品在去年面向市场，反应不太理想，主要是技术路径方面的问题；目前正在研制第二代产品，预计今年年底会上市销售。"

默罕默德问道："你们的产品和思科的产品有何差别？"

乔治答道："我们的路由器采用32位元四通道的技术，比思科的要领先一年左右；我们采用了博通的芯片，数据传输非常稳定，北方电信已经确认了我们的手工样机，明年他们计划采购80万套产品。"

默罕默德知道加拿大北方电信公司，在国际市场上与思科齐名，他继续问："米勤林公司有多少员工？每个月大概有多少费用和支出？"

乔治回答："我们目前有50位研发人员，每个月大概要60万美元的费用。"

默罕默德接着问："目前你们现金流的情况怎么样？"

乔治答道："今年年初我们曾经一度资金流断裂，主要是新产品研发进度滞后导致的；幸好硅动力创投公司借给我们500万美元，才渡过难关。"

默罕默德见乔治谈吐之间非常坦诚，十分欣赏，他突然岔开话题，问道："听说您喜欢游艇，是吗？我个人也非常喜欢。"

---

[1] ADSL：通信的国际标准于1999年获得批准。非对称数字用户线路（ADSL，Asymmetric Digital Subscriber Line）是数字用户线路（xDSL，Digital Subscriber Line）服务中最流行的一种。

乔治说：“是的，我从小就喜欢航海，我父亲送了我一艘帆船，大学时我曾从旧金山航行到智利；现在工作忙碌，只能利用闲暇时，驾着游艇出海，看看夕阳钓钓鱼罢了。”

“我在阿布扎比东海岸的亚斯岛有六艘游艇，最长的一艘有 120 米；我也经常带客人出海，看来我们有相同的爱好。”默罕默德谈到游艇时兴致高涨。

乔治说：“我的游艇只有 40 米长，平常就停靠在旧金山的渔人码头，泊位离我的帆船不远。游艇是用我父亲的遗产买的，他去世时特别指明了钱的用途，游艇也是以他的名字命名的。”

原来如此，乔治买游艇并非如他人所说的是贪图享受，而是为了去完成父亲的遗愿。真是人言可畏啊！幸好能和乔治做面对面的沟通，否则这个误会就大了。

默罕默德很喜欢乔治，表示他也看好米勤林公司，当即做出表示，下一轮融资时，他个人准备跟投他们公司 1000 万美元。

看到默罕默德对米勤林公司的支持，洪明立即表示硅动力也愿意把那笔过桥资金悉数转换成新的公司股票，并建议乔治立即展开新一轮的融资工作。

饭后，默罕默德指定要参访数字魔方公司，其主要产品是数据传输芯片，产品特点是能使用一般线缆远距离传输数据，用在服务器上可以省掉光传输模块❶的费用。

数字魔方公司的 CEO 吴大伟在取得约翰霍普金斯大学电子工程博士学位之后一直在博通公司工作，和林立国是老同事，其创业团队大部分也来自博通公司。

❶光传输模块：此处专指利用光纤来传输数据的设备，光模块是由光电子器件、功能电路和光接口等组成。

吴大伟亲自到门外迎接这两位贵客，因为他是第一次和中东的主权基金打交道，难免显得有点紧张；公司员工呈一字排开，只差没有拉横幅，毕竟洪总通知得太迟了。

数字魔方公司的办公室非常敞亮，除了三个会议室和一个财务室之外，并没有设独立办公室；吴大伟就坐在开放办公室的正中央，大伙围着他分别坐开，公司的角落里还设有健身休闲区域，晚上把健身设备挪一挪就成了卧室。

参观了数字魔方公司的办公室，默罕默德和核心团队粗略地交流了一下，团队成员们聊起在博通工作时的情况，基本和这里差不多；是吴大伟的个人魅力让他们离开稳定的工作选择出来创业的，看得出来员工都对公司感到非常满意。

默罕默德问："你们公司和其他硅谷公司一样需要经常加班吗？"

吴大伟说："是的，我们有三间会议室，可以容纳六个人打地铺；我们的首席技术官（CTO）一周大约有三天是在公司打地铺过夜的，我则在公司旁边租房子住，以便随时可以来公司。"

默罕默德接着问："目前你们的主要客户是谁呢？"

吴大伟回答道："现在的客户以服务器品牌商为主，包括 Sun Micro 和 IBM，中国的华为公司也开始送样了，互联网数据中心将是我们下一代产品的重点市场。"

默罕默德又问："目前光通信的发展非常迅速，你们的技术是否会遇到瓶颈？"

吴大伟说："我们的光传输芯片也在研发当中，明年就可以推向市场。我认为，一般线缆的传输仍然会是市场的主流，它除了可以省去光模块的成本之外，还可以减少发热、节能减排。"

对这个领域默罕默德也不是太清楚，他转头看了一下洪明。

洪明接过话题说："数字魔方公司的产品具有极高的技术门槛，从他们公司能获得大公司的订单就可以窥知一二，我们非常看好吴总团队。"

默罕默德点点头，他留意到一个细节，公司角落里的茶水间非常干净，而且员工在用完食品饮料时还会将垃圾做好分类，这给他留下了不错的印象。

临去前，默罕默德表示他可以将数字魔方公司的产品推介给中东的数据中心客户，吴总表示非常感谢，立即将公司的产品介绍交给默罕默德。

第三家要访谈的公司是霍去病科技公司。他们是做网络安全的，公司英文名叫 Virus Free，是"去掉病毒"的意思，由于创始人的名字叫张千，他就给公司取了这么一个奇特的中文名字。

霍去病科技公司也在圣荷西市，离数字魔方公司不远；默罕默德特别选了这相邻的两家企业做调研，可以省去在路上开车的时间。

张千恰好出差了，就由他们的美女 COO（首席运营官）莱伊拉负责接待，莱伊拉是沙特裔美国人，会说阿拉伯语，双方没有语言上的隔阂；只是这样就苦了洪明和林立国，他们只能干坐在会议室里，半句也听不懂他们在讲什么。

其实，霍去病科技公司的业务一直是半死不活的，他们的杀毒软件被俄罗斯人打得很惨；据说俄罗斯人自己写病毒又自己破解，霍去病科技公司的产品速度总会慢半拍。

这让洪明也十分着急，甚至建议张千去钻研病毒，可张千觉得风险太大；人家俄罗斯的病毒可是在莫斯科写的，一旦出事也不会牵扯到美国，霍去病科技公司一旦出事，张千可就逃不掉了。

不过，霍去病科技公司新一代产品是基于互联网的，他们希望这个产品能一炮而红。

最近，霍去病科技公司正在做新一轮的融资，洪明原本计划出让一些老股给其他投资人；没想到半年时间过去了，潜在投资人还没有着落，眼看着公司的现金就要烧光了，这让洪明更加着急了。

默罕默德对莱伊拉深有好感，两人有说有笑的，阿卜杜拉想插嘴都插不进去；洪明和林立国在旁边也乐得轻松，偶尔点点头陪个笑脸。

后来，默罕默德让洪明和林立国先回去，他们邀请了莱伊拉一起吃晚餐；原本晚上硅动力投委会成员要一起邀请他们吃饭的，这突发事件让他们感到实在有点措手不及。

由于默罕默德剩下的行程是去走访其他母基金和创投企业，洪明和林立国都不便陪同。失去了今天晚上的聚餐机会，他们也感到挺可惜的。

此外，林立国还有许多话想和默罕默德团队沟通，看来也只能等下次了。

一周后，霍去病科技公司传来好消息，他们此轮融资有着落了，主要投资者是明天资本，而他们背后的资金间接来自默罕默德所管理的阿布扎比投资局。

至于默罕默德和莱伊拉相处的那个晚上到底发生了什么事情，两年之后才从莱伊拉口中知晓，而那次也是莱伊拉无意中透露的，她不提，大家都三缄其口。

6. 特殊遗嘱巧妙布局

阿布扎比投资局尽调团队回国后，林立国和阿卜杜拉始终保持密切联系。据阿卜杜拉说，默罕默德非常满意此次的尽职调查，他们计划在三月底向投决会提交投资建议书，其间他还向林立国要了一些资料，这些基本都能满足投资要求，看起来一切就绪。

在月会上，洪明告诉林立国："看起来阿布扎比投资局那里过会的概率很大，你可以着手准备基金的设立工作了。"

林立国说："洪总，律师将法律文件都准备好了，等他们确认之后，我们双方就可以签约了。此外，我们也开始招聘新的人手了，已有一些不错的人选。"

李青云也补充道："除此之外，我们也已经开始收集市场信息了，截至目前，我们一共收集了一百多份关于互联网服务领域的商业计划书[1]。"

洪明非常认可团队的效率："不错，看起来万事俱备只欠东风了！"

高登不太明白这句话，李青云替他解说了一下，他笑了笑，说道："融资工作总是非常折磨人，在落袋为安之前，真是什么事情都有可能发生啊！"

---

[1] 商业计划书：此处指企业在融资过程中需要提供给投资人看的公司介绍及商业计划，其中包括公司的沿革、团队介绍、产品技术介绍及财务数据等。

尽管高登说这句话时大家并没有太在意，可当默罕默德和阿卜杜拉两人在一次尽调任务中遭遇飞机失事的新闻传来时，却给大家当头一棒！

林立国获得这个意外消息是在默罕默德去世的第二天，是阿布给林立国发的消息。阿布说默罕默德的专机在迷雾中撞上了机场的护栏，阿卜杜拉当场死亡，默罕默德腹腔出血，在医院抢救了一周之后，也不治死亡。

林立国在电话中安慰着阿布，让他不必担心硅动力的情况；这也并非是他人生中最大的挫折，经历过伊曼去世的打击后，他承受灾难的能力也变得强大。

然而，他也不由得慨叹自己命运乖蹇、前途多舛，真不知何时是个头啊！

他告诉阿布自己要去参加默罕默德的殡礼，莱伊拉听到噩耗时悲伤地痛哭，她也想亲自去吊唁默罕默德。

此次阿布安排他们入住自己集团的阿德里斯酒店，该酒店就位于迪拜购物中心旁；虽然没有帆船酒店豪华，交通却非常方便，去阿布的办公室只需走路即可。

从酒店打车去迪拜最大的朱美拉清真寺只要十分钟的车程，当晚，莱伊拉就去朝圣了。她虔诚地向阿拉祷告，希望默罕默德在天之灵能好好安息。

周一上午，阿布带林立国和莱伊拉去阿布扎比参加了默罕默德的殡礼（当地叫作“者那则”仪式）。默罕默德的“者那则”仪式安排在阿布扎比的谢赫扎伊德大清真寺举行；阿布告诉林立国，在阿布扎比参加“者那则”的人都须沐浴净身、洗衣。

在“者那则”仪式上林立国和默罕默德的弟弟巴德尔见面了，他们约了周三晚上一起吃饭；巴德尔递给林立国一张名片，他是阿联酋商务部的副部长，巴德尔还表示自己和沙特主权投资基金主席熟悉，如果需要可以帮他对接。

周二上午，林立国和莱伊拉去拜访阿布扎比投资局，由默罕默德的助理班达尔接待。

“班达尔先生，我为默罕默德及阿卜杜拉的意外感到十分哀恸！”林立国向班达尔致意。

“林先生，这是阿拉的旨意，您不必太难过；我们会继续推进您的项目，请放心！”班达尔说道。

莱伊拉用阿拉伯语向班达尔致意，也表达了她对默罕默德的悼念。

班达尔说：“真是非常遗憾！默罕默德走后对我们局里也有比较大的震撼，人事方面也有可能大幅调整。”

莱伊拉说：“理解，这件事情毕竟太突然了，不知道会不会影响我们基金的审核进度？”

班达尔答道：“那倒还好，目前在审核你们基金的是副主席拉希德先生，他基本安排在三月底上会。”

莱伊拉说：“明白了，这几天是否能和他见面聊聊？加深一下印象。”

经过莱伊拉的再三请求，班达尔带林立国和莱伊拉去拉希德的办公室。

“林先生，欢迎你们，默罕默德对你们的评价很高啊！”拉希德问候他们。

林立国说：“拉希德先生，很荣幸能和您见面，希望我们也能获得您的青睐。”

拉希德说：“我们安排在月底要讨论你们基金的投资事宜，班达尔已经把你们基金的文件整理好了。”

林立国说：“谢谢您的支持！不知道您对我们基金是否还有需要了解的地方。”

拉希德说：“默罕默德和阿卜杜拉从硅谷回来时就把你们的情况都告诉我了，我们对你们的投资能力非常认可，请放心。”

拉希德欲言又止，他突然提问："林先生，你知道四号方程式创投公司吗？"

林立国回答："知道，他们的英文名是 Formula 4，简称 F4 创投，其管理合伙人是林迪和佩里先生。"

拉希德说："F4 创投是你们的主要对手，这次月会我们会同时讨论你们基金的投资案和 F4 互联网创投基金的投资案；从中我们会选择一家基金来合作。"

林立国对拉希德说的事情感觉有点意外，说："感谢您的支持！如果需要我们再提供什么资料，请随时告知。"

拉希德说："好的，我会让班达尔通知你们，默罕默德先生的意外身亡给我们投资局带来极大的悲恸，我们会继续他未完成的工作，请放心。"

林立国问："拉希德先生，请问您经常去硅谷吗？"

拉希德回答："硅谷我去的次数不多，我倒是经常云美国东岸；去年六月我还回波士顿参加母校哈佛大学的校庆，也给学校捐赠了一笔资金。"

林立国又问："太好了，请问您在美国生活了多久？"

拉希德说："两年，读完 MBA 我就回国了，不过暑期我倒是在高盛公司实习过。我非常喜欢曼哈顿的感觉，几乎全世界的精英都去了那里，尽管很多人对华尔街的金融家总是会有误解，电影更是把它描述为充满纸醉金迷的地方。"

林立国说："我也喜欢纽约，我们董事长洪明在华尔街投行也担任过高管；其实投行工作非常繁重，它们对全球经济的影响非常大。"

拉希德说："如果没有华尔街，我们阿布扎比投资局就会逊色很多。去年我们从大宗商品交易市场❶及期货市场❷上获利 83 亿美元，占到我们对外

---

❶大宗商品交易市场：特指专业从事电子买卖交易套保的大宗类商品批发市场，又被称为现货市场。

❷期货市场：是按交易协议所预定日期交割的金融市场，现货与期货的区别是期货的交割期放在未来，而价格、交货及付款的数量、方式、地点和其他条件是在即期由买卖双方在合同中规定的，商品及证券均可在期货市场上交易。

投资总收益的三分之一。”

会后，班达尔暗示林立国，F4 创投基金的联合创始人林迪和佩里都是拉希德在哈佛大学的校友，感觉这次 F4 创投过会的概率非常高。

在硅谷的哈佛大学校友们都非常团结，而且他们的海外势力庞大；由于 F4 创投已经成为哈佛大学在硅谷的主流创投之一，也获得了哈佛大学校友捐赠基金的大力支持。

这样的局面，林立国早有预感，回头想想，自己还能活着，默罕默德却英年早逝；人只要活着就会有希望，命运无常，“希望永远在路上”。

周三晚上，默罕默德的弟弟巴德尔招待他们去靠海的 Finz 餐厅用餐，这里的海鲜是全城最优质的；他们选了一个靠海的露台，满桌的菜肴有鞑靼吞拿鱼、柠檬酸豆、法式酸奶、伊朗奥赛查鱼子酱、芝香味噌龙虾以及罗勒油番茄烤扇贝等，仿佛有种置身在地中海的感觉。

巴德尔有感而发：“我哥哥出意外的前一天我们也在这里用餐，真不敢相信他会有此意外。”

林立国安慰道：“天有不测风云，我的未婚妻也是在毫无征兆下意外身亡的。面对灾祸，最难接受的就是至亲，您一定要节哀。”

巴德尔说：“没想到您也有同样的遭遇，看到哥哥年幼的孩子，真是非常难过；去年我父亲刚刚去世，没想到今年是我哥哥。”

林立国问：“孩子是最可怜的，不知道有什么是我们可以帮忙的？”

巴德尔说：“说到孩子，我哥哥倒是留了一封遗书给您。”说完，他从袋子里取出一封信，交给林立国。林立国打开信封，信上写道：

“尊敬的林立国阁下：

当您收到这封信时，我应该已经去见真主阿拉了，人生无常，请不必为我忧伤；我会请我弟弟巴德尔亲自把这封信交给您，在他的见证下完成我的一桩心愿。

此次去拜访贵公司，对于贵公司的团队成员及投资业绩感到非常满意，我会交代我的同事继续推进你们的项目，希望你们的基金能顺利启航。

无论如何，我都希望你们的基金能够顺利设立，万一阿布扎比投资局最终没有投资你们，我个人愿意参与投资你们基金10亿美元，用以协助推动高科技产业的发展，实现你们的梦想，改善人类的生活。

这10亿美元原本是我要捐赠给我母校斯坦福大学的，我在斯坦福大学的那一段岁月是我人生中最值得回忆的时光，也培养我建立独立思考的习惯；这笔捐赠先由你们代为管理，在基金期满后再代我将这笔钱捐赠给斯坦福大学，设立一支以我们家族命名的奖学金。

在此，我附带两个要求，如下：

你们基金至少要有30%的份额投资在和斯坦福校友相关的项目上，或是那些来自阿联酋的创业团队。

聘请莱伊拉小姐担任新基金的合伙人，并担任投资决策委员会的委员。

另外，我曾经承诺过要投资米勤林公司1000万美元，这笔钱我已经让我夫人办理了，请放心。

至于我的两个儿子，如果他们未来想去美国受教育，也麻烦你们代为关照。

为祈!

默罕默德 亲字”

看完这封信后，林立国为默罕默德的伟大情操感到敬佩。财富是个人带不走的，他却用这种方式来回馈社会，推动科技改善生活的理想，同时公私兼顾，让家族的名字也得以发扬光大。

林立国把这封信拿给坐在身旁的莱伊拉看，她感动得哭了，虽然只有短暂的相处，她看得出默罕默德是一个有情有义的人。

林立国告诉巴德尔：“令兄实在是太伟大了，我们一定不会辜负您哥哥生前的期望，会尽力让这笔钱发挥最大的效用。”

巴德尔颔首道：“我信任我哥哥的眼光，科技兴国一直是他多年以来的愿望，希望通过这笔捐赠能树立迪拜在斯坦福大学的良好形象，未来能有更多的留学生去斯坦福大学深造。”

莱伊拉说：“非常感谢默罕默德先生的垂爱和照顾，加入硅动力创投公司后我会努力表现，请放心。”

巴德尔说：“莱伊拉，谢谢你！有你把关，相信我们的投资一定会有不错收益的。”

半夜，林立国打电话回硅谷，对于默罕默德的遗嘱，洪明也感到意外；他告诉林立国最好还是按照计划前往沙特一趟，毕竟资金尚未到位，怕还会有变数，何况要是沙特主权基金能投资硅动力，他们的基金规模也能再扩大，这样一来，可谓是可攻可守。

周五早上，阿布用私人飞机带他们前往沙特首都利雅得，他们这才发现从阿布扎比去利雅得只有 500 多公里路程，走高速公路也很方便。

巴德尔推荐了沙特公共投资基金（PIF）的副主席代巴克尔跟林立国一行，莱伊拉穿黑袍戴头巾，林立国眼睛不禁一亮。

代巴克尔和巴德尔是至交，他和默罕默德也非常熟悉，经常一起出海远航；他亲自到利雅得哈立德国王国际机场接他们，还安排了车队。

由于莱伊拉有皇族血统，代巴克尔用皇室礼仪接待了他们，为他们安排了豪华的 Vittori Palace 酒店，位于沙特公共投资基金不远处。

林立国欢迎道：“代巴克尔先生，很荣幸能认识您，也感谢巴德尔先生的推荐。”

代巴克尔说：“林先生，别客气，巴德尔和默罕默德兄弟都是我最好的朋友，他们的朋友就是我的贵客；更何况，莱伊拉女士的父亲和我们都有些渊源，这些巴德尔都告诉我了。”

莱伊拉说："谢谢您！代巴克尔先生。"

莱伊拉将此行的目的告知PIF的副主席代巴克尔，林立国也做了详尽的简报。代巴克尔是个美国通，也经常去硅谷，他对林立国的印象不错，当场表示有巴德尔副部长的推荐，他们会严肃考虑投资硅动力公司的互联网投资基金。

第二天，代巴克尔用越野车载着林立国、莱伊拉和阿布一行去利雅得东北郊的骆驼市场，体验一下真正的中东风情。骆驼在沙特人心中的位置无可替代，尤其赛骆驼是一掷千金的酋长们炫耀财力、竞相豪赌的游戏。沙特皇室不惜重金从世界各地购进各种骆驼，将其训练成出色的赛手；参加比赛的骆驼通常身价不菲，上等的骆驼轻易就可卖到几十万美元，珍稀品种还可以卖到上百万美元。

代巴克尔让大家试骑比赛用的骆驼，林立国感觉每次骑上骆驼时，随着骆驼站起来的时候，都觉得好似坐了一部节奏有问题的电梯，有种强烈的不适感；而每次骆驼俯身趴下的时候更恐怖，有强烈的失重感，仿佛被一下子从空中抛到了地上。

不过，能亲身体验骑骆驼还是挺难得的，比赛用的骆驼主要是可以耐热的单峰骆驼，它们的毛发很短，比双峰骆驼的性情更加温顺，也更容易训话，适应厚厚的沙土地和酷热的天气。

一般骆驼走路的速度只有每小时9公里，比赛时能达到每小时13公里，冲刺时其速度可达每小时60公里。公骆驼发情的时候，时速可以到80公里，连骏马都难以追赶它。

骑骆驼对莱伊拉而言是小儿科，林立国只见她熟稔地跨上驼背，很自然地随着骆驼的步调摆荡着身体，非常和谐，心想她小时候在沙特应该没少骑过骆驼。

中午，代巴克尔招待大家吃全驼宴。骆驼肉是阿拉伯人的至爱，是当地最受欢迎的美食之一，可林立国吃不习惯，他只能眼睁睁地看着阿布和莱伊拉大口大口地吃着驼肉，十分满足的样子。

回到硅谷，刚好默罕默德的遗产律师也发函给硅动力创投公司了。于是，林立国将这个基金命名为“默罕默德动力基金（简称M基金）”，用以纪念默罕默德。

不久，代巴克尔也带着团队来硅谷做尽调，他主要想了解硅动力创投公司过去所投资的企业情况，看起来有点像是走个过场似的；恰好，米勤林公司刚刚接到惠普的大单子，还预付了一笔不小的款项，于是，洪明和佩德罗带着代巴克尔团队前往米勤林公司考察，当着投资人的面乔治也没少说硅动力创投公司的好话。

代巴克尔看了米勤林公司的产品和技术，感觉丝毫不逊于思科；根据他的计算，硅动力基金光靠这一个项目的投资就能回本，剩下的都是净收益，从洪明的身上他仿佛嗅到如孙正义般纵横的才气。

代巴克尔表示非常满意硅动力创投公司的投资能力，他将硅谷的行程缩短了，第二天就前往纽约，他们在那边还有其他两个基金需要考察。

洪明望着佩德罗，长长地叹了一口气，说他突然感觉到投资的本质就是赌，赌谁能坚持到最后。曾经濒临倒闭的米勤林公司一度让所有的创投公司都意兴阑珊，最后还是靠自身的坚持渡过难关、扭转乾坤的。

至于硅动力创投公司后续的投入，到债转股，他当时也没想那么多，他只相信自己团队的判断；更多的是凭一种直觉，他从乔治身上看到一股坚持下去的决心，尤其是他的团队，几个月不支薪却仍不离不弃，继续和乔治并肩作战，这也令他非常感动。

有句话是这样说的：“坚持下去就是胜利！”是的，许多能力超群的企业家最终失败了，其原因大多是不够坚持。这也印证了硅动力创投公司在投资上所设置的几条铁律，那就是被动创业的不投，有退路的不投，没有话语权的不投，其中最重要的是知难而退、没有勇气坚持下去的不投。

中国有一句古话，“戏棚下站久了就有你的位置”。现在没有位置，但是你站久了，坐在你前面的人总会站起来吧，只要他们走了就轮到你了。指的就是撑得久的人总会得到机会，这也是一种自然的规律。

洪明随即想起作家大仲马在《基督山伯爵》里的最后一句话：“人类的一切智慧都包含在这两个词里面：等待和希望。”这句话非常适合创业家和投资家，多年来也成为洪明面对困难时的一句人生偈语。

第二章 夏

——初试啼声，翻云覆雨

1. 各路英豪齐聚一堂

在默罕默德动力基金（M 基金）启动大会上，所有投资人都来到了硅谷，洪明安排他们住在旧金山市区联合广场的万豪酒店，他在那里安排了一场庆祝晚宴。

晚宴中，洪明举杯致谢所有参会的代表："感谢默罕默德、代巴克尔、巴德尔和阿布的支持，让这支基金能顺利成立；我们将秉持设立这支基金时的初衷，专注于互联网服务产业的投资，作为 M 基金的董事长，让我介绍一下 M 基金的核心团队：

林立国先生担任 M 基金的总裁；李青云女士担任 M 基金的董事总经理，主管投资部门；莱伊拉女士担任 M 基金的高级合伙人，负责投资人关系及投后管理；高登先生担任 M 基金的合伙人，负责战略及市场调研。"

大伙响起一片欢呼声和掌声。

由于默罕默德先生特别指定让莱伊拉担任 M 基金的合伙人，林立国向霍去病公司的总裁张千要人；起先张千不太愿意，他没想到自己出差时能惹来这么大的"麻烦"，因为莱伊拉是霍去病公司的首席运营官，操持着公司所有的运营工作。

后来，莱伊拉主动找张千深谈，表示自己进入创投圈还可以协助他完成后续的融资事宜，从战略上来协助霍去病公司；张千看她态度坚决，最后也就同意了，还表示会保留她在公司所持有的股份。

高登先生是林立国在创业时期的战友，他来自犹他州盐湖城，毕业于南加州大学，主攻计算机科学和市场营销。由于他对互联网产业非常熟悉，于是，林立国邀请他负责战略及市场调研，并且让他在今晚的晚宴中稍作发言。

高登发言时说："各位尊敬的投资人，我是高登，洪总及林总让我代表M基金将我们对市场的判断和投资战略向各位做个简报；我是硅动力创投公司的新人，有疏漏之处还请各位多多包涵。

"首先，通信基础建设的完备推动了互联网服务行业的兴起，搜索引擎和门户网站让大家能够互联互通；网路电话、即时通信和网络游戏让大家开始对网络产生依赖。未来互联网产业将朝着多元化发展，我们看好电子商务、社交网站、网络游戏、线上支付和网络安全所衍生的产业；未来M基金也将专注于这些领域的投资。

"其次，3G通信的发展将会让智能手机逐渐流行起来，我们可以在手机上看到彩色图片，甚至影片，这会让智能手机变成一部移动电脑。

"未来我们在电脑上看到的程式都有可能在手机上呈现，移动互联网将大大改变人类的生活；随着各种电信增值服务的完善，通信费用也会降低，人们开始愿意为这些增值服务支付额外的费用。

"而这些增值服务都需要在现有通信平台上开发，新的网络技术将取代过去的单机技术；M基金也将持续关注市场上的前沿互联网科技，挖掘出最具有投资价值的互联网服务提供商。"

高登简短有力的发言让大家看清了互联网服务产业的未来，了解到这股风潮将彻底改变人类的生活方式；互联网拉近了人与人之间的距离，也加速了社会精神文明建设。

代巴克尔、巴德尔和阿布这三位主要投资人都带来了他们美丽的眷属；可最让林立国眼睛一亮的人还是李青云，她换了一身晚礼服，将她高挑纤细的身材展露无遗。

洪明特别让她为大家表演了节目，她用萨克斯风吹奏了一首《*All the things you are*》（你是我的所有），这让林立国想起上次他和李青云在渔人码头爵士酒吧的情景；他知道这首曲子的含义，也深受感动。

洪明也携眷参加，洪夫人袁晨云是李青云的师姐，她们在华盛顿DC读书的时候就认识；在华尔街的时候彼此还成了闺密，洪夫人多次介绍对象给李青云，李青云都觉得不合适，晚宴中她看到李青云注视林立国时的眼神，突然会意了。

袁晨云任职于亚马逊公司，她主要负责和出版社的对接以及促销工作；后来，李青云能加入洪明的团队，洪夫人也没少费心，私底下做了不少工作。

晚宴中，代巴克尔夫妇举杯向大家致意："我们代表沙特公共投资基金祝贺M基金的顺利设立，过去我们间接投资了雅虎让我们在互联网领域收获颇丰；我们也相信互联网服务产业将是未来新的投资亮点，期盼M基金能有不俗的表现。"

巴德尔接着说："我哥哥默罕默德生前最大的心愿就是科技兴国，阿布扎比的石油、石化工业、贸易和旅游已经跻身世界前列；我们期待新的互联网技术能带动产业升级，衍生出更多的商机，未来也能在阿布扎比蓬勃发展。"

阿布也附和着说道："迪拜埃玛尔地产多年来始终积极追求高新技术在建筑领域上的应用，我们集团已经建成了全球首屈一指的摩天大楼；互联网技术也是我们非常看好的领域，相信它会改变现有的商业格局，让我们无法忽视它。"

看来大家对新科技的渴望都非常迫切，对即将到来的新时代都有所期许，他们都希望通过资本的参与能深入科技企业的内核；而且硅谷有最佳的科技土壤，能催生一批又一批的高科技企业，因此 M 基金得天独厚。

晚宴就在杯觥交错声中落幕了，M 基金迎来了新的纪元。

晚宴之后，林立国送李青云回家，途中林立国对李青云会吹萨克斯风这件事感到好奇，就问道："青云，你是什么时候开始学萨克斯风的呢？吹奏得真不错呢！"

李青云回答道："中学时我学的是小号，老师是父亲单位的小号手，在学校也参加乐队；后来喜欢上爵士乐，就改学萨克斯风，平常都很少练习，上次我们去爵士乐酒吧之后，我就又开始练曲了，今晚演奏的《*All the things you are*》足足花了我三天的时间练习，感觉还是有些差强人意。"

林立国非常佩服李青云的音乐天赋，说道："我听出来了，这首歌迈克尔·杰克逊曾经演唱过，非常动人的歌曲，你的演绎更是一流。"

李青云露出惊讶的表情，说道："没想到这首老曲子你也听过，迈克尔·杰克逊应该是在 1973 年第一次唱这首歌的，那时他才 15 岁。"

林立国笑一笑说："哈哈，我经常听老歌，而且很多都是'作古歌手'的歌曲，像是卡朋特乐队（Carpenters）、猫王埃尔维斯·普雷斯利（Elvis Presley）等。"

李青云说："立国，你别吓人啊！什么作古歌手？以后我连邓丽君、张雨生的歌曲都不敢听了。"她忽然间想到一件事，就接着问道："立国，你不觉得莱伊拉不简单吗？她和默罕默德只见过一次，默罕默德居然这么看中她。"

林立国说："是的，我也觉得蹊跷，不知道他们之间发生什么事了。这次我和她去沙特，感觉她家必定和沙特皇族有渊源，就连代巴克尔先生都对她非常尊重，M 基金由她来对接投资人是再好不过了。"

李青云笑道："这样啊，那我就放心了，原先我还以为他们俩有什么告不得人的秘密呢，原来是我多心了。"

林立国摇摇头说："这不会的。如果有那种关系，默罕默德不但不会帮助她，还会看轻她，而且默罕默德也不是那种人；如果莱伊拉不能胜任M基金的合伙人，他也不会推荐她的。"

李青云说："今晚阿布夫人那一身黑色礼服，看上去非常高雅动人啊！"

"是的，平常在迪拜，我们很难看到女人的真面目，她们应该是入境随俗吧。不过，今天晚上最美丽的还另有其人。"林立国话在嘴边，又怕太过露骨。

李青云说："是的，洪夫人也非常艳丽，我也喜欢她的红色礼服。我也差一点要穿红色的礼服，幸好后来改穿了粉色的。"

林立国说："你们都很出色，平常在办公室都没想过你们穿礼服的样子。"

李青云说："看来我要多参加一些宴会，才能吸引你们这一群绅士啊！"

林立国说："那倒不必，我觉得自然是最美的；你的皮肤很白皙，不必化妆就很好看。"

李青云笑道："哈哈，我有四分之一的满族血统，说不定祖上还有俄罗斯的混血；家母皮肤更白，我只看过她涂口红，不用其他化妆品。"

聊着聊着，不知不觉车子已经开到李青云家楼下，林立国替她开车门；临别时他们学西方礼仪互相拥抱了一下，立国在青云的脸颊轻吻了一下，目送她进了公寓楼。

回到家里，林立国对李青云明亮的眼睛仍然不能忘怀，他拿起阿布送给他的法国红葡萄酒，品尝了一杯。想起和伊曼在一起的许多浪漫时光，拿起她和他的照片，看了又看。

李青云也夜不能寐，林立国总是和她保持着距离感，她又打开萨克斯风，看了一看；此时已是深夜了，不能再吹奏乐器了，她只能让旋律在心中慢慢展开，回想今天晚上她演奏时的情景，以及林立国看着她时的神情。

第二天，是M基金正式开工的第一天。早上洪明给大家开了个小会，算是正式Kick Off（启动仪式），林立国也趁机给大伙打气。

M基金虽然刚启动，备选的投资项目倒是早早预备好了，李青云将十多个精挑细选、百里挑一的项目资料交给林立国，他从中挑选了三个项目来公司路演。

第一家是基于网上拍卖的电子商务企业“大家拍公司”，对标企业是“eBay（亿贝公司）”，团队成员也来自亿贝公司。这家公司的CEO亨利是南加大的学生，高登的校友，团队成员大部分来自洛杉矶。

项目路演会中，亨利先是将公司的商业计划书做了介绍，之后是提问环节。

李青云问亨利：“你们和亿贝公司的差别在哪里？”

亨利答道：“我们发现亿贝公司最大的问题就是，买家和卖家缺乏社交的功能，大家拍公司开发出一套程序，可以让买卖双方之间有更多的交流，我们还计划推出一款支付软件，可以使交易速度提升一倍，安全性更高，让买卖双方更放心。”

李青云问道：“看起来你们创始团队几个人的持股比例好像都一样？”

亨利回答：“是的，我们有四个主要合伙人，我负责运营，彼得负责技术，汉娜负责市场营销，艾瑞克是天使投资人，我们每个人各持有公司25%的股权。”

李青云问道：“那公司究竟是谁说了算呢？”

亨利回答说：“我是总裁，我说了算。”

李青云继续问道：“那如果公司遇到资金困难，你会卖掉房子来救公司吗？”

亨利笑一笑，说：“我们是一家科技公司，公司计划每年进行一次融资，所以不需要卖房子；如果有必要的话，我们四个人会一起筹措资金。”

李青云说：“你们的商业模式和团队背景都很强，但是这样的股权比例我们是不会投资的。建议你们内部沟通一下，最好有一个人的股份在 40% 以上，只有这样，我们才能继续推进。”

亨利问：“汉娜是我的未婚妻，如果我们两个人的股份加在一起是否就能满足您的条件了？”

李青云答道：“这是可以的。但是，我们对于夫妇档在公司任高管是有疑虑的。请问你和汉娜发生矛盾时会听谁的？另外，我们也担心裙带关系会对公司治理起到不好的作用，比如说夫妇之间吵架也会对公司的运营造成不利影响。”

亨利说：“我明白了。不管我们的企业有多牛，你们也不会投资一家由夫妻设立的公司，是吗？”

李青云笑一笑，表示每个投资人的投资理念都不一样，硅动力创投公司在这方面的顾虑会多一些，也许其他的基金没有这方面的顾虑。

显然，第一家企业的交流似乎不太顺利，整个会议只进行了十分钟就结束了。虽然林立国欣赏李青云的明快作风，却对她所说的“裙带关系会起到不好的作用”的观点不太认同。他觉得有可能这又是洪明立下的规矩，这也提醒他必须和李青云在工作上要尽量保持距离，这样才能保证 M 基金在运作上的独立性。

第二家企业是网络游戏公司“掌上快游公司”，他们尝试在手机上推出手机游戏。据说，他们的技术能突破带宽的限制，在 3G 手机上的客户体验游刃有余。林立国非常重视游戏领域，他决定亲自提问：“请问你们公司有何优势？”

掌上快游公司的 CEO 沃克看起来很年轻，是斯坦福大四在读的学生，他们的团队都是一群网络游戏迷。沃克答道："目前我们的游戏引擎[1]可以突破 2G 手机带宽的限制，在未来 3G 手机的应用上，更加能凸显我们技术上的优势。"

林立国又问："你认为手游市场能做大吗？人们愿意盯着这么小的屏幕玩游戏吗？手机上是否只能玩一些简单的游戏呢？"

沃克回答："我们的第一款产品是扑克牌游戏，上线才一周时间，通过运营商销售已经卖了七万多美元了。我们的第二款游戏计划在月底上线，是一款益智类的游戏，未来我们计划每个月推出一款新游戏。"说完，沃克又强调说，"手机游戏可以填补人们在等车、等人时所有无聊的碎片时间，而且随着 3G 市场的普及，我们还会推出更多更加复杂的图像游戏。"

"据说你还在大学上课，你是如何处理学校课程上和创业工作上的时间冲突的？"林立国好奇地问。

沃克回答说："我们公司的核心团队有三个人，教授是我们的顾问，我是 CEO，负责技术，另一个是我同学，负责业务拓展。我们明年就毕业了，所以现在课业并不多。"

沃克又补充道："其实我们都做好了准备，如果学校课程会影响创业，我们随时可以办理休学。"

沃克的话让林立国想起自己开始创业时的情形，在斯坦福大学，在校创业可不是什么问题，毕竟，微软公司的比尔·盖茨和苹果公司的乔布斯也都是辍学创业的。

林立国继续问道："你们的业务模型是什么？手机支付会成为问题吗？"

沃克回答说："目前我们只能通过运营商代收费，我们和运营商进行收入分成，手机支付不会有问题。"

---

[1] 游戏引擎：指专为游戏设计者提供各种编写游戏所需的各种工具，透过编程的模块化来提升开发速度。

林立国又问道：“根据你的财务预测，大概要多久你们才能满足股票上市的条件？”

沃克听说，直接回答说：“股票上市？我们没想那么远，我们目前的思路是做到一定的规模之后就将公司卖掉，这个过程需要 3 年左右。”

对于一个大学理工男而言，股票上市的确是遥不可及的事情，这些林立国都能了解。过去硅动力创投公司也曾经辅导过一些初创企业，也是从小做大，最终实现股票上市，必要时他们会为公司引进持牌有经验的财务总监。

林立国又问道：“你们企业的主要竞争对手是谁？”

沃克回答说：“目前几乎所有的网络游戏公司都在尝试做手机游戏，但是都比较分散，尚未出现有垄断性的企业；这块市场还属于蓝海，估计还需要一两年的时间市场才会成熟。”

对于沃克的坦诚，林立国很欣赏，提交了一份尽职调查清单给他。

沃克接过清单，说：“好的，我们会准备好所需要提供的资料，然后直接发到您的邮箱。”

事后，李青云问道：“看起来你对这家公司很满意啊？”

林立国回答说：“这小伙子让我看到自己年轻时的样子，浑身充满阳光和活力，我十分欣赏他的坦诚；手机游戏的发展是迟早的事情，我看了他的演示，挺有趣的，而且速度流畅不卡顿，非常难得。”

李青云点点头，什么也没说。随后，她招呼第三家企业网毒克星公司的 CEO 马克来会议室，他们是做网络杀毒软件的，团队成员大多来自软件巨擘赛门克公司❶。

初步沟通之后，李青云问道：“你们的杀毒软件产品的特点是什么？”

---

❶赛门克公司：由于本书里的投资案例全属虚构，为了体现出产业的特性；本书会将虚拟案例和真实公司联系起来；在本书中赛门克公司是杀毒软件的龙头企业，和现实世界里的赛门铁克公司大体类似。

马克回答说："我是赛门克公司的第 15 号员工，在软件行业已经做了二十多年，从事杀毒软件的开发也有十多年的时间了；根据我们的判断，随着互联网市场的快速发展，将驱动新的网络安全市场。"

李青云问道："你为何选择在五十多岁时才出来创业呢？"

马克答道："我很早就结婚了，大儿子诞生时我还在读大四，生活的压力迫使我不得不找份稳定的工作；现在我的两个儿子都硕士毕业开始工作了，我终于没有后顾之忧，可以大显身手了。"

李青云又问："我们看你们团队里面就只有你一个人懂技术，其余的人都是门外汉；万一你身体出问题，或是发生意外，公司是否就要解散了？"

马克回答李青云说："我多年的技术积累已经达到骇客级别了，要找到类似水平的人才并不容易；等我们完成这一轮融资，我会陆续招聘更资深的软件工程师加入，也会培养接班人。"

李青云说："可是，职业经理人和管理团队还是有较大的差距，我们基金还是偏好那些具有完整团队的企业，而年龄也是我们投资的关注点之一。所以，实在抱歉！"

马克说："虽然我已经 53 岁，可是我的身体状况和小伙子相比没有什么差别，每年的体检报告都显示身体十分健康。"

李青云说："这点我们也非常认同，就是我们希望公司能有其他人和您一起协作。明确一点说，就是我们不希望承担人的风险。"

马克对李青云的说法表示可以理解，他希望硅动力创投公司能参与下一轮融资，其间他会培养一些年轻人，让公司变得更有活力。

送走了马克，第一天的路演会就告一段落。三选一，他们决定对掌上快游公司内部立项，同时开展尽职调查工作。在这之前，他们还会对手机游戏行业做深入的市场调研。

事实上，每个新的行业都有培育期，包括对市场的教育和对客户的培育；太早了或是太晚了都不行，因为基金的投资周期只有7~10年。

会后，林立国好奇地问李青云："你不觉得网毒克星项目看起来还不错吗？为何轻易拒绝呢？我们也许可以深入了解后再做判断。"

李青云回答林立国说："这些规矩是洪总定下的，他对于创业公司的股权结构和年龄结构非常在意，凡是在这方面有瑕疵的，我们一般都不看，因为根本过不了投决会。"

林立国说："这就是问题了，我们给自己设置了许多条条框框，看起来似乎是冠冕堂皇，却没有太多依据；我们要解放思想，重新认识市场，其实在纳斯达克上市的公司里面，企业家超过50岁才决定创业的也有不少，实在不可一刀切。"

李青云说："您说的很有道理，设立规矩确实很容易，却也容易故步自封；过去也有一些项目就是因为违反我们的铁律被排除在外的，到最后才发现自己错过了极佳的投资机会。不过，我记得你这次招聘人员的时候也喜欢30岁以下的年轻人，不是吗？"

林立国说："我招聘年轻人是想完善我们团队成员的年龄结构，而不是去否定其他年龄层的员工。试想想，如果我们公司都是30岁以下的人，那会是怎样的一种情况呢？年龄大的有经验，年龄小的有创意，这不是可以形成互补吗？"

李青云点点头，她非常同意林立国的见解。

林立国说："这样吧，你再和网毒克星公司的CEO马克联系一下，我刚好也有朋友在赛门克公司工作，我也从侧面了解一下马克的人品。"

李青云点点头，她暗自佩服林立国那种就事论事的开明作风。

不知不觉天黑了，一看表已经八点多了，林立国提议去帕罗奥图购物中心的必胜客找点东西吃。李青云也好久没吃垃圾食品了，偶尔放纵一下自己，心里感觉也挺好的。

他们点了一个至尊比萨、通心粉和两杯啤酒，然后各取一个小碟去装沙拉。必胜客的自助沙拉很有销路，大家都试图将各式沙拉菜品叠得很高，因为自助沙拉是按人次计费的，一个碟子只允许去装一次食物。

李青云展示了堆叠沙拉的本领，林立国自愧不如。李青云告诉他，在华盛顿DC读书时，同学们经常会比赛看谁的碟子装的沙拉更多，赢的人可以免单。

林立国告诉李青云，他们同学之间也常常会比赛，看谁吃的更多。他们经常去旧金山市中心的海鲜自助餐厅吃饭，然后就看到餐厅的服务员满脸嫌弃的样子。后来，餐厅老板直接婉拒他们，拜托他们别再来比“大胃王”了。

此时必胜客餐厅正播放着老鹰乐队演唱的歌曲《加州旅馆》，林立国告诉李青云：“我第一次听到这首歌时是在读大二的时候，奔放的旋律让我耳目一新，也开始对美利坚合众国心生向往。”

李青云说：“其实，这首歌主要是在描述一位行驶在高速公路上的嬉皮士所追求的精神自由，在迷思中放纵自己，而且歌词中也隐含着年轻人从天真到成熟的旅程，其中似乎也在悼念着童真的逝去。”

林立国说：“有时候我还经常会觉得自己童心未泯，对未来仍然充满许多幻想；我感觉人的成长经常是无法自主的，尤其是在面对挫折的时候。”

李青云说：“有句话叫不忘初心，其实我们在年幼的时候都曾经对未来有过许多梦想，也发过一些宏愿；长大后才发现有些愿望很难实现，甚至不切实际，回头想想，也许初心才是最真实的自己。”

林立国说：“是的，年纪越大胆子就越小，那些曾经追求过的理想也变得越遥不可及了。”

李青云不禁有感而发：“其实，这些年来我也一直在迷惘，到底自己真正想要的生活是什么？那些已经握在手上的东西和自己人生一直追求的梦想是否一致？感觉光阴飞快逝去，岁月仿佛在虚度，父母亲对我曾经有过许多期望，看起来我要让他们失望了。”说完，李青云的眼睛有点湿润。

林立国安慰李青云：“以美国人的标准而言，三十多岁并不算老；有许多恋人到四十多岁时才走向红毯，不要给自己太大压力。”

李青云本来是对事业上有所感叹，没想到林立国却理解为婚姻；后来一想，对于女人而言，也许婚姻才是重点，多年来自己在感情上算是交了一张白卷，看到林立国一针见血、直指核心，却不免害羞起来。

借着酒意，李青云脸上突然泛起一阵红晕，煞是好看。

林立国突然想起李青云在大家拍公司的CEO亨利面前提起夫妇不该一起创业的事情，他问李青云这是否也是硅动力创投公司立下的规矩。

李青云点点头，说：“是的，我们公司不主张夫妻店。通常，我们都会设法劝退其中一人，避免他们将家庭矛盾带到公司里来。”

林立国说：“看起来洪明和袁总在家里常常闹矛盾，才让他警钟长鸣。”

李青云笑道：“哈哈，有一段时间晨云姐倒是经常向我抱怨，说是看不惯洪总的大男子主义，在家里什么事情也不做，还到处添堵。”

林立国说：“这还算是好的，以前我的老板伍总经常和老婆吵架，离婚前还经常被家暴；他老婆泼辣起来谁都受不了，连去劝架的人都招架不住。”

李青云说：“看起来婚姻生活也并不是那么美好，和小说里面所描述的幸福感差别挺大的啊！”

林立国说：“钱钟书不是有一句名言吗？他说‘婚姻就像一座围城，城外的人想进去，城里的人想出来’，这大概是现实中婚姻的一种写照吧。”

李青云说：“这让我更加同情胡适先生了，他老婆江冬秀可是有名的河东狮吼型的泼妇，胡适先生实在太难了，足足忍了她50年。”

林立国说：“不忍不行啊！据说当胡适提出要和江冬秀离婚的时候，江冬秀立刻拿起厨房的菜刀怒斥：‘不用离婚那么麻烦，我先杀了两个孩子，然后再自杀！’这让他如何下得了手。”

李青云说：“你们男人就是胆小好骗，我才不相信江冬秀能下得了手呢！”

两人相视而笑，林立国暗暗叹服李青云的犀利，看来要找个能驾驭她的男人也真不容易。

2. 错过乃兵家常事

林立国将掌上快游公司尽调事宜交给李青云和高登去处理，为了进一步了解游戏市场，高登和李青云拜访了微软公司的 Xbox 研发团队。当时的游戏机市场主要由两家日本企业瓜分，除了 SONY 的 PlayStation，还有任天堂公司的 NGC。

此时，微软公司正在研发 Xbox 游戏机，也想和他们分庭抗礼。

他们来到微软总部，接待他们的是负责研发 Xbox 的研发总监迪克，迪克是高登在南加州大学读书时的师弟。

迪克见到高登，非常热情地打招呼说："师兄，好久不见！您改行做投资啦？"

高登说："是的，游戏这块现在很热门啊！你们部门应该很吃香啊！"

迪克说："我也是歪打正着，之前我一直在 Bungie 公司，负责游戏软件的研发；后来微软公司想做游戏机，我就过来了。"

高登说："不错，从软件到硬件，能完整看到市场的需求！最近我们基金在看手机游戏这块市场，想向你这位专家请教一下。"

迪克说："坦白说，这部分市场尚不太成熟，主要是手机游戏受到的限制比较多，首先屏幕太小，其次是算力也不够，我认为 3~5 年内都看不到明星项目。”

高登说：“手机游戏倒是能解决人们打发搭地铁、等人时的碎片时间[1]，也许刚开始不需要很复杂的游戏。”

迪克说：“如果是从这个角度出发，我认为可行；移动通信的带宽体量正逐渐增大，也许未来手机游戏也能为运营商解决海量内容的问题。”

高登说：“刚开始也许手机游戏的内容会比较单一，后面可以根据手机的算力和传输速度的不断迭代来增加游戏的复杂性。”

经过反复推敲，迪克和高登都认为也许沃克的判断才是对的，因为在3G手机时代来临时，配套的内容也必须跟上。这就像是高速公路建好了，就要考虑车流量的问题是一样的道理，手机游戏倒是可以满足运营商的需求。

最后，他问迪克是否对开发手机游戏的企业有所了解，迪克给了高登一个名单，其中他推荐了梦幻星球公司，表示他们的技术最成熟。

通过迪克的介绍，他们和梦幻星球公司约了时间去拜访。目的除了看看项目是否值得投资之外，也想通过他们的商业模式，对这个行业有更多的了解。

梦幻星球公司的创始人李德凯是美籍华人，他的团队成员就来自Bungie公司，是迪克的老同事。李德凯非常看好3G手机通信下的手机游戏，可惜Bungie公司高层不感兴趣，最后他只好带着团队自立门户。

梦幻星球公司刚刚获得了英特资本的投资，估值5000万美元；短期内他们不需要再融资，出于礼貌，李德凯还是非常热情地接待了林立国和李青云。

据李德凯的描述，他们彩色版的手机游戏将在年底推出，将引领市场；

[1] 碎片时间：指那些没有被安排任何工作，未被计划的时间。因为零散、无规律，所以被叫作碎片时间。

他们的手机版俄罗斯方块游戏在市场上已经获得了巨大成功，他们正在研发一种名为贪吃龙的游戏，也是彩色版的。

看样子梦幻星球非常擅长将 PC 版游戏手机化，即使换汤不换药，对用户而言也会有新鲜感。

看完了梦幻星球公司，林立国对手机游戏的市场更加有信心了，他觉得沃克团队的创意和技术似乎更胜一筹；虽然梦幻星球公司的团队比较有经验，资金也充裕，林立国却更看好沃克这位年轻人。

根据默罕默德的遗愿，M 基金也有提携斯坦福校友的任务，掌上快游公司从各方面看来都非常合适。

经过 M 基金五位投决会成员的热烈讨论，最后以四票通过了对掌上快游公司的投资决议（只有莱伊拉投了反对票）。

M 基金选择了聘请外部机构对掌上快游公司进行全面的尽职调查，包括技术尽调、法务尽调和财务尽调。尽职调查进行得非常顺利，反馈都是正面的，M 基金开始和掌上快游团队讨论公司估值和投资合同条款事宜。

关于估值，沃克坚持要 5000 万美元的投资前估值，可梦幻星球公司的投后估值也才 5000 万美元，林立国觉得这个估值偏高；沃克表示梦幻星球的 PC 包袱很重，他还嘲笑梦幻星球公司的李德凯不懂手机，未来绝不会是掌上快游公司的对手。

最后还是洪明做的决策，他告诉林立国要抓大放小，M 基金可以在估值上做出让步，但要加上对赌条款[1]，一年后如果无法完成业绩目标，M 基金可以获得额外股份，沃克毫不犹豫地接受了。

掌上快游公司成为 M 基金设立以来的第一个投资项目，在签约仪式上，林立国问沃克未来会如何提升产品的客户体验度。

[1] 对赌条款：一般创投公司会在投资协议中设置各种投资条件，让创业团队承诺完成，如果无法完成会给予一些惩罚，对赌条件通常包括业绩指标和资金安全指标等。

沃克说道："我和哥哥及大嫂都喜欢玩游戏，我每次在设计一款游戏的时候都会让他们玩几天，再根据他们的反馈来调整产品，直到满意为止。"

林立国非常认同，说："这非常好，当你在为家人设计产品的时候，也会赋予产品内在的活力，相信你家人满意的产品，别人也会满意的。"

沃克说："是的，当时我们开始做手机游戏时，就是奔着好玩的心态去做的，没想到会因此而创业。起初几乎所有的人都不看好我们，后来发现我们的游戏很有趣，也就慢慢接受了。"

获得这笔资金不久，沃克就办理了休学；对赌条款让他不得不花更多的精力在公司业务上，尤其是研发队伍的建立。

另一方面，李青云也一直在和网毒克星公司的马克联系，却总见不上面。后来改由林立国出马，马克才告诉他 F4 创投基金正在对他们做尽职调查，估计这一轮会来不及；他表示下一轮融资会在第一时间联系林立国，算是给硅动力创投公司吃了一次闭门羹。

显然，M 基金将错过一个好项目，李青云对此感到难过；如果不是她自作主张，Pass（拒绝）掉网毒克星公司，也不会让 F4 创投捷足先登。

林立国知道，F4 创投的林迪和洪明一直有"瑜亮情结"，从硅动力通信基金设立的第一天起，F4 创投就一直把洪明当作假想敌。凡是 F4 创投看上的项目，都会极力阻止项目方和硅动力创投公司这边有任何接触。

在林立国得知网毒克星公司投之无望时，他告诉高登，网络杀毒软件这个赛道值得深挖，希望他能深入行业调研，将市场上所有的明星团队标注出来，他想逐一去拜访。

一周后，高登给林立国做了简报，并列出十余家市场上较有竞争力的电脑杀毒软件公司。高登表示全世界能称得上骇客级的杀毒软件公司首选俄罗斯团队，他通过校友圈子找到曾经因为闯入白宫网站而被退学的校友瓦格。

由于当时瓦格未成年，所以没有被法律追究，后来他回到莫斯科，在他世叔所设立的杀毒软件企业沙利文公司工作。

林立国感慨道："让瓦格这样的人才流失将是美国的损失。"

高登回答道："是的，估计他再回美国就会被情报局控制住。"

林立国继续说："都说骇客万恶不赦，可面对市场上的种种电脑病毒，就连美国联邦调查局（Federal Bureau of Investigation，FBI）都束手无策。"

高登点点头，说："解铃还须系铃人。骇客既然能制造电脑病毒，自然就能找出破解的办法。"

林立国说："我感觉网络安全这一块市场非常大，我们应该深入探索。麻烦你约一下瓦格，我们一起去趟莫斯科。"

高登点点头，为了解决语言障碍，他还找了硅动力创投公司已投企业里的一位俄裔美国人伊凡同行，伊凡是位软件工程师，他能和沙利文公司的团队做深入的技术交流。

伊凡爽快地答应和他们同行，正好也能顺道回莫斯科探望老迈的母亲和弟妹；他父亲曾是一家小型国有天然气公司的高管，苏联解体后，公司随着国有企业的私有化被所谓的"寡头"买走，他父亲因而失业了，从此终日与酒为伍。

伊凡的母亲却始终没有被命运之神击垮，她在家庭最穷困的时候独自背起家庭的重担。她在一家木材加工场工作，无论寒暑，总是风雨无阻地锯着那些被砍下来的巨木，手臂也因为经年劳损而严重发炎，被迫下岗，迄今她每次穿衣服时都疼痛不堪，伊凡对此也束手无策。

伊凡几次想接母亲到美国疗养，她总是以各种理由婉拒；伊凡知道她是怕影响他们小两口的生活，其实伊凡也没把握他老婆能毫无保留地接受他娘。

伊凡的老婆朱蒂是个律师，出生于迈阿密，是拉丁裔美国人，朱蒂在旧金山的大律师楼里工作。朱蒂是个美食家，有时候会为了吃一顿家乡菜专程飞到迈阿密度周末，伊凡也经常陪她飞行，他有时会嘀咕她费时又费钱，不过朱蒂认为人生苦短，千万不能等到年老时才后悔时光虚度。

临行前一周，高登突然得了急性阑尾炎，需要手术；洪明建议让李青云同行。

由于莫斯科有大型展览，飞机票紧张，他们只好预定了俄罗斯航空（AEROFLOT）的班机。途中几次遇到乱流不说，落地时飞机突然俯冲而下，让他们捏了一把冷汗。伊凡为此调侃说俄罗斯航空的飞行员都开过战斗机，他们只会俯冲降落，不过安全性绝对没问题。

令林立国和李青云觉得有趣的是，当飞机平安落地时机上响起了一阵掌声，像是劫后余生般的喜悦。伊凡告诉林立国，飞机落地时的鼓掌是俄罗斯人的一种习惯，并没有特殊含义，而鼓掌时的血液循环也能缓冲一下旅途劳顿。

到了莫斯科，从机场到酒店的路上，森林中泛着雾凇，璀璨极了。林立国想起初中时随妈妈回老家哈尔滨过春节的情景，他喜欢冰天雪地的感觉，李青云也感到激动，这是她第一次看到挂在树梢上的冰花，这么错落有致，有到了天堂的感觉。她问林立国看过《日瓦戈医生》这部电影吗?林立国点点头，他觉得剧中日瓦戈的妻子冬妮娅最值得尊敬，而日瓦戈和情人拉拉的感情也有异国的浪漫情怀；也只有在那个战乱的年代里，才能让这不伦之恋发展成凄美的爱情故事。

李青云笑道："也许人对得不到的东西永远感觉是最美的，如果拉拉嫁的是日瓦戈医生，也许故事就没有那么精彩了。"

林立国同意她的看法，说："说不定拉拉还会因为日瓦戈医生的软弱而和他分手，冬妮娅才是最适合日瓦戈的伴侣。"

李青云说："我非常喜欢俄罗斯的文学作品，俄罗斯作家对人性的理解非常深刻；作品里也常有一种唯美的感觉，像是屠格涅夫、托尔斯泰和陀思妥耶夫斯基。”

林立国说：“我也非常欣赏他们的作品，尤其是托尔斯泰的小说《战争与和平》。”

李青云说：“我也喜欢这本以卫国战争为背景的著作，托尔斯泰以宗教思想和人道主义的基调赞扬了俄国人民在战争中表现出来的爱国热情和英雄主义。”

他们一路上都在讨论俄国文学，不知不觉就到了酒店。

由于酒店一房难求，他们只好在三星级酒店委屈一下，而此时三星级酒店的房价也比正常五星级酒店的价格低不了太多。

当晚，伊凡带他们去逛了斯特里特美食街，位于阿沃托萨瓦茨卡娅地铁站附近。这里有来自世界各地的三十多个街头小吃，林立国看到一家格鲁吉亚金卡利包子馆觉得新鲜，尝了一尝，发现和中国的包子比较起来相去甚远，实在难以下咽。

他们挨家挨户地品尝特色小吃，最后发现克里米亚牡蛎最合他们的胃口，于是一下子点了 30 个，每个人吃了 10 个，伊凡大呼过瘾，直说这道菜有家乡的味道。

伊凡的酒量很好，林立国只能浅酌一番，倒是李青云挺能喝的，她和伊凡一口菜一口酒，不知不觉干掉了整瓶伏特加高度酒。

伏特加酒的后劲很强，他们回到酒店就直接扑倒在床上，一觉到天明；醒来才发现三个人居然都睡在同一个房间里，躺在同一张床上。

伊凡告诉林立国和李青云，伏特加酒的后劲很大，喝的时候没有感觉，往往在喝完了几个小时后才发现不对；他说俄罗斯人的酒量普遍很好，几乎天天喝酒，也因此离婚率极高，女人则普遍过了 30 岁身体就开始发福。

伊凡还提起他的前女友非常喜欢喝酒，刚认识她的时候她的身材非常好，据朋友说她现在的体重已超过150公斤了，这次回家也不知道该不该和她联系。

上午八点，瓦格依约到酒店和林立国一行一起吃早餐。瓦格一米九的身高让林立国只能仰望，等他坐下来才感觉好一些。

瓦格寒暄道："莫斯科的天气比硅谷要寒冷许多，你们有带足够衣物吗？"

林立国点头道："没问题，我和李青云都是北方人，能适应这里的天气。"

瓦格说："那就好，其实我也非常喜欢洛杉矶，就是夏天太热了，不习惯。"

李青云说："我也经常会觉得加州的阳光很刺眼，一直不太习惯。所以，开车时我都戴着太阳眼镜。"

林立国说："真的吗？我还以为你是因为时尚呢，哈哈！"

李青云说："我当然也时尚啊！你不觉得我的衣着也很跟得上潮流吗？"

说着大家都笑了，瓦格接着说道："我感觉莫斯科的女人最时尚了，巴黎流行什么，第二天就传到这里了。"

伊凡同意他的说法："这倒是真的，到现在我母亲出门前都一定会梳妆打扮一番；昨天在餐厅里，我也留意到一些女同胞穿着貂皮大衣。"

李青云说："那倒是真的，我昨晚还盯着一件大衣看了很久，不知道俄罗斯的皮草是否会很便宜？"

林立国警告她："最近加州反皮草游行很激烈，到时候可别被那些人丢鸡蛋。"

伊凡说："这倒是个问题，不过加州的天气实在也穿不了几次貂皮大衣。"

李青云说："谁说要买貂皮大衣啦？我就买件牛皮大衣不行吗？"

林立国看情势不妙，连忙转移话题，他问瓦格是否还在从事病毒软件传播的工作？瓦格告诉林立国，病毒软件就像靶机，杀毒软件有如导弹，缺乏靶机的导弹如英雄无用武之地。既然是靶机，就要做得逼真些，他主要的工作就是去识别别人的靶机，并传播自己的靶机。

这在美国绝对是违法的，林立国感叹着，表示曾听说某位武功高强的骇客被 FBI 发现以后，不但不处罚，还被 FBI 吸收成为探员的。瓦格点点头，表示确有其事，这些人都成为地下工作人员了。

早餐后，瓦格带他们仨前往沙利文公司，公司位于弗拉基米尔市，从莫斯科开车过去需要两个多小时。

伊凡幼时到过弗拉基米尔，他表示涅尔利河口圣母教堂还被列入联合国教科文组织世界文化遗产名录，城里的古迹以圣母升天教堂、德米特罗夫教堂、金门等十二世纪著名建筑也因而获得了俄罗斯露天历史博物馆的美称。

沙利文公司的老板是瓦格的小叔米兹涅夫，这家公司是米兹涅夫特别为瓦格这位杰出的软件高手量身定做的；从小他就对这位侄子爱护有加，在瓦格父亲去世后把他当成自己的亲生儿子般照顾。

沙利文公司因为有瓦格这样的骨灰级骇客[1]能手，能号召一批来自世界各国的顶级软件高手加盟。公司位于涅尔利河口圣母教堂附近，是一栋三层楼的老建筑，门口没有任何标识。

米兹涅夫早已在会议室等候他们，参会的还有他们的首席技术官（CTO）马可仕。马可仕出生于东柏林，于莫斯科大学博士毕业后就留下来工作；后来他邂逅了妻子伊娃，一位美貌的俄罗斯姑娘，就更加走不开了，就连柏林围墙倒塌后许多科学家纷纷前往西德工作，马可仕也雷打不动，

[1] 骨灰级骇客：“骨灰级”是网络世界的名词，一般自称“骨灰级”玩家，显示自己很有水平，很老。也可以泛指一些人在某些领域的水平、造诣很高。

一直死守在弗拉基米尔。

在伊凡的翻译下，林立国介绍了硅动力创投公司和M基金的投资战略，还对互联网安全的重要性做了分析。

瓦格打开电脑，说："待会我让马可仕演示一下我们公司的骇客技术。"

马可仕说："用这部电脑，我们在三分钟之内就可以破解FBI的动态式网站密码，不过请放心，我们从不篡改网站上的数据，也不会对外透露这些数据。"

看到电脑上出现了一堆密密麻麻的文件，伊凡告诉林立国他们这些网页都是些政府单位，有德国的、美国的，还有日本的；不到三分钟，他们果然进入了FBI的内网，因为林立国能读懂网站上的文字。

林立国顿时感到互联网的世界再也没有绝对的隐私可言，骇客们出入这些政府机要部门的内部网站如入无人之境，这群人如果想要破解或监视任何人的电脑更是易如反掌；骇客技术让人人都变得透明起来，所有尔虞我诈的伪善行为在这群人面前几乎无可遁形。

林立国不知道未来网络安全问题会对人类产生什么影响，但他感觉这个赛道绝对是不可缺席的，无论是从基金上或是从生活上都应该予以重视；毕竟银行存款也只是个数字而已，如果一切都能被篡改，那将是一件多么可怕的事情啊！

马可仕好像看到一些非常不寻常的消息，他告诉林立国："我刚刚从美国FBI内部网站上发现，极端主义分子似乎有不寻常的举动；其中有一组情报人员已经被派驻阿富汗喀布尔，他们正在密切监督恐怖分子的动向。"

瓦格叹息地说道："恐怖分子原本也是依附美国政府的，在苏联解体后遭到抛弃，他们才自行其是，现在反过来又成为美国政府的标靶，这真是应验了你们中国的历史教训：'兔子死了，猎狗的肉也上桌了。'"

林立国听不懂瓦格的意思，李青云连忙解释："瓦格的意思应该是'狡兔死、走狗烹'，那是韩信在临刑之前所发出的叹息。”林立国意会过来笑了笑，不禁佩服瓦格渊博的学识，连这个他都懂，看起来全球的智慧都是相通的。

瓦格强调：“其实，有许多非洲的政权也都是因为得罪了美国而解体的。”

林立国对政治不懂，感觉遥不可及，看到瓦格能轻易掌握FBI的动向，不由得想起那些007的电影；看来许多政治丑闻都是基于私欲，那些所谓的超级特务在“大人物”的眼中也只是一颗棋子罢了。

林立国将此行的目的告诉米兹涅夫，看看能不能将沙利文公司的商用杀毒软件拆分出来，通过开曼来控股俄罗斯公司，然后在美国也设立研发中心。

米兹涅夫听后摇摇头，表示他和瓦格都被美国情报部门监控了；瓦格还被美国列入黑名单，签证会是个问题，去了美国是否还能回得来也极不肯定。

林立国锲而不舍道：“这些都是操作层面上的问题，我们可以以股票代持的方式来解决。例如，由马可仕代持你们的股份，他有德国身份，由他出面去美国设立研发团队，我们只做商用杀毒软件而不牵扯敏感的业务，相信这一切都是合法合规的。”

因为瓦格从前在美国工作过，知道林立国在说什么，也觉得这个提议非常好；他告诉米兹涅夫，如果能将他们的杀毒软件在美国市场商用化，一定能获得极高的收益，在公司股票上市后，其资本利润一定会非常可观。

米兹涅夫说道：“其实，我一直觉得我们现有的骇客型业务存在极大的风险，也想转型；如果光靠商用杀毒软件业务就能支撑公司发展，我没有意见，这家公司一旦做起来我们就金盆洗手，不再做骇客业务了。”

林立国说：“目前在美国畅销的商用杀毒软件和你们的产品在技术难度

上比起来都显得微不足道，进入美国市场对你们而言简直轻而易举，很快就能见效。”

李青云听后提醒林立国：“这个想法虽好，但却存在一定的法律风险。如何架设一道防火墙来隔离骇客业务和商用杀毒软件业务非常关键，否则我们都会因触犯法律而入狱。”

米兹涅夫听李青云说完，立即表态说：“那就按照立国刚刚的建议来做吧！可以让德国籍的马可仕担任新公司的董事长，毕竟他不在我们公开的员工名单里面，我们的股份则由马可仕的妻子伊娃代持。新公司的团队从沙利文彻底分离出来，就名为立莎国际公司。”

立莎是米兹涅夫女儿的名字。

李青云建议说：“最好能让伊娃加入德国籍，这样去美国办事也会比较方便。”

马可仕回答李青云说：“没问题，伊娃原本也想随孩子入德国籍，她的德语已经说得非常流利了，入籍应该不是问题。”

这件事就这么定下来了，看起来米兹涅夫也是个爽快的人；林立国告诉米兹涅夫，他们基金内部还需要走过会流程，如果一切顺利的话可能还要对团队进行简单的尽职调查。

米兹涅夫对此有点不解，他质疑林立国的诚意，想打退堂鼓；瓦格告诉他这是美国基金的标准流程，一般基金都不可能只见一面就痛下决心投资一家陌生企业的，这中间需要通过几轮的了解，尽职调查也属于标准的投资流程之一。

经过瓦格的详细解释，米兹涅夫终于理解了创投基金的做法，他同意按照林立国的方式进行；林立国进一步问他立莎国际公司打算何时成立？如何估值？新公司的成员和沙利文公司的人员如何分割？

米兹涅夫发现这些问题都需要仔细盘算，于是他问林立国一般估值的标准是什么。林立国解释："估值是目前你们对立莎国际公司价值的认定，这包括公司拥有的智慧财产权、团队技术能力和业务综合发展潜力；我们可以先做三年的财务预测，再从中将估值模型❶做出来。"

米兹涅夫望着瓦格，瓦格显得一脸茫然的样子；技术出身的他从未接触过创业投资，一旁的李青云看出他们的迷茫，告诉他们："对一个新创企业而言，估值很多时候是需要拍脑袋的。例如，我们投资一千万美元，则占有 30% 的公司股份。"

米兹涅夫听了李青云的解说之后，和瓦格嘀咕了一下，最后瓦格告诉林立国，立莎国际公司的估值不能低于 6000 万美元。这个数字对林立国而言有点超乎预期，毕竟新公司还需要一段时间才能开发出真正能满足市场需求的产品，之后也需要对产品进行宣传，获得市场的认可，他认为 6000 万美元应该是下一轮的估值。

李青云解释道："瓦格先生，估值并不是越高越好，在不同阶段有不同的估值；5000 万美元以上的公司估值通常是在 B 轮之后，而且，那时候公司的产品普遍都做出来了，开始推向市场。如果现在的估值太高，未来你们很难进行下一轮的融资。"

米兹涅夫对李青云的话似懂非懂，最后双方同意先按照投前 4000 万美元估值，一年后再根据业绩情况调整股份；如果立莎国际公司能够超额完成业务目标，团队可以获得额外 20% 的估值，这样一来，结果就和米兹涅夫的预期非常接近了。

出差的最后一天，伊凡去探望家人，林立国和李青云则抽空去克林姆林宫和其周围的教堂广场参观。克林姆林宫位于莫斯科市中心的博罗维茨基山岗上，南临莫斯科河，西北接邻亚历山大罗夫斯基花园，东北与红场

❶估值模型：泛指公司价值的评估方法，用以提供投资人或并购方的支付对价及所占的股权比例。

相连。

步行在宏伟的建筑群中，林立国和李青云感受到这个世界上幅员最大的国度的魅力，不禁为历史上这个国家屡次遭受侵略者的蹂躏却始终不屈不挠的坚毅精神而肃然起敬；伫立在庄严的红场上，遥望着东南方，他们衷心希望中国也能科技兴国，推动经济的崛起，重返世界强国的舞台。

下午，林立国邀请李青云去花园大街看“俄罗斯国家大马戏”的演出。莫斯科大马戏团成立于1880年，是世界马戏发展史上最早的马戏团之一，也是世界马戏表演领域的佼佼者。

这是李青云第一次看马戏表演，看到各种动物和滑稽小丑感觉喜气十足，大跳板和高空飞人的表演也让她捏了一把冷汗；最令她印象深刻的是扎巴西尼兄弟俩的驯狮、虎和马上杂技，令人拍案叫绝。

看到紧张时，李青云便紧紧地抓住林立国的手，林立国微笑着安抚着她。

林立国说：“你放心，他们个个训练有素，不会出差错的。”

林立国告诉李青云这里的表演者很多都是自己的家人，是父传子、哥教妹，就像扎巴西尼兄弟一样，因为只有至亲之间才能产生最深的信任感。试想想，在高空快速飞行时，稍一失手就可能酿成巨大灾难，这也是百年来莫斯科大马戏团一直享誉世界的主要原因之一。

走出剧团，李青云还一直在思考着这些马戏团表演人员，他们为了给观众带来欢乐，把自己的一生都奉献给剧团，真所谓“台上一分钟，台下十年功”呵！

晚上，伊凡提前就替他们俩预定了门票，要去莫斯科大剧院看精彩的芭蕾舞表演。今年刚好是俄罗斯国家芭蕾舞团成立20周年，其总编导戈尔捷耶夫特别编排了许多具有时代特色的，继承了俄罗斯古典芭蕾舞剧优秀传统的新舞剧，让林立国和李青云感到有种进入沙皇宫廷般贵族的感觉。

当晚，国际知名芭蕾舞者马林斯基和斯坦尼拉夫斯基剧院的演员特地同台演出，舞出20周年庆所精心策划的经典芭蕾舞剧，包括《天鹅湖》《吉赛尔》《睡美人》《科贝利亚》《唐·吉珂德》《胡桃夹子》等，让林立国和李青云沉醉在舞曲中赞叹不已。

李青云告诉林立国自己小的时候也学过几年芭蕾舞，后来就没机会练习了，但是身体的柔软度一直都很好。林立国建议李青云去练瑜伽，他自从在印度学瑜伽之后，也经常在家里练习。

走出剧院，李青云把手递给林立国，林立国甜蜜地接过她的手；两个人沿着步道走了一段路，街头一阵沉静，只听得到彼此的心跳声。

不料，天空出现密集的闪电，在夜空中十分璀璨好看；不久，大雨居然磅礴而下，他们只好悻悻而归。

3. F4创投来势汹汹

洪明对林立国和李青云莫斯科之行的结果感到满意，他非常看好互联网级别的杀毒软件，软件通过门户网站下载可以快速将产品推向市场，迅速放量；他相信沙利文公司和立莎国际公司将形成两股力量，一个制造问题，另一个解决问题，各取所需又互不相干，从骨子里这两家企业还必须泾渭分明。

这次他们投委会以五票对零票，全数通过对立莎国际公司的投资。尽调工作委托给莫斯科的国际律师事务所和四大会计公司进行。由于是新设企业，基本没有太多问题，M 基金于八月底完成了对立莎国际（开曼）有限公司的投资。

就在这笔交易完成的 11 天后，纽约世贸中心双子塔就传来恐怖袭击的消息。当日上午，洪明和林立国上班不久就从网上看到了报道，几乎不敢相信自己的眼睛。洪明打电话给以前在华尔街的同事德瑞克，要确认此事的真实性，可是对方的电话一直关机，由此他判断这个事件是真实的了。

林立国想起瓦格团队几个月前才对恐怖分子作了评价，看起来 FBI 早就掌握了恐怖分子的异常情况；估计谁都没预料到他们的动作会如此迅速，如此极端，真是惨绝人寰啊！据说在珍珠港事件爆发前夕，美国政府也收到过中国情报局的警告，只是他们低估了中国情报局的能力，也误判了日本的野心。

这让洪明和林立国再次肯定了瓦格团队的价值，如果能预先知悉恐怖分子的策略，这些悲剧就能被避免。由此看起来骇客并非一无是处，就像是水，既能覆舟，也能载舟。

未免横生枝节，他们决定不再去求证瓦格，只希望他们有朝一日能伸张国际正义，做出对人类有价值的贡献来。

“9·11”当天下午，李青云告诉洪明，她联系上他们的老同事德瑞克了。洪明听后感到惊讶：“他不在楼里面吗？”

李青云笑道：“德瑞克昨晚和小情人在酒店缠绵，一夜没回家，怕老婆查岗还把手机关机了，结果今天起晚了，十点多钟才打开手机，看到有老婆的许多未接电话，来不及打开看新闻就急忙打电话给他老婆。”

洪明松了一口气：“幸好德瑞克今天没去上班，逃过一劫。我记得他后来去了高盛公司，办公室就在双子塔里面。”

李青云说：“是的，真是不幸中的大幸，可是他老婆提出要和他离婚，他现在反而不知所措。”

洪明问：“为什么？大难不死不是应该高兴吗？”

李青云回答：“问题就出在这里。今早在电话中德瑞克居然告诉老婆，他昨晚加班，在公司的行军床上睡着了；今天上午一大早因为开会，就没有打开手机。他还说昨晚的工作尚未完成，不知道今晚还需不需要加班呢。”

洪明说：“哈哈，大楼都被毁了，还加班？我记得德瑞克的老婆在安达信公司工作，是非常强势的一个女人；这次德瑞克有苦头吃了，他该庆幸自己躲过一劫呢，还是该懊悔东窗事发呢？”

李青云想起以前德瑞克就非常花心，曾经追求过自己，要不是洪明私底下对她透露德瑞克的生活作风问题，自己也许就动心了；她承认德瑞克长得一表人才，说话幽默风趣，是许多单身女子的梦中情人。

只是，夜路走多了终会遇到鬼，不过自己也不好去评价别人。德瑞克和洪明关系不错，每次到纽约德瑞克都会请其吃米其林星级法餐，有一次李青云还品尝了木桐酒庄的年份葡萄酒，作为朋友，德瑞克还是非常体贴入微的。

洪明心想，美国自视为世界警察，扮演着维护世界正义的英雄角色，在行事上却非常霸道，经常不问青红皂白，在各地掀起战争，推翻反对政权，也树立了许多敌人。

这些政客把水搅浑了却又不知道如何收场，在他们制造的许多战乱中，无数人家破人亡，这种血海深仇估计是美国人民所无法体会的。M 基金里就有个古巴籍员工，原本是个难民。古巴原本是个天堂般的热带小岛，是美国人的后花园，它却在美国的制裁下经济凋零，美国所制造的内战也使古巴的许多家庭流离失所，被迫成为难民。

九月份的硅谷，原本是秋高气爽的季节，却因为“9·11”事件而变得紧张起来。因为硅谷的非法移民很多，许多来自中东国家的移民都被强制遣返；美国情报系统还是非常厉害的，对这些人平常政府仿佛视而不见，到了紧要关头他们却都无可遁形，一夕之间悉数被控制了。

硅动力创投公司有一位实习生也受到波及，政府强制他在九月底之前离开美国。一般学生在毕业之后如果没有拿到正式工作合同，在学生签证到期后就必须返国，一旦逾期，要再申请美国签证就难上加难了。

因为受到“9·11”事件的影响，M 基金只好将九月份的月会和十月份的月会一起召开；林立国非常重视月会，他为每次的月会都设定了一些目标，通过在月会上的表现来验收每位成员的工作能力。

无论是市场调研、项目讨论、投后管理和员工培训，都会在会议中做充分的沟通。林立国对会议的要求是五有："有议题、有结论、有行动、有质量、有成果"，凡是可以用电话解决的事情尽量不开会。

就是在这样一种动员氛围下，M基金的员工都能在月会上充分分享沟通、互相切磋，从而达到总体提升、快速增长的目的。

林立国告诉大家："一只木桶的容量取决于最短的那一块木板，只有将全体员工的综合实力提升上来，才能增加我们基金的含金量，一支基金不能光靠一两个明星合伙人。"

月会上，李青云向大家报告了上一季度的投资进度．她说："我们五月份基金才刚募集完毕，就在七月份和八月份分别投资了掌上快游和立莎国际两家公司，进度还算不错，只是项目都偏早期，投资金额也偏小。"

她继续说："建议在第四季度，我们能适度关注那些相对成熟，投资金额较大，风险也相对较低的项目。"

林立国点点头，说："是的，前两个项目我都参与过，这些项目如果成功了，我们的收益也许会有几十倍，但是其不确定性也很高；我们需要有合理的投资组合，初创期、成长期及成熟期[1]的项目都要有，这样才能有效分散投资风险。"

李青云说："对于早期的项目，我们会深度参与他们的业务，从战略上和市场上来辅导他们；如果做得好，他们后续的融资我们应该再加码投资，扩大战果。"

林立国点头表示认可："对优质已投企业的追加投资是最省时省力的做法；这也是优秀的股权投资基金用来提升总体收益率的良方。"

李青云汇报完后，高登将市场做了分析，根据林立国的要求，他还特

[1] 初创期、成长期及成熟期：创投基金会根据其投资战略，对某一时期的项目特别感兴趣，初创期的企业其业务的不确定因素较多，成熟期的估值会较高，投资金额也较大，而成长期的居中。

别将 F4 创投基金做了汇报："F4 创投基金上个季度总共投资了五个项目，除了我们接触过的大家拍公司、梦幻星球公司和网毒克星之外，他们还参与了中国的一家对标 SKYPE 的网络电话公司和以色列的一家做即时通信的公司。"

林立国问李青云："大家拍公司是否就是被我们否决的那家电子商务公司？他们的 CEO 好像是亨利，是吗？"李青云点点头。

林立国说："看起来 F4 创投合伙人林迪和佩里的投资策略很激进啊！即使是我们觉得有致命瑕疵的项目他们都敢投，而且还跑到中国和以色列去了。"

高登说："是的，大家拍公司目前的业绩增长非常快，他们的团购吸引了非常多的年轻买家。看起来我们过去那些教条式的投资策略只会限制我们的步伐，时过境迁，我们是否应该要重新审视这些投资法则，与时俱进呢？"

林立国说："我基本同意高登的意见，然而，每个项目的时空背景都不一样，我们也不可以把它都归咎于制度；当时我们不投资肯定不会只有一个负面因素，对创始人能力的判断也是主要原因之一。"

此时，原本旁观的洪明发现大家对公司的制度产生怀疑，也忍不住发言了："是的，投资的方法论是需要不断调整的，我们不会故步自封；一旦大家发现有一些所谓的'投资红线'不合时宜，一定要提出来，千万不可一成不变。"

李青云说："明白了，当我们发现项目很好，但满足不了我们的投资条件的时候，我们就要一事一议，大家充分沟通。"

洪明说："是的，其实我们可以将 F4 创投最近的投资项目拿出来逐一讨论，看看他们是如何处理这些问题的。说不定，他们有一套更好的规避风险的做法？"

林立国说："这倒是个好办法，所谓知己知彼、百战不殆，F4 创投是一家优秀的公司，也是我们学习的对象，千万不要因为是竞争对手就鄙视它或是幸灾乐祸。毕竟创投公司之间的竞争并非是‘零和游戏[1]’，F4 创投的业绩好坏不会对我们造成太多影响。”

至于中国和以色列的投资机会，林立国也认为这是时势所趋，一定不能忽略；必要时可以效法 F4 创投，在中国和以色列都设立办事处。

洪明非常认同林立国的想法，表示：“中国已经有不少门户网站，比如新浪、搜狐、网易等企业，去年都陆续在纳斯达克上市；它们所延伸的投资机会必定不少，可以深度挖掘。”

洪明也非常看好以色列的企业孵化器，他表示近两年来以色列的企业孵化器规模呈爆发性增长，有不少美国的并购项目也都来自这些企业孵化器。因此他建议林立国可以考虑以参与“互联网科技创业大赛”或是参股“科技企业孵化器”的方式来对接以色列的优质项目。

接下来，莱伊拉要和大家讨论这一期的投资季报。因为 M 基金每个季度都需要给每个投资人一份报告，包括投资项目和拟投项目，莱伊拉希望大家能将拟投项目讨论一下，她好写进报告里。

李青云率先开口说：“目前我和电子商务公司‘快快买公司’正在进行投资谈判，他们的创始人来自百思买集团（Best Buy），其业务核心是在网上销售家用电器和电子产品，他们有极具竞争力的货源基础。”

说着，李青云打开了快快买公司的 PPT，他们的创始人也叫佩德罗，毕业于旧金山社区大学。这位佩德罗在百思买集团工作了近十年，从店员开始做起，离开百思买时已经是全球采购总监了。

林立国说：“现在做电商都是以卖书为主，大家还是习惯去商场买家电产品，像是电视机和音响等家电，不经现场演示如何能分辨它们的性能和

[1] 零和游戏：指一项游戏中，游戏者有输有赢，一方所赢正是另一方所输，而游戏的总成绩永远为零，有点像是博弈。

质量效果呢？”

李青云说：“恰好相反。首先，电器用品的同质性高，其次是价格敏感度大。基于电商渠道运营成本低，库存周转周期快的特性，快快买公司的商品价格平均比百思买要低 3%~5%，这个价差放在动辄千元的大家电来说是非常具有吸引力的。”

莱伊拉说：“是的，现在去买电视机，也都是等着送货上门；如果有比较便宜的价格，我甚至愿意在门店里先比较，再去电商网站上下单。”

林立国说：“如果是这样的话，难道不会造成渠道价格混乱吗？供货商一定会设法阻止电商渠道的恶意竞争的。”

高登接过话题，说：“我认为这不是恶意竞争，而是充分竞争。根据美国的反垄断法，任何商家想通过人为手段来操控终端价格都是违法的，所以，商家唯一的办法就是在不同渠道上销售不同型号的商品。”

林立国说：“明白了，以后有可能在电商网站上面看到的型号和外观都会和门店的有所不同，就像同样规格的电器用品在沃尔玛商场和百思买商场的型号和外观也不一样，是吗？”

李青云说：“这点我也求证过快快买公司，他们表示目前电商的销量还小，暂时还不会有产品上的差别，而且他们的货源也是多元化的，不同的供货商也会有相同的产品，大家一起 PK，比价格，也比服务。”

林立国说：“我明白了，快快买公司只是提供销售平台，自己不经营商品，是吗？那么，说不定百思买商场也能在快快买的电商平台上开店呢？”

李青云说：“那倒不会。因为百思买公司未来有可能也会成立自己的电商平台，和快快买公司形成竞争。当然，这取决于百思买公司的全球战略，据我了解，大公司的决策非常慢，短期内非常难转型。”

林立国说：“明白了，不过我认为百思买公司目前的门店太多了，不太可能自己做电商，因为这样等于是在革自己的命；这和当时的数码相机一样，柯达公司虽然发明了数码相机，最后却败给了数码相机的新厂家，因为他们舍不得胶卷生意。”

李青云说：“是的，思科公司的CEO钱伯斯有句名言：‘快鱼吃慢鱼’，他认为在互联网经济下，大公司不一定能够打败小公司，但是快公司一定会打败慢公司。”

洪明觉得大家讨论得差不多了，于是，他让大家投票表决，结果五票全部通过，下周他们会对快快买公司开展尽职调查工作。

莱伊拉对此感到满意，她在投资季报的拟投公司栏目上标注了快快买公司。

经过这几个月来的观察，林立国对莱伊拉的工作能力非常认可，有了她之后，硅动力创投公司和投资人之间的沟通简直如鱼得水，偶尔还会有一些潜在的投资人慕名而来，莱伊拉都能照单全收。

林立国原本还担心莱伊拉会是硅动力创投公司最短的那一块木板，现在看起来这些都是多虑了。而且，他越来越相信互联网世界是属于年轻人的，以后他会更加大胆地起用年轻人，让他们能在开放的环境中大展身手。

事实上，F4创投的林迪早已经那样做了，这几年林迪凭借着一批优秀的年轻合伙人，在市场上挖掘了一些鲜为人知的高科技项目而声名大噪。F4创投强调的是狼性文化，凡是半年出不了业绩的就会被无情淘汰，下手毫不留情。

由于林迪敢想、敢要、敢给，F4创投公司的薪资比同行普遍要高出20%，这让一些优秀的年轻人趋之若鹜。

F4创投活力十足，它正逐渐在超越硅动力创投公司，这也让林立国感到如芒在背。

洪明安慰林立国，不必太担心F4创投，因为林迪这种作风是很难留住人才的；他们在短时间内也许能产生一些战果，但却无法长久持续下去。

这一行比的是长远的作战能力，经验和能力一样重要。

4. 秋季电脑展各显神通

10月中，林立国收到他清华大学同班同学吴俊的电邮，计划在11月11日召开一次同学会，地点选在拉斯维加斯的米高梅（MGM）酒店，刚好美国拉斯维加斯秋季电脑展（Comdex Fall）会在12日开幕，参加完同学会后可以直接去看展。

林立国在清华大学的同班同学有二十多人在美国工作，加上留在国内参加信息技术（IT）相关领域工作的同学有三十多人；这些人几乎每年都会参加美国的电脑展，吴俊利用大家去参加电脑展的时候举办一次同学会，可以公私两便。

在大学时，吴俊和林立国都参加了网球队，经常要起早贪黑，因为要赶在网球校队使用网球馆的时候练球；可吴俊经常起不了床，林立国只好一个人在球场练习发球，后来每次比赛，林立国总是靠发球得分，这让吴俊非常不服气。

由于吴俊是他们大四毕业班时的班代表，毕业后同学会的组织工作也就落在吴俊的身上了。

吴俊大学毕业后去了佐治亚理工大学深造，博士毕业后就近在亚特兰大的梅赛德斯奔驰公司任职。吴俊经常来硅谷出差，每次都会顺道去拜访林立国。

他们每次见面都会比试一下，林立国通常会手下留情，不让吴俊输得太惨。

本届拉斯维加斯秋季电脑展是在全球经济萧条和IT产业低迷，以及“9·11”恐怖袭击事件阴影笼罩的特殊背景下举行的，估计参展人数会减少很多，这个从酒店房间预订的情况也能看得出来。

林立国和吴俊约好提前一天抵达拉斯维加斯，10日晚上他们吃完饭后，吴俊提议去赌场试试运气，林立国觉得这个主意甚好。

林立国说：“我有一种特殊的玩法，屡试不爽。我每次去赌场都会在名品店试穿一下阿玛尼的西装，然后设定好买这套西装所需的金额，进赌场以后就开始押注这个金额，输了就加倍，赢够了钱就不玩了，直接去买西装，然后回房间睡觉。”

吴俊说：“你这胆子也忒小了，我每次都会准备一万美元，输了就离场，赢到两万美元也离场。”

当晚，他们约定好赌到12点，结果林立国十分钟后就说不玩了，因为他已经赢到了那套新西装的钱；吴俊让他先回房，他想再玩几把，没想到吴俊手气不好，一个小时不到就把那一万美元的准备金输掉了。

小赌怡情，创业投资又何尝不是一种赌博？而那些冠冕堂皇的证券市场更像是个大赌场，只有学会驾驭赌性的人才能真正赢到钱，赌客赢的不是赌场的钱，而是人性的钱。

保守的林立国始终认为做风险投资的人千万不能冒进，因为太过激进的人总有一天会踩到雷。虽然割的都是韭菜，但也不能将宝贵的名声随着投机心态一起被葬送掉，真所谓“害人害己”也。

11日上午一早，林立国和吴俊在酒店的网球场打了三局，他们在更衣室洗浴的时候恰巧遇到了吴松平和吕志伟这两位同学，他们也刚做完健身。中午，他们四人就在酒店的“珍珠餐厅”用餐，晚上的同学会也在这里举行，午餐后吴俊可以顺道去看一下场地。

吴松平和吕志伟住在洛杉矶尔湾市（Irvine）。尔湾多次被评选为最宜居的城市，也有“科技海岸”的美称。他们俩都属于富二代，在大学时感情就很好。

他们不约而同地申请了去加利福尼亚大学洛杉矶分校（UCLA）深造，毕业后就一起创业，他们做的是即时通信和网络电话一类的产品。

由于吴松平和吕志伟基本不参加同学会，林立国和吴俊已有好多年没见到过他们，若不是这次的同学会特别安排在电脑展会期间，估计他们也不会出席这次的同学会。

吴松平见到林立国非常开心，他们四年前曾经在一次论坛上巧遇，当时德用半导体的产品一直存在技术问题，吴松平还给林立国指点了一下。吴松平是通信工程学科的博士，对国际通信标准非常熟悉，林立国也是一点就通。

吴松平说：“立国，听吴俊说你改行做创业投资啦？”

林立国点点头说：“去年刚刚开始做，感觉上还不错。”

吕志伟说：“金融对于我们而言，是从来不敢触碰的领域。你这小子可以啊！有机会也给我们的项目支持一下？”

林立国说：“没问题，你们的技术实力这么强，公司一定能发展为一只巨兽。”

吕志伟说：“巨兽？不好听，说是巨龙还差不多。”说完吕志伟就把公司做了简单的介绍，他们的公司是四海通信公司，对标Skype公司，要利用即时通信技术来实现网络电话的功能。

林立国说：“我觉得网络通信这个领域特别好，每年我们花在跨国通信上的费用实在太多了，出差时无论是打手机还是使用酒店的固定电话，费用都非常昂贵。我很看好你们这个领域。”

吴松平说："太好了，我们公司正在启动B轮融资，干脆由你们来领投好了。"

林立国说："好啊！那我返程时顺道去尔湾拜访你们，我约合伙人一起过来。其实，我在博通公司时也常回总部开会，只是每次都非常匆忙，没有时间会晤老同学。"

吕志伟说："原来如此，现在博通公司可不得了了，已经是通信芯片中的龙头企业了。"

林立国点点头，他没想到在同学会上还能谈成一桩生意，连忙说道："中午我来请客，你们随便点。"

吕松平说："怎么可以？你们是甲方，这次应该让乙方做东。"

吴俊连忙打圆场："这次还是让我和林立国来请吧，他不是还要去尔湾的吗？每次都让乙方请客也不好，不是吗？"

看到大家抢着付钱，林立国不禁想起在清华班上发生的一段趣事。当时他们班有一位同学叫任立新，经常在埋单的时候找借口去上厕所，无一例外。

他的举动被大伙看在眼里都颇有微词，唯独林立国了解任立新的经济拮据情况，他总是尽可能地把单给结了。从此之后，抢着埋单成为他们班人的"坏习惯"之一。

可是，夜路走多了总是会遇到鬼。有次聚餐林立国刚好有事缺席，任立新吃完饭后又照例去上厕所，没想到等他出来时大家都离开了，留下了一笔账单让他去结。那个月任立新只好节衣缩食，几乎天天吃方便面。

在那之后，任立新就很少和大伙一起出去吃饭了，和大伙的关系也慢慢疏远。毕竟当时的场面实在是太尴尬了，这件囧事也成为同学间口耳相传的八卦之一。

想到这里，林立国脱口而出："不知道任立新最近混得好不好？"

吴俊说："任立新好像和陈武在合作，今晚他们都会来参加同学会。"

吴松平说："太好了，陈武在高力通公司圣迭戈市总部的研发中心工作了八年，圣迭戈到尔湾开车只要一个半小时，周末我们几家人经常约在一起，我也有三个月没见到他了。"

吴松平和陈武都是浙江宁波人，在学校时彼此就经常说家乡话，因为宁波方言和上海话、苏州话可以互通。所以，在美国，来自江浙沪的移民大多会称自己是上海人，只有南京、杭州、苏州和宁波人例外。

吴俊告诉林立国今晚估计会有 11 位同学参加，他特地预订了一个大包间。

按照吴俊的预订要求，珍珠餐厅将包间特别布置了一下，显得美轮美奂。吴俊从背包中取出十多个立牌，每个立牌都夹着正反两张照片，这些照片都是他们在学校时拍摄的一些活动照，里面居然有一张是林立国和伊曼的合影。

林立国看到这些照片，眼睛不自觉地湿润起来，他没想到吴俊这么有心，还能将这些珍贵的照片保存这么久，当然最让他感动的还是和伊曼合影的那一张。

那是在林立国向伊曼表白当天的一次晚餐上吴俊给他们拍的照片。当日清晨，林立国和吴俊一起打球，他向吴俊讨教如何向女人表白，吴俊的招数果然奏效。

在爱情方面吴俊是专家，他女朋友总是一个一个换过，最后果真挑了一位北大校花当老婆。林立国想起李青云也是北大美女，他悄悄地告诉吴俊，吴俊立刻给他支了一大堆招数，情圣果然是情圣。

晚上，陈武和任立新很早就入席了，吴俊看到他们非常开心，大伙抱成一团；吴俊和任立新都是四川人，在学校时还曾住过同一寝室，后来吴俊和女朋友同居，才搬出了学校宿舍。

吴俊说："立新，听说你和陈武在做新的项目？"

任立新说："是的，我拿到清华大学博士学位之后就一直在中科院做研究，主要在研发手机基带芯片❶。最近国内要推出自己的3G手机标准，恰好陈武在高力通公司也是研究这一块的，我们两个一拍即合，他决定要回国发展了。"

陈武是麻省理工学院的博士，毕业后进入高力通公司工作；任立新则一直留在清华读研，拿到博士学位后在中科院做研究工作。

林立国好奇地问陈武："武兄，记得你在高力通公司位居高职、深受老板赏识，是什么动力让你想回国的？通信基带芯片的门槛极高，况且高力通公司的专利已经铺天盖地，最好三思。"。林立国对通信芯片非常了解，才有如此一问。

陈武回答："立国兄，最近中国推出了属于自己的3G手机通信标准，我认为这是一个绝佳的创业契机，刚好立新在中科院参与过这个标准的制定。我们将以此为筹码叫板高力通公司，他们想进入中国市场就必须做出妥协，和我们合作。"

林立国说："3G手机通信是全球化的标准，其中以高力通公司的技术最为成熟，传输速度最快，你们所制定的标准能和WCDMA标准❷相抗衡吗？半导体市场可是讲究赢者通吃的喔。"

任立新答道："从通信的速度和能耗看起来，估计我们会差高力通公司一大截，可是今天不起步，明天就会更加落后。所以，我们想用市场换时间、换技术，相信我们的下一代产品有机会能超越高力通公司，尤其是在4G手机上的研发，基本都已经初具雏形。"

❶手机基带芯片：手机基带芯片是指用来合成即将发射的基带信号，或对接收到的基带信号进行解码的芯片。

❷WCDMA标准：国际3G通信三大主流标准之一，其余为CDMA2000和TD-SCDMA。

林立国对于陈武的勇气感到敬佩，也认同任立新的想法。他表示硅动力创投基金还有许多钱没投出去，如果需要的话，他可以介绍他给洪明和佩德罗认识。

陈武居然表示目前不需要，他们已经和F4创投谈好了，林迪非常看好他们的团队，将他们比喻为“海龟＋土鳖[1]”强强联手，说对于中国市场，这是绝佳组合。

看起来林迪的眼光很不一般，林立国了解陈武的技术功底，在学校时陈武经常为大企业写软件，口碑一直非常好，这件事情估计能办成。

刚好洪明最近也想在中国有所着墨，林立国认为陈武和任立新这个项目决不能轻言放弃，他会再找机会参与进来，毕竟他和任立新在学校曾有过一段革命般的情谊。

当晚，他们班上总共来了10位同学，在美国这已经算是非常不容易的事了，因为三年前的北京同学会也才来了12人。毕业后大家各奔东西，同学会很难凑足人数。

今晚除了任立新，还有三位同学是从北京过来的，其中有一位同学李浩在工信部任职，他曾经是班上第一名，后来也是高分考上了国家公务员资格，就留在国内发展。

任立新说：“志伟和松平，今天非常难得啊！上次同学会你们都没出席，看来还是吴俊的面子比较大啊！”上次同学会是由任立新在京城俱乐部安排的场地，也是由他埋的单。

吕志伟说：“哈哈，以前在学校我就是个独行侠，习惯了！”吕志伟在大四的时候就开始接手父亲的小企业，经常旷课；后来他将父亲遗留下来

❶海龟＋土鳖：海龟原为“海归”，海外归来的，指在国外学习或工作过，回国发展的人；土鳖是在有“海龟”一词后，用来形容那些一直在国内发展的人。海龟＋土鳖指的是由海归和本地人一起合作的模式。

的产业变卖了，才和母亲移民到美国，他在加州大学洛杉矶分校（UCLA）报了一个MBA的班，刚好吴松平那时也在UCLA修博士，毕业后他们就联合导师一起创业。

吴松平问："陈武，听说你和任立新同学最近要在一起合作，不在圣迭戈市住了？"圣迭戈市离尔湾很近，他们三个家庭周末时经常聚会。圣迭戈市是美墨边境城市，有正宗的墨西哥菜，也有乐高主题公园和海洋世界，孩子们最喜欢了。

陈武答道："是的，以后就不能再找你们玩了。"

吴松平说："同学之间能够在一起创业是非常难得的，大家可以减少许多磨合；就像我和志伟，我们几乎一拍即合，在工作上非常有默契。"

吕志伟说："是的，同学之间要多合作，希望林立国能考虑投资我们的项目，借此大家也可以经常见面。"林立国点点头。

吴俊提出建议："我们一边吃一边聊，这家餐厅的主厨曾经获得许多国际大奖，大家好好品尝一下家乡口味。"对于住在美国的同学而言，要找到一家口味正宗的粤菜馆委实不容易。

李浩同学特别从北京带来一瓶陈年茅台酒，虽说在高档餐厅带酒显得有点突兀，但经过一番良性沟通，餐厅也同意了，破例为他们准备了小酒杯和分酒器。

李浩给大家敬酒，说："这瓶飞天茅台酒是我父亲珍藏的，是15五年的陈酿，大家品尝一下。"

吴俊啜了一口，直感叹道："不愧是陈年好酒，酒香四溢，入喉回甘。我去过茅台酒厂，能分辨酒质的好坏，我也一直对酱香茅台酒情有独钟。"

李浩说："当时我父亲买了10箱飞天茅台，一瓶才10元人民币；没想到，现在一瓶店里都要220元了，这还是新酒的价格，看来茅台酒也有不错的收藏价值。"

吴立新说：“如果按照15年陈年茅台酒来算，这瓶酒的价值可要两百多美元了。”

林立国说：“从这方面看起来，茅台酒厂的股票是值得投资的，今年八月份茅台酒厂股票才刚上市，最近的股价都徘徊在40元上下，大家可以放心买入。”

吴立新说：“我宁愿买新浪的股票，高科技股比较让人放心。”

陈武说：“我看好高力通公司股票，当然我也看好我们的新项目。”

吴俊说：“既然大家都有不同的眼光，我们干脆来玩个游戏；林立国买入1万美元的茅台股票，吴立新买入1万美元的新浪股票，我和陈武都买入1万美元的高力通股票，10年内不准卖掉，看看10年后谁获利更多？输的人请客。”

吕志伟说：“我也押茅台，我买100万美元的股票。”吕志伟真是财大气粗。

吴松平说：“玩这么大？那我也奉陪志伟一下，我也买入100万美元茅台。”

看到大家开始攀比起来，吴俊想就此打住；可大家欲罢不能，同学们继续谈炒股经，最后大家决定共同搭建一个投资平台，由吴俊来统筹管理。

大家后来发现，其实同学里面最有钱的人是吴俊。他非但在美国科技股泡沫破灭前夕精确地在高点清空了思科的股票，实现了个人财富自由，去年又逢低抄底网易的股票，每股才0.8美元，共买了500万股，真是眼光独具。让他来管理大伙的股票，大家都非常放心。

喝完茅台酒，他们又开了六瓶纳帕溪谷产的红葡萄酒，吴俊不胜酒力，当场醉得不省人事。林立国把单埋了，扶着吴俊进了他的房间，自己也回房休息了。

翌日，拉斯维加斯秋季电脑展正式开幕，洪明、佩德罗、李青云和高登从旧金山搭乘早班飞机来赌城。入住后，洪明召集大家在酒店贵宾酒廊的会议室见面，并分配每个人需要走访的场馆。

林立国乘机将同学会的两个项目汇报给洪明，洪明觉得这两个项目都非常好，让林立国尽快将立项资料准备一下，并建议他和李青云在会展之后去尔湾拜访一下四海通信公司，之后再去北京找陈武细谈投资事宜。

今年的电脑展比往年冷清了不少，也是近十年来规模最小的一次；开幕的第一天只有六万多人到场，比往年少了一半。

然而，客潮的减少却并没有影响到参展商家的热情，微软公司在中央展区一枝独秀，大出风头，推出了 Windows XP、Pocket PC 2002、Xbox 以及 Table PC 等一系列产品，成为媒体争相报道的科技宠儿。

此外，IBM 也推出了内置高速无线传输的笔记本电脑产品，主要用在教育领域，获得广泛好评。今年 2.4 GHz 的局域网（LAN）成为通信科技的大方向，米勤林公司的新产品也成为热点话题之一。

硅动力创投公司的已投企业米勤林公司和霍去病公司在此都有不小的展位，手机游戏公司也开始崭露头角。林立国发现，每次的拉斯维加斯电脑展总能起到产业引领的作用，而近几年来中国电子展（CEF）也逐渐崭露头角，开始有了不错的国际影响力。

林立国在展会上发现一家专门做软件外包的中国企业海汇软件，摊位虽然不大却挤满了人。印度的软件外包企业都发展成“巨无霸”了，林立国相信中国软件外包市场前景应该也不会小。

其实，李青云在北京海淀区上地也看过一家软件外包企业，名字叫中软国际，当时她觉得中国在软件外包上的商业模式尚不成熟，就没再跟进，没想到林立国会这么看好这块市场，她决定好好地将这两家企业做个比较。

海汇软件位于大连，由于地域关系，海汇的客户主要是韩国品牌企业；他们将产品模块化，有自己开发的业务模块，主打中小企业客户。

林立国在海汇软件的展位和创始人海娜通了电话，他们约好下午两点在电脑展二层的咖啡屋见面交流。会场虽然嘈杂，李青云还是一眼就认出海娜来，海娜身穿黑色的西装，显得非常专业。

李青云向她挥手打招呼：“海娜，您好！”

海娜看到李青云和林立国，有礼貌地点了点头：“抱歉，这里看起来好像不是谈话的理想地点，要不要换个地方？”

林立国笑了笑，说：“没关系，会场能找到坐下来的地方已经不容易了，我们将就一点，下次去大连时可以再深入交流。”

海娜点点头，说：“你们平时在硅谷吗？”

林立国回答说：“是的，我在美国已经住了十多年了，读书、创业和创投，每年的电脑展几乎都来，也看到了祖国大陆在科技产业上的快速发展。”

海娜说：“我是两年前回国创业的，之前我也是在硅谷，我们公司有许多软件外包业务，主要和印度厂家合作，我负责对接这方面的业务；后来我发现中国市场的需求也与日俱增，就决心回国发展了。”

李青云说：“之前我也看过几家中国的软件外包企业，总觉得市场规模不够大。不知道你们是如何克服这一问题的？”

海娜说：“是的，软件外包市场在中国的确还需要时间。我们则是先从日本和韩国企业入手，因为过去我和印度软件外包巨头 Wipro 有许多合作，我就把他们的业务总监挖来了，过去他主要负责日本和韩国的客户，我们大连有许多会说日语和韩语的人才，刚好派得上用场。”

李青云赞许地点点头，说：“这是个不错的切入点，我们可以好好地交流一下。”

海娜为此感到非常高兴，她简单扼要地将公司和业务做了介绍。然后，林立国、李青云和她约定好了去大连的时间。

晚上，洪明身体不适，让大家各自活动。林立国邀李青云去看秀，刚好小甜甜布兰妮（Britney Spears）在米高梅酒店体育馆举行演唱会。小甜甜布兰妮是李青云的最爱，她甜美的歌声中带有些许叛逆，林立国也非常喜欢她。

重要的是，林立国不认识太多歌星，而小甜甜布兰妮的演唱会海报在赌城贴得到处都是，他觉得李青云应该会喜欢，哪知道歪打正着。

当晚布兰妮一出场，就献出 6 分钟连唱的舞蹈，完美演绎了《*Born to Make You Happy*》《*Lucky*》《*Sometimes*》这些动感十足的乐曲，让李青云激动不已。当林立国听到《*Baby One More Time*》（爱的初告白）这首歌时也不由得欢呼起来，音乐和舞蹈的高潮让他们紧紧地拥抱在一起。

散场后，李青云告诉林立国说自己好久没这么嗨过了，她觉得小甜甜的纯真与叛逆体现了这一代年轻人的一体两面的特征，爵士乐能带来愉悦，摇滚乐能点燃心灵，而流行乐曲可以放纵自我，爆发心中粗放的内在。

李青云说："好久没这么放松了，拉斯维加斯的秀场真是太引人入胜了！"

林立国说："这场秀的确令人感到舒畅，不瞒你说，这是我第一次看秀。"

李青云并不觉得惊讶，笑着说道："我也不常看秀，不过这一场绝对是最好的。舞台效果有点 3D 的味道，可见布兰妮的魅力无限啊！"

林立国说："看样子我们以后可以尝试看不同的演出，流行音乐其实挺好的。"

李青云点点头，说："好啊，以后我就跟着你到处看演出了！我认为音乐本就没有高低之分，大家只要喜爱就足够了，今晚这几首流行乐曲和那些耳熟能详的古典乐曲都一样好，大家术业有专攻而已。"

林立国觉得李青云所言甚是，由于伊曼不喜欢流行音乐，他也一直没机会看演唱会，这次的体验让他有了全新的感觉，也对李青云有了新的认识。

欢乐过后，他们径自回了房间，将今日的参展心得梳理一下；明天洪明还要和他们开会，看来今晚又得熬夜了。

5. 釜底抽薪，扭转乾坤

在赌城停留四天之后，林立国和李青云直飞洛杉矶，按计划去拜访林立国的同学吴松平和吕志伟联合创立的四海通信公司。由于李青云想顺道去比佛利山庄拜访师姐黄月，他们就近下榻了比佛利威尔榭—四季酒店。

林立国有个老同事住在好莱坞星光大道附近，他也利用空档前往市区会友。

黄月见到李青云甚是高兴，她是北京大学的音乐特长生，在学校乐团里非常活跃；有许多师兄在追求她，可一心想出国的她和他们总是若即若离。

后来，她如愿地在美国加州大学洛杉矶分校攻读导演系，一面上学一面在好莱坞当临时演员，其间遇到了她的老公。黄月的老公是好莱坞的知名导演，和她一见钟情，后来也经常找她拍戏，渐渐地她为他的艺术才华所感动，两人终缔良缘。

黄月告诉李青云，电影《风月俏佳人》正是在他们下榻的威尔榭—四季酒店里拍摄的，剧中扮演妓女薇薇安的演员朱莉娅·罗伯茨和李察·基尔就住在酒店顶层的阁楼里。

李青云恍然大悟，她想起电影中薇薇安去时尚名牌店购物吃闭门羹的场景，这些片段就发生在罗迪欧大道的豪华商店中。这部灰姑娘般的励志影片曾感动过她少女的心，也让她对企业投资并购（戏中的李察·基尔以买卖公司维生）有些印象，感觉那是一个非常赚钱的行当，没想到自己日后也进入了投资行业。

黄月招待李青云去比佛利山庄著名的米其林二星餐厅 Spago 用餐，歌星迈克尔·杰克逊和麦当娜都曾在这里举办过派对。由于老板坚持使用当季的新鲜食材，提倡从农场到餐桌，追求健康生活，获得许多明星及富二代们的青睐。

下午茶时光，黄月为李青云点了杯鸡尾酒“Garden of Eden”（亚当花园），那是由伏特加酒混合杧果红茶、搭配杧果干和热带鲜花所组成，酒杯旁再点缀一片刺激清爽的柠檬切片，煞是好看；她自己要了杯“Sweet Little Lies”（甜美的小谎言），那是一种混有金酒、柠檬及罗勒的鸡尾酒，在酸味中带有些青春的气息。

久别重逢，她们聊起在学校里发生的一些旧事，当时黄月的表弟刘军在追求李青云，李青云还是通过刘军认识的师姐。后来因为刘军太有女人缘了，李青云觉得不靠谱，就慢慢疏远他。后来刘军知难而退，转而追求其他女朋友，黄月和李青云倒成为了好姐妹，无话不谈。

在李青云出国时黄月曾帮了很多忙，暑期期间李青云也经常会来洛杉矶看师姐。

拿起一根烟，黄月好奇地问李青云：“你现在和林立国在交往吗？”接机的时候黄月和林立国简单地聊了一下，她的直觉告诉她，他们之间一定有故事。

李青云答道：“算是吧，不过我实在弄不懂他，有时我们无话不说，有时却有距离感；他一直对逝去的女友念念不忘，我无法突破他的心防。”

黄月说：“我感觉林立国非常优秀，你要好好把握哦。”

李青云说：“会的。人们说女追男隔层纱，我会想办法去克服他的心防的。”

黄月说：“感情的事还是顺其自然好，灰姑娘的故事终究只是个童话。”

李青云感觉语境不对，她问黄月：“师姐，史蒂芬对你好吗？”

黄月回答道：“挺好的，不过我们都忙，经常见不到面。他跟着剧组，经常满世界地跑，偶尔也会传出一些绯闻，这些都司空见惯了，我也眼不见为净。”

李青云说：“演艺圈到底比较复杂，像我这种有感情洁癖的人肯定会受不了。那师姐你现在忙什么呢？有继续演出吗？”

黄月说：“我已有一年多没演出了，去年我和朋友成立了一家动漫公司，名称叫‘企鹅星球’，除了拍电影，我们还计划将动漫做成游戏，形成互动。”

李青云说：“这倒是不错的主意，但是游戏和电影属于不同的领域，所需要的专业技术也有很大差异呢。”

黄月说：“没错，我们团队里有一位游戏专家朴汉石，他是韩国人，曾经参与过《热血传奇》这个爆款游戏的开发；刚好朴汉石年中来我的母校深造，我就把他挖过来了。”

李青云说：“师姐，你太有才了，《热血传奇》游戏属于大型多人在线角色扮演游戏，技术难度非常高。在中国由盛大游戏公司代理，新游戏甫一推出就获得了巨大的成功，盛大游戏公司也因此成为了游戏界巨头。”

黄月说：“是啊！朴汉石十分后悔自己走得早了，要是能再等几个月，估计他也就不会离开了。当然，这反而是我们团队的幸运，现在他是我们企鹅星球游戏公司的首席技术官（CTO）。”

李青云说：“你可以告诉朴汉石，‘塞翁失马、焉知非福’，基于《热血传奇》的游戏引擎，相信你们一定能开创奇迹，打造新的游戏王国的。我们硅动力创投公司的新基金也非常关注网络游戏，看看在这方面有没有合作的机会？”

黄月说：“这时估计会有点晚了，德丰杰风险投资公司（Draper Fisher Jurvetson，DFJ）已经确定要领投这一轮，其他基金像是凯鹏华盈（KPCB）也都踊跃跟进，他们都是受到《热血传奇》游戏成功的鼓舞。”

李青云说：“师姐，我们的动作会很快的，明天我和林立国一起过来公司找你。”黄月点点头。

晚上，林立国和李青云在威尔榭—四季酒店的西餐厅用餐，李青云将企鹅星球游戏项目情况告诉林立国。林立国也觉得项目甚好，他立即用手机给洪明打电话汇报这件事。

洪明也认为德丰杰风投看中的项目应该不会差，如果属实的话可以马上立项，洪明和德丰杰风投的创始人提姆西（Timothy）关系不错，他可以向他们调阅尽职调查报告。

洪明让林立国放心，凭借他和提姆西的私人关系，应该可以拿到一些投资份额。

李青云听后感到非常开心，原本只是来串门子的，没想到竟然还能钓到大鱼，看样子还是要和老朋友多联系，就像林立国上周去参加同学会一样。

第二天上午，吕志伟开着他的法拉利跑车来接他们去公司。四海通信公司就位于加州大学尔湾分校（UCI）旁边，员工也大部分来自UCI。UCI虽然建校时间不长，却已培养出8位诺贝尔奖得主、7位普利策奖得主，已经成为美国重要的研究型高等学府。

四海通信公司的技术主要依托吴松平的导师尼克，尼克是他们公司的首席科学家。他利用即时通信的原理开发出集即时通信和网络电话为一体的社交通信平台，虽然信号尚不太稳定，但是尼克声称已经找到克服技术瓶颈的办法了。

基于林立国对通信技术的深度了解，他给了尼克教授一些建议：让他们向斯坦福大学购买信号降噪技术的授权，或是双方设立专项实验室，这样可以大大减少和降低技术开发时间和人力成本。

尼克教授听过这项技术，但始终半信半疑。林立国告诉他，这项专利的发明人正是他的导师约翰教授，技术的领先性毋庸置疑。林立国随时可以引荐他们。

这次尔湾之行非常顺利，林立国和李青云把该获得的资料都拿到了，高登也为这两家公司做了市场分析；洪明也从德丰杰风投处取得了黄月的企鹅星球游戏公司的尽职调查报告，看起来这家公司的确非常不错。

林立国和李青云一回到帕罗奥图，M 基金立刻召开投决会。结果，四海通信公司和企鹅星球游戏公司都以全票通过了投资决议。

接下来要推进的就是陈武和任立新的项目了，面对 F4 创投的围圈战术，林立国感到任务并不轻松。

11 月底，林立国和李青云一起飞回北京，刚好陈武也办完了离职手续，正式离开了高力通公司，他们约好搭乘同一班飞机回国。因为陈武的行李较多，于是，他们仨将行李重新分配一下，也替陈武分担了不少重量，同时还省去不少行李超重费。

其实，已经一年多未曾返乡的林立国也开始思念北京的家人了。深秋的北京开始变冷了，他没多带衣服，只把上次在莫斯科买的皮大衣穿在身上。他的行李箱里装的都是给母亲和弟弟的东西，包括摩托罗拉的新款手机。

抵达北京之后，林立国约陈武和任立新第二天上午在母校清华大学东门见面，任立新在附近租了一个实验室；李青云表示想先回自己的母校北京大学看看，大伙可以一起约吃午饭。

三位老同学在同学会之后不久又在母校重逢，心中别有一番滋味。他们细数校园里的点点滴滴，当时清华公认有四大才子，他们仨曾多次被点名。

可惜清华的校花不多，四大美女并不出名，伊曼算一个，最后还是林立国有魅力，赢得美人心。

当时任立新也在暗恋伊曼，当他知道伊曼有出国的打算时他就打退堂鼓了，因为他家里条件不好，身体虚弱的父母还需要他照顾，实在无法一走了之。

这些年来任立新甚少和老同学联系，当他无意中从陈武口中得知伊曼去世的消息时感到非常痛惜，深感红颜薄命。从那时起，他便开始同情林立国了，经常向陈武打听他的消息。

校园中叙旧寒暄之后，他们来到任立新的实验室，任立新炫技般地向林立国和陈武展示他在中科院的研发成果，一个基于中国 3G 手机通信标准 TD–SCDMA[1] 的基带芯片原型。他表示，目前的芯片对于图像处理还欠缺火候，刚好可以借助陈武在高力通的图像处理技术来提升芯片的性能。

林立国问："F4 创投的老林和你们谈了多久？你们和他签正式投资协议了吗？"

任立新答道："最近这一个月我们见了三次面，才刚签了投资意向书，下周他们会来公司做尽职调查。林迪还介绍了台湾知名通信芯片公司老板蔡先生给我们，蔡老板也打算参股进来，他表示会在国际通信市场上支持我们。"

林立国又问："有没有可能让硅动力创投公司也参与这一轮的投资？"

陈武答道："当时我们是先去找了佩德罗的，那时你正好去了莫斯科，

[1] TD–SCDMA：中国所提出的国际 3G 通信三大主流标准之一。

佩德罗没看上我们，他认为中国不可能开发出这类芯片，我们也就没再联系你。现在F4创投已经确定了投资意向，如果他们投了我们，就没有多余的投资份额了，早期融资我们也不想稀释太多股份，倒是在下一轮融资时可以让你们基金优先参与。”

林立国觉得佩德罗也太低估中国人民的智慧了，要知道，中科院是国家科研机构，其技术水平也是顶尖的，他相信只要是国家想做的，就一定能做成。

最近有许多海外留学生积累了多年的外国工作经验之后，在祖国的号召下都纷纷回国；当年这些人能出国深造也是万中选一，所以，这些海归人才都是精英中的精英，他们练就了一身武艺，就等着释放出能量。

回头想想，这几年林迪出手倒也挺精准的，每年都有五六个明星项目股票上市；F4创投风头正健，基金规模越做越大，还获得了养老基金的高度评价。

如果等到下一轮融资再投进来，公司的估值就会涨很多。而且，以他对林迪的了解，他们一定会在下一轮的融资中设置障碍，极力阻扰硅动力创投公司的参与。

虽然心中百般不愿，面对自己的同学，林立国也能理解他们的难处。而这也是强求不来的，谁叫佩德罗目光这么短浅呢。

中午他们仨一起去北大食堂和李青云汇合，李青云迟到了半个小时，他们先点了凉菜垫垫肚子。姗姗来迟的她告诉林立国，北大微电子研究所的魏老师那边好像在做和任立新一样的事情，刚才就是想多了解一些他们的情况，才耽搁了时间。

任立新点点头，说：“北大魏教授在学术界很有名，享有‘中国信号处理芯片之父’的美誉；他们的团队在计算机处理器芯片上有突破性的技术，也可以应用在手机基带芯片上。不过，尽管阵容庞大，魏教授团队却缺乏市场机制。所以，我认为他们在产品研发进度上缺乏紧迫感，而且他们的国际视野也不够，很容易因此产生兼容性的问题。”

李青云说：“听说去年北大校友会给魏教授的实验室捐赠了一大笔资金，最近他们也开始招聘一些国际化的人才了，有许多都曾经是魏教授的学生。”

任立新说：“这倒是真的，我们的资金实力远不如他们。”

李青云突发奇想：“我感觉在每一次新标准制定时，这个领域一定会出现许多玩家，与其彼此竞争，倒不如我们整合一下，看看能不能形成合力。”

任立新觉得李青云的提议很有道理，以前不是没有想过，而是自己缺乏整合的底蕴。毕竟人家的口袋深，而且在国家资源的取得上更具有优势。如果李青云能说服魏教授，将两家人合并在一起，那一加一肯定会大于二。

此外，林立国警告任立新他们，千万不要和台湾芯片厂家合作，否则很容易泄露公司的核心技术及业务机密，尤其对方还是他们的竞争对手之一。要想在国际市场上和蔡老板分一杯羹简直是与虎谋皮，陈武听了也深表认同。

下午，李青云回到北大微电子研究所，和魏和平所长交流了将北大芯片研发团队和清华创业团队结合的构思。魏所长认真地思考了一下，觉得可行，毕竟他这里的资源虽多，却缺乏市场机制，再加上团队没有任何股份，缺乏创业的积极性，而陈武在高力通公司多年的工作经验和国际视野，也能和他形成互补。

晚上，李青云邀请魏所长、林立国、陈武和任立新到三里屯南街的“臧库餐厅”吃饭，餐厅里装饰着牢笼和审讯室，据说是比照监狱的样子建造的。这是现代行为艺术的一种潮流，有如将仓库变成艺术中心，让人感到耳目一新。

魏教授说："在这间'一号牢房'包间里，让我不禁联想到民国时期的中共地下党员在开秘密会议的情况。"

林立国说："李青云倒是挺会安排，在这里我们绝不怕消息会走漏出去了。"说完了大家哄然一笑。

李青云笑道："我也是第一次来，看起来行为艺术在北京也开始萌芽了。"

任立新说："刚刚服务员说他们没有菜单，是标准私房菜，每间房的菜色一样。"

陈武说："我觉得这样的安排挺好，可以省去点菜的麻烦。"理工男最怕点菜了，私房菜既可以省去麻烦，又带有神秘的色彩，在上菜之前，谁也看不到菜单。

在这间密室中，这群北大清华的教授校友正热烈商讨着中国第三代通信芯片的大事。魏所长的诉求不高，他和团队只要求在新公司持有 20% 的股份，条件是让硅动力创投公司参与这一轮的融资，这是李青云提前和他商定好的。

陈武和任立新爽快地答应了，这比他们所预期的要好很多，衡量一下利弊，他们只好暂时得罪 F4 创投了，毕竟李青云为大家做了这么多事情。

魏所长建议双方组建的新公司就叫"清北半导体有限公司"，由魏和平任董事长，陈武任总裁，任立新任首席技术官；控股公司注册地在开曼群岛，下面设有两个全资子公司，一个位于硅谷，一个位于北京。

李青云就这样兵不血刃地将 F4 创投排除在清北半导体项目之外，清北半导体也成为硅动力通信产业基金在中国投资的第一个项目。

从 F4 创投的虎口中争食，李青云知道林迪绝不会善罢甘休。因此她提醒陈武尽量保持低调，不要将这个变动告诉林迪，总之，能不说就尽量不说。

尔后，林迪找了陈武和任立新好几次，想安排尽职调查，都没有得到直接回应；直到清北半导体公司正式成立，林迪才恍然大悟，原来这个项目是让硅动力创投公司给搅黄了。

他气冲冲地到洪明办公室兴师问罪，洪明只好陪着笑脸，告诉他自己并不知道清北半导体公司之前曾和F4创投打过交道，否则也不至于横刀夺爱。林迪没办法，只能撂下狠话，说大家走着瞧好了。

果不其然，林迪让台湾的蔡老板针对清北半导体的IP来源进行秘密调查，看看其中有没有抄袭高力通公司的技术；同时他给北京大学校友会发黑函，说是魏和平所长假公济私，在清北半导体私底下持有股份。

幸好，魏所长早料到林迪会有这么一招，他已将设立新公司的计划提前报备并获得了学校的首肯。不过，他还是担心清北半导体一旦被高力通公司盯上，会非常被动，因此魏所长叮嘱陈武，在设计上一定要尽量绕开高力通的技术路径。

李青云在这件事上立了大功，林立国对她的智谋佩服得五体投地，洪明更是对这位爱将刮目相看。

林立国不由得心想，原来这小妮子在飞机上早有预案，说什么回母校看老师，其实是搬救兵去了，这出戏演得真是太漂亮了。林立国越发喜欢这位美丽又聪颖的小姑娘了。

6. 硅谷之龙京城大显身手

得到洪明的首肯，林立国和李青云将硅动力创投公司的中国办事处设在国贸一期的写字楼里，这个办公室将负责硅动力创投公司旗下的通信产业基金和M基金的中国业务；李青云会留在北京负责投资团队的筹建工作和项目的投后管理工作。

忙完办事处的设立工作之后，林立国和李青云去了大连，拜访海汇软件公司，海娜亲自到机场接他们。海汇软件公司位于大连高新技术产业园区里，环境优雅，已有不少企业入驻。

海娜兴奋地说："欢迎你们来大连，这里也是中国知名的旅游城市，有空可以去走走，像是棒棰岛、金石滩、野生动物园及海洋世界都值得一看。"

林立国说："可惜了！我明天要从北京飞旧金山，今天晚上我们就要飞回北京。"

海娜说："好像你们做创投的都非常忙，昨天F4创投的林总也是来去匆匆。"

李青云说："是啊，别人眼中的创投家总是光鲜亮丽，可真实世界里的我们却马不停蹄，经常熬夜，和创业家的忙碌生活相较几乎没有差别，而责任似乎会更大些，因为我们必须向许多投资人负责。”

海娜说：“了解，这次我去硅谷也体会到美国速度，紧张的生活步调让人喘不过气来；不像大连，我们大部分人还是比较懂得享受生活的，当然，我们公司的人例外。”

李青云说：“其实最好的生活方式是劳逸结合，适当的放松反而可以提高工作效率；只有拥有足够的睡眠才能保持清醒的头脑，发挥出更好的创新思路。”

海娜说：“是的，创新对于高科技企业而言就是核心竞争力，我们公司有 30 位研发人员，200 多位软件工程师。我们一直在强调科技创新和服务创新，对于那些能提出好点子的员工我们都会给予奖励。”

林立国说：“请问你们除了日韩客户之外，国内的客户多吗？”

海娜说：“目前我们国内以呼叫中心业务为主，主要在售后服务这一块；我们有一套能实现 3C 融合[1]的软件，为客户提供经济快捷的售后服务。”

林立国说：“这倒是不错的立足点，等这些客户的需求增加了，你们就可以提供各种软件定制服务了。”

海娜非常欣赏林立国的专业素质，昨天林迪把海汇软件公司批评得一文不值，说是中国的土壤不适合软件外包之类的云云，看来创投公司也是言人人殊啊！

后来林立国、李青云和他们的技术人员做了交流，感觉非常不错。离开海汇软件公司后，海娜还带他们参观了园区里的其他企业。

大连高新区是国务院 1991 年 3 月首批批准的国家级高新技术产业开发区之一，它是大连市高新技术产业基地、自主创新平台、软件和服务外包的核心区，也是大连市对外开放先导区、科技兴市的示范区。

---

[1] 3C 融合：即利用数字信息技术实现电脑、电话及消费性电子产品的共享和互联互通，从而满足人们在任何时间、任何地点通过信息关联应用来方便自己的生活。

参观了大连高新区，林立国和李青云没想到地方政府对高科技企业的支持力度这么高，真是做到了要钱给钱，要地给地。回到硅谷之后，林立国将这里的情况汇报给洪明，他听后也觉得不可思议，直呼中国的科技力量绝不可忽视。

林立国看完海汇软件公司之后就返回硅谷了，他和李青云又开始劳燕分飞了。

李青云没有让洪明和林立国失望，她很快就完成了硅动力中国的团队建设。她通过猎头朋友招聘了蒋德昕、林文锦和穆春平三位投资合伙人。蒋德昕来自IDG创投公司，林文锦来自雅虎中国公司，穆春平来自计算机世界公司，他们都对中国互联网行业有深入的了解。

当时中国的运营商主要是靠通话费和短信的收益为主，增值服务才刚开展不久，而林立国在国外已经看到了增值服务的市场潜力，其中又以日本NTT DoCoMo运营商的增值服务做得最好。

林立国建议李青云要多关注这个领域，3G手机的普及将为移动互联网注入新的活力，因此增值服务将是兵家必争之地。

刚好穆春平毕业于北京邮电大学，他有许多同学都在中国移动公司工作；他通过同学关系了解了增值服务市场，发现铃声下载业务最有含金量，他的同学也明确表示目前运营商的计费系统跟不上增值服务业务的发展，这方面的需求会很大。

穆春平开始对铃声下载业务的公司进行调研，发现铃动天下公司的计费系统最好。铃动天下公司由瑞典留学生吴京生所创立，他曾在爱立信公司总部工作了两年，能通过2G网路实现铃声下载，还开发出一套针对手机增值服务的计费系统。

李青云通过四海通信公司的网络电话召开跨洲跨洋电话会议，将铃动天下项目向投决会做了汇报；由于洪明和林立国对中国的国情比较了解，都投了赞成票，迅速通过了对这个项目的投资决议。

在签订投资协议时，吴京生突然提出想将投前估值由 1 亿美元提高到 1.5 亿美元。对此，李青云有点不悦，最终她还是说服了洪明和林立国，同意吴总的条件。

事实证明，妥协是明智的，毕竟铃动天下公司的营收连续好几个月都在翻番，在铃声下载市场中独占鳌头，更为移动运营商带来了丰厚的利润。

投资以后，李青云为吴京生找来摩根大通的老同事刘霞担任公司的 CFO，看能不能一鼓作气，第二年就报 IPO，到纳斯达克上市。

刘霞从财务角度出发，建议吴京生将计费业务和增值服务分开，将服务器外包给数据中心，这样公司就可以灵活调度流量，节省固定资产的投入。

她还建议公司和唱片公司重新谈判，通过竞价排名收取营销费用。这样既大大提高了铃动天下公司的综合毛利率，也有利于上市前融资的顺利进行。

此外，她觉得铃声下载业务在 3G 通信时代来临时会存在许多不确定的因素，因此，她建议公司逢低收购各种音乐版权，为公司将来成为音乐门户网站奠定基础。

后来证实，刘霞的这些建议都具有长远的战略眼光，只可惜吴京生没有在音乐版权上有太多布局，最终只能沦为“一代拳王[1]”；随着 4G 时代的来临，铃动天下公司也黯然退出音乐舞台。

不过，这些并不影响 M 基金的投资回报，他们在铃动天下股票上市不久，限售期[2]一过就把股票抛掉了，这个投资让他们足足净赚了 30 倍。

---

❶一代拳王：在科技产业中，优秀的产品常常能快速增长，随着竞争优势的衰减，业绩又会急速下降；对于这种现象，我们成为一代拳王，暗喻产品后续乏力。

❷限售期：指对某一类股东持有的股票约定在持有一定期限后方可在二级市场交易流通；限售期概念多出现在股票上市、管理层股权激励、兼并收购等事件中。

由于中国政府限制了境外资金在互联网通信行业上的投资额度，他们只能通过可变利益实体（Variable Interest Entities，简称 VIE）的特殊架构来间接持有境内公司的收益权。像是新浪公司的王志东，就是通过 VIE 架构去纳斯达克上市的。当王志东离职时，被资方要求将国内公司股份变更给新的董事长。他也曾想过对抗资方，不过最后还是妥协了，毕竟 VIE 架构虽然是个权宜之计，有点像是代持协议，它在法律上也是站得住脚的。

因工作需要，李青云时常参加各种大型会议，将硅谷的高科技产业发展进程，以及产业未来的发展趋势娓娓道来，获得业界赞誉。

当她和创投界的同行们进行圆桌讨论时也经常独树一帜、技压群雄，成为论坛的压轴人物。因此，李青云成为推动中国高科技投资的领军英雄，风头有凌驾林迪之势，这也让林迪感到些许不悦。

由于 F4 创投的中国办事处也位于国贸一期，他们经常会在底层的星巴克咖啡厅里遇到李青云。星巴克咖啡把中国的第一家门店设在国贸，置身其中，李青云仿佛回到硅谷，她已经习惯了美式咖啡那种淡淡的咖啡香，也借此储备一天的能量。

有一天，林迪特地在星巴克咖啡厅等她，李青云热情地和他打招呼。其实李青云一直把他当成前辈，没有任何敌意。因为在她看来，同行之间的竞争应是君子之争。

林迪也亲切地和李青云打招呼："李总，最近好吗？在关注什么领域呢？"

"谢谢林总的关心，我很好，最近还是在看互联网服务领域，尤其是在移动互联网方面。"李青云毫无保留地告诉林迪。

林迪呼应着："我们也觉得这个领域非常有潜力，看来英雄所见略同啊！"

"不敢当，我个人判断 3G 时代将会迎来社交软件和移动支付的时代，只是目前还没看到比较优质的项目。”李青云进一步表达了她的看法。

林迪点点头，说：“只要在硅谷出现了新的商业模式，过不了多久就会被复制到国内，所以，我们一向都非常关注硅谷的动静。互联网产业正带动中国这一轮的经济发展，也缩短了中西科技和人才上的差距。”

林迪强调说：“当然，其中也有许多水土不服的，毕竟中美的文化差距较大，不能简单粗暴地复制。”李青云频频点头，表示深有体会。

林迪说：“听说在硅动力创投公司里，除了洪明和佩德罗之外，你们几个合伙人的股份都不多，是吗？”

李青云笑一笑，没有回答。

林迪继续试探：“从几次交流中，我发现你的能力实在不逊于其他合伙人。”

李青云大概猜到了林迪的意图，连忙说道：“哪里，林总太抬举我了，对于洪总和其他合伙人，我都难以望其项背啊！”

林迪突然话题一转：“说起来，你也是我北京大学的小师妹，看看有没有缘分可以一起共事？目前我们有四位合伙人，加上你就是五位，如果可行的话，我也可以将 F4 创投的名称改为 F5 创投，薪酬和股份方面都不是问题。”

李青云有种受宠若惊的感觉，却很难接受林迪的条件。所以，她只能婉拒这位师兄的好意：“大师兄，谢谢您的垂爱！我的能力实在有限，受之有愧。如果说我有一点成绩的话，这都要归功于我们洪总多年来对我们的支持和栽培，而此时正是洪总最需要我的时候，我实在没法弃他而去。”

李青云的婉拒让林迪越发欣赏她的人品，临走前林迪告诉李青云，只要她愿意，F4 创投的大门永远为她敞开。

看来林迪对硅动力创投公司要开始采取行动了，李青云仿佛闻到了一股硝烟味。

果不其然，一个月后林文锦离职了，他加盟了F4创投中国办事处，成为林迪在大中华地区的合伙人。为此，李青云连夜找穆春平出来谈心。

穆春平说："其实林迪是先来找我的，因为我的资历比较符合F4创投中国公司的要求。他们提出的条件也非常诱人，有10%的期权和30%的加薪。"

穆春平又补充道："不过，F4创投基金规模虽大，却不适合我；林总的作风太过强势，我有朋友在他们硅谷总部任职，据说林迪经常朝令夕改，而且公司的人员流动性颇大，大部分是因为受不了林总的颐指气使、盛气凌人。"

李青云说："不知道他们是否也找过蒋德昕，你知道吗？"

穆春平说："这我倒不清楚，不过我感觉目前林迪只需要从我们这里挖一个掌舵人过去足矣，毕竟合伙人的位置不低，是他们大中华区的一把手。至于文锦是否会反过来挖其他人，我就不知道了，总之有备无患。"

穆春平继续说道："为了让中国团队更加稳定，我们是否可以将硅动力创投总部的期权和人员激励机制引到北京来呢？有了这个制度，我们可以将中国团队打造为一流的创投公司，也为未来的人民币创投基金做准备。"

李青云觉得他说的有道理，虽说风险投资的有限合伙制度❶尚未完成立法，国家各部委已经在着手制定相关的法律规章了。因此，有理由相信创投基金在中国的发展必定会迎来一股潮流，从最近几年越来越多的外资机构纷纷来中国设点就可以看出端倪。

翌日，李青云将穆春平的意见告知林立国，林立国表示他刚来公司时就曾经和洪明交流过这方面的意见，只是这还需要获得硅动力其他三位合

❶有限合伙制度：是法人的一种，以合伙形式设立，通常可以不按照出资多寡来指定管理者，在基金上分为普通合伙及有限合伙，有限合伙承担有限责任，普通合伙承担无限连带责任。

伙人的同意。而佩德罗和玛丽从未到过中国，不知道他们是否愿意将自己的权益分享给中国团队。

其实，洪明对此也是左右为难，毕竟M基金里的莱伊拉和高登都不享有股票期权，如果同意穆春平的建议，将牵扯所有合伙人的权益重新分配。而且，当时林立国加入时，佩德罗就对这切出去的蛋糕颇有微词，要不是林立国争气，估计到今天佩德罗仍然会有意见。

洪明建议林立国去咨询规模较大的投资机构如KKR、红杉、德丰杰、凯雷资本等业界大咖，看看是否可以仿效别人的做法，毕竟中国区的业务和硅谷的确交集并不多。如果缺乏对标体系，想要说服佩德罗和玛丽将股权开放也比较困难。

林立国觉得有道理。于是，他首先咨询了在埃森哲新职的朋友杰克，杰克告诉他每家投资机构都将自己的激励机制当成公司机密，很难直接拿过来。而且，创投公司的员工期权和激励机制也和基金的投向和资金量有关，不宜完全照搬。

洪明也咨询了他在红杉资本的朋友，他朋友也说看不到整个基金的股权和期权机制，不过，公司给他个人的持股权和分红权倒是非常清晰的；到年底他总会收到比年薪多两倍以上的奖金，有时在年中也会有分红，因为他们这几年的投资业绩非常好。

洪明试探性地和佩德罗沟通，他果然非常激动，表示绝不同意再让出股份了。他认为中国政府在创投方面的法律尚未成熟，对外资的限制也非常多，目前要将中国团队独立出来的时机尚不成熟。

最后佩德罗表示，除非硅动力创投公司能整体出台一套适用于海外机构的制度，把中国、以色列和欧洲国家都考虑进去，而且当地人员也必须担负起基金的融资工作才行。而融资工作对于大部分基金团队而言是最困难的。

佩德罗的看法也并不无道理，洪明只好暂缓讨论李青云关于给中国合伙人期权的动议；他建议李青云再等等，等人民币基金设立时，他会综合考虑。

李青云能体会洪明的苦处，毕竟股权分配的问题需要动到核心合伙人的奶酪，其中也包括她自己的。这就像是一个国家要修改宪法，必然是先要通过议会的决议，而目前硅动力创投公司的“议会”还缺乏变动公司章程的机制。

蒋德昕和穆春平对此虽然感到失望，却对人民币基金的设立充满期待。据说，中金公司也准备将旗下的人民币股权投资部门拆分出来，这释放出一种信号，人民币基金时代即将到来。

由于硅动力中国团队同时要支援两支基金在中国的投资业务，李青云让北京的蒋德昕侧重于通信产业硬科技的投资；蒋德昕毕业于北京理工大学电子工程系，他在IDG任职时就投了不少硬核科技的企业，项目大部分都在南方。

蒋德昕认为中国成为世界工厂已是一种必然的趋势，因为许多台商都在深圳、东莞、厦门、福州和昆山设厂，带动了当地产业链的发展，而进口零配件的本地化取代会成为不错的投资标的。

蒋德昕特别关注手机整机和配件领域，看到宏达电子（HTC）智能终端的推出，他判断未来将是智能手机的时代，再加上他有许多同学在摩托罗拉中国公司任职，他们对此也有相同的认知。

目前国产手机做得最好的有TCL、夏新、波导、夏华和海尔公司，但是和诺基亚、摩托罗拉、爱立信等欧美公司比起来，在技术上仍有不足，这就需要靠这些在国际品牌做过研发的人才来弥补了，其中他注意到“科信通讯”这家公司。

科信通讯公司的70名员工全部来自摩托罗拉公司，创始人李珊将整个摩托罗拉中国的研发团队都扫了一遍，该挖的一个也没留下来。他们为手机厂提供手机的原始设计制造商服务[1]（ODM），包括手机的外观设计、系统设计，还有零部件的供应以及生产组装服务。

科信通讯公司暂时还不考虑推出自己的品牌，主要是因为手机的供应链周期太长，需要占用的资金较多，所以，他们只想做轻资产的部分，所有零部件都由客户自己采购，再由他们组装。

很快地，这匹黑马就获得了创投圈的关注。据说F4创投中国的林文锦就曾多次拜访李珊。为了避免正面交锋，蒋德昕总是选择林文锦不在的时候才过去拜访。李珊是蒋德昕北理工同学刘亮的妻子，刘亮在TCL手机公司工作，在业务上也给了李珊不少帮助。

李青云也认为科信通讯公司不错，她安排在周末上投决会，除了科信通讯公司，穆春平还推了一个网络营销的项目“弹跳科技公司”上会，弹跳科技公司能在浏览器上弹出广告信息窗口，用户点击弹窗就能无缝链接至广告商户的网页。

由于中美有时差，他们安排在周六晚上九点进行，此次会议由李青云主持。

洪明首先对科信通讯项目提问：“德昕，请问这70个摩托罗拉公司的员工为何要放弃稳定的工作，加入科信通讯公司呢？”

蒋德昕答道：“最近摩托罗拉手机在中国市场被诺基亚超越了，本土厂商的市场份额不断在提升，山寨机也开始流行起来。这些人看到了新的市场机遇，而且李珊在摩托罗拉公司工作时为人不错，这些工程师都愿意跟随她出来创业。”

佩德罗听了有点义愤填膺：“李珊太不道德了，怎么可以因为个人利益

[1] 原始设计制造商服务：是由采购方委托制造方提供从设计、研发到生产、售后服务等相关服务，由采购方负责销售的生产方式。

而掏空老东家呢？我认为人品应该是我们投资项目的重要前提之一。”

李青云说：“是有点过分，不过一些明星企业不也是从老东家抱团出来一起创业的吗？像是仙童半导体公司就是从肖克莱半导体公司集体跳出来创业的，最后还催生了英特尔公司。”这个案例在硅谷很有代表性，团队出走的主要原因是创始人肖克莱先生管理不当，他是出了名的抠门，对员工非常刻薄。

洪明说：“集体带枪投靠❶一直是科技企业的心结，却往往起源于资本；我们创投机构不也经常会支持类似的新设项目吗？我想这不是主要问题，我反而是对他们的商业模式感到怀疑，因为 ODM 模式是很难轻资产运作的，如果这样，其毛利率会显得特别低。”

蒋德昕说：“目前这家公司已经盈亏平衡，TCL 手机公司是他们的大客户，毛利率有 15%，考虑到手机的单价高，体量大，这种毛利率非常不错。而波导公司也在测试他们的样机，估计年底以前就会下单。”

佩德罗说：“我们最怕就是业务太过集中的企业，根据你提供的资料看，他们从 TCL 拿到的订单是靠裙带关系取得的，这并非长久之计。”

蒋德昕说：“目前有几家知名创投都在抢这个项目，中国国情和美国有较大的差距；TCL 手机部门也是靠在手机上镶钻起家的，科信通讯公司能快速提升他们产品性能，目前在中国还没有像科信那样的企业。”

玛丽说：“我不太认同这种说法，我们投资一个项目是因为我们认可它，而不是因为市场上有谁在争夺这个项目；我们判断一个项目的好坏必须看它的可持续发展性，相信 TCL 的手机制造技术终会跟上市场步伐的，届时科信通讯公司就将英雄无用武之地了。”

洪明也赞同玛丽的说法：“市场每次出现新的商业模式时，我们就要找

---

❶集体带枪投靠：此处专指一家公司的一群员工集体跳槽到另外一家企业的情况，带枪指的是员工为了讨好新雇主所带来的武器装备，包括产品设计及新技术等。

到其对标企业。个人电脑在ODM上的商业模式已经非常清晰了，它就是一种重资产、低毛利率、巨量生产、充分竞争的模式。这些ODM厂家凭借的是他们高效的生产工艺和稳定的品质，靠的是薄利多销。而科信通讯公司的核心成员都来自研发部门，缺乏生产管理经验，产品质量的稳定度将成为他们最大的挑战，一旦市场上开始出现专业代工型的竞争对手，包括TCL及伟创力公司，科信通讯公司就会面临成本居高不下的问题。"

李青云说："我拜访过科信通讯公司，他们目前的状态的确不错，是否我再过去深入交流一下？看看他们是否具备未来调整商业模式的弹性？毕竟ODM在个人电脑上已经被证明是有效率的，我相信手机制造也会朝着这个趋势发展。"

洪明表示认可，他还特别提醒李青云和蒋德昕，不要让F4创投的人知道我们真正的想法；即使我们不投，也不要把不投的原因告诉李珊，在这个赛道上，我们会找到理想标的的，只是时间早晚的问题而已。

接下来是弹跳科技项目的讨论，佩德罗、玛丽和蒋德昕从网络电话下线，莱伊拉和高登上线；穆春平开始汇报这个项目。

林立国听完简报，问道："这家公司是在非经用户许可下出现弹跳窗口的吗？"

穆春平说："是的，弹跳广告已经流行一阵子了，其广告效果不错。弹跳科技是这个行业的头部企业，营收每个月都有20%以上的增长。"

洪明说："在美国我也看过类似项目，看起来商业模式还行。就是不知道未来会不会有杀毒软件专门封杀弹跳广告。"

穆春平说："也许会有，但是道高一尺魔高一丈，这个团队有办法绕过杀毒软件的封杀，因为他们的技术底层是操作系统级别的，而且每次弹跳过后都会立刻消失，下一次出现时又是另外一种面貌，很难被彻底阻挡。"

林立国说："那中国的法律允许这种干扰吗？会不会被指控为非法采集

数据呢？”

李青云说：“互联网广告在中国是被许可的，弹跳只是技术上的一种突变而已，它的技术门槛非常高，未来还能针对用户所关注的广告类别来精准营销。”

莱伊拉说：“我同意青云的看法，如果弹跳科技能从用户偏好上贴标签，并合法采集用户数据，其估值将非常高；广告业务目前是互联网企业的主流商业模式，线上广告会逐步取代线下广告业务。”

高登说：“我也同意莱伊拉的见解，最近我在关注 MySpace（个人网页空间）这家初创企业，就发现网页的弹跳会带来极大的商机。”

洪明说：“是的，互联网的交互性会带来许多社交功能，这也是互联网广告可以深入挖掘的领域。”

最后，弹跳科技公司获得四票通过（莱伊拉投了反对票）。按照惯例，他们聘请了第三方尽调公司对该公司进行全方位的尽职调查；最后给这家公司投资了 2000 万美元。

翌日，李青云和蒋德昕来到科信通讯公司，李珊和她老公刘亮一起接待了他们。蒋德昕和老同学少不了寒暄一番，李青云则和李珊聊起了中国的手机市场情况。

李珊说：“TCL 手机在三四线城市大受欢迎，他们戏称‘县长夫人手机’；手机盖上面的钻石已经成为尊贵的象征，最近夏新公司也在模仿。”

李青云说：“是啊，还是你老公有办法，你们这个季度的业务又大幅增长了吧？”

李珊点点头，说：“这个月较上个月增长了 50%，年底的手机需求非常旺盛，会一直延伸到明年春节。万事俱备只欠东风了，希望创投的资金能尽快到位。”

李青云问："目前你们这一轮的融资进度如何？已经收到投资意向书[1]（Term Sheet）了吗？"

李珊说答道："是的，我们已经收到三家创投的 Term Sheet 了，还在做比较。蒋德昕要我留一点份额给你们，这点请放心，我们一定不会忘记老同学的。"

李青云又问："目前谁给的条件最优？"

李珊答道："F4 创投给的估值最高，可是他们想要独家投资，我们不同意；我们希望能分散一下股权，因为股权太集中，担心日后投资人会在业务上指手画脚。"

李青云说："既然投资人成为你们的股东，大家利益应该是一致的；经营上总会有盲点，所谓旁观者清，投资人对创业团队适当的指点应该是一件好事啊。"

李珊说："您说的有道理，我们担心的倒不是业务上的指导，而是对赌条款。我们不同意 F4 创投投资所附带的条件，因为这会影响我们的发展战略。"

李青云理解李珊的担忧，因为初创企业往往在营收和利润上都需要通盘考虑。如果对赌的是利润，企业家就有可能减少公司短期的研发投入，也会维持较高的毛利率。这样一来，既对长久发展不利，也无法迅速占有市场。如果对赌的是营业收入，企业家就有可能会采取低价战略来获得销售额。太低的毛利率会造成市场秩序紊乱，反过来还会伤害自己；只有合理的利润空间才能保障企业的正常发展，不可过于心急。

李青云继续问道："请问 TCL 的采购订单是多久一签的？未来他们会不会抢你们的生意？"

---

[1] 投资意向书：又名投资条款清单或是风险投资协议，是一种由投资方和被投资方共同协商的投资框架条款书，作为日后草拟正式投资协议的依据。

李珊说："我们签了一年期的合同，每年续期一次。目前我们的技术至少领先同行两年，估计两年后我们就能股票上市了，上市以后我们会考虑重资产模式，也打算推出自己的品牌。"

李青云觉得李珊的商业逻辑太紊乱了，是一个十足的什么都想做的机会主义者。这也印证了洪明的思路，李青云和李珊继续浅聊了一会儿，就匆匆打道回府了。

蒋德昕和刘亮再见面时已经是一年半以后的事了，那时科信通讯公司刚刚宣布破产不久。刘亮告诉蒋德昕，李珊太激进了，到处接单，还给30天的账期，最后被大客户倒账，公司现金流瞬时断裂；而作为第二大股东的F4创投基金又不愿意救他们，最后的结果是只能痛苦地结束营业。

刘亮又补充道："其实我也没预料到TCL这么快就能开发出智能手机，如果不是TCL终止订单，李珊也不至于到处接单，她也是迫于和F4创投签订的业绩对赌条款，其中所带来的巨大压力使然。"

蒋德昕对TCL停止采购科信通讯公司的产品早有耳闻，只是他没想到后面会发展成这样。据说林文锦也被牵连，由于F4创投对科信通讯项目的投资失利，他被迫离开F4创投公司，林迪找了曾在联力集团负责投资的高管李文斌接替他。

林文锦一身委屈，有苦难言，他也曾提醒过林迪关于这个项目的投资风险，可林迪一意孤行，他只好在投决会上也投了赞成票。

这也印证了穆春平当初的判断，要在林迪手下工作并不容易；因为他情绪反复无常，对下属经常"爱之欲其生、恶之欲其死"般，翻脸不认人。

和林迪形成强烈反差的洪明，胸襟就比林迪开阔多了，他愿意包容员工的错误，让员工在错误中成长，所以，硅动力创投公司的员工们都将洪明当成一位可敬的大家长。

虽然林立国也曾多次向洪明提出建议，强力反对吃"大锅饭"，然而，从这两年来的实践看，他也慢慢发现了“洪明管理模式”中的优点。

人员的凝聚力和高度共识已经成为硅动力创投公司在同行竞争中最大的软实力。

事实上，在企业中凝聚人心是非常重要的。只有善待员工，他们才会投桃报李，愿意为公司做出牺牲。

这些包容在短期间内也许还看不到成效，但是从长远来看，人事的稳定和经验的积累对公司的可持续发展而言至关重要。

对企业而言，我们不需要打赢每一场战役，却不能输了整场战争；在面对某些黑天鹅事件时，活着就是胜利。

即使企业最终不能实现基业长青，对股东、员工、管理层、客户和社会群体而言，企业最重要的任务就是去赋予它社会价值。

一个对国家具有重大意义的企业如通用汽车者，即使走到了破产边缘，政府也不会任凭它轰然倒下；对于那些做假账劣迹斑斑的“巨无霸”如美国安然公司，其破产之后再无人问津，其老员工也不会引以为豪。

对人生而言，起伏更是常态，每一天对我们普通人而言，都很重要，因为它缺一不可且弥足珍贵；可仅仅是活着，又似乎不是我们的人生目的，活出精彩、活出价值才是我们赋予生命的崇高目标。

第三章 秋

——遍地开花，一枝独秀

1. 落子创新国度，旗开得胜

随着硅动力创投公司在中国市场初尝佳绩，洪明开始思考硅动力的全球战略布局。毕竟科技是无国界的，资本也必须跟着企业家跑，洪明首先想到的是以色列，这个世界闻名的创新国度。

在硅谷，已经有许多金融机构也在关注以色列的高科技产业，再不下决心就会和主流市场脱节了。对于那些具有犹太人属性的投资基金而言，他们有近水楼台的先天优势，即便硅动力创投 M 基金的资本来自中东，以色列仍然应该是他们在全球布局中不可或缺的一环。

这要从 11 年前说起，当时以色列的移民政策吸引了大量来自俄罗斯的犹太人来此定居，从而带来了很多专有技术；为了让这些创新科技获得商业化价值，以色列政府颁布了技术孵化器的政策。

经过近十年的发展，科技孵化器[1]已经成为以色列初创企业的主要服务机构，每年都会培育 60~70 家初创企业；科技孵化器的主要目标是将研发初始阶段的创新技术转化为市场化的初创公司，并协助它们做大做强。

晨会上，洪明建议林立国赞助当地的创业大赛，通过创业大赛可以近

[1] 科技孵化器：专指以促进创新科技成果转化、培养高新科技新创企业和企业家为目的的科技创业服务机构。

距离地接触当地的高科技企业，减少机会成本。

林立国对此有点犹豫，说道："过去德用半导体公司也曾参加过一些创业大赛，我觉得创业大赛一般都只是走个过场，因为创业大赛的评审委员们对这些企业的了解既不够深入，也往往敷衍了事。"

佩德罗也表示赞同："我同意立国的看法，大赛评审委员们往往站着说话不腰疼，他们不像我们创投的基金经理们，需要承担投资错误的后果，所以，他们的评审工作也难免失之偏颇。"

李青云也有同感："我也参加过硅谷的创业大赛并担任过评审委员，我发现那些获奖企业鲜少有成为大企业的；许多获奖企业在作秀之后不久也销声匿迹了，而那些未得奖的企业反倒发展得不错。"

洪明理解大家的看法，说道："其实，我们赞助以色列的创业大赛并非想直接获得投资项目，而是和当地的科技孵化器建立合作关系，是一种长久的发展战略。"

林立国这才明白过来："洪总，这倒是个不错的主意，而且国情不同，没准创业大赛的情况也会有所不同。"

恰好公司去年新招进来的投资总监福瑞德是犹太人，他也是斯坦福大学的校友，先后在甲骨文公司和微软公司都工作过，主要负责数据库的研发。因此，林立国让他着手准备进军以色列事宜，看看是否有合适的创业大赛可以参与。

福瑞德从以色列的朋友那里获悉，特拉维夫创新创业大赛就要进行决赛了，这是一场年度科技盛宴。经投决会同意，硅动力创投公司决定为这场决赛赞助 100 万美元，主办方也因此邀请林立国和福瑞德担任决赛的评委。

临行前洪明特地叮嘱林立国要多注意安全，不要去巴勒斯坦和以色列人冲突较激烈的地方。福瑞德听后笑了笑，表示以色列相当安全，巴勒斯坦人和以色列人已经学会和平共处了。

决赛场地位于特拉维夫东地中海滨的喜来登酒店，景致非常宜人。

林立国在出发前曾经揣想以色列是一个硝烟弥漫的地方，应是戒备重重，草木皆兵；没想到他们来到特拉维夫时，城里却闻不到丝毫火药味。

满眼望去，居民区里到处是方正平顶、线条明晰的包豪斯建筑风格的建筑，其欧洲风情十分浓郁；特拉维夫白城里共有大约 2500 座包豪斯学派的国际风格建筑，形成了大片白色外墙的景观，曾被多次提名世界文化遗产。

在特拉维夫商业区，更是高楼大厦林立，形成了繁华的大都会，足以媲美东京、纽约和伦敦，许多跨国企业纷纷将其研发中心和区域总部设在这里。

林立国觉得特拉维夫的地理环境和旧金山的湾区大致差不多，虽临近沙漠，却有海水滋润，非常宜居，怪不得《圣经》会将以色列描述成“奶与蜜之地”。

福瑞德出生于采法特，是加利利湖西北的一个山顶城镇，也是《圣经》中所谓的应许之地“迦南”的北界；迦南地区长久以来就与犹太神秘教派及宗教哲学一脉相承，也因而闻名于世界。

不过，福瑞德受西方高科技教育的影响颇深，犹太教对他而言只是个风俗，他并没有依照犹太人的传统娶犹太人为妻，而是娶了一位哥伦比亚裔美国人拉雪儿。拉雪儿是他的师妹，也是他在微软公司时的同事，目前在微软公司的营销部门作主管，她一个人住在西雅图，只有在周末才回硅谷的家，福瑞德经常过去看她。

林立国和福瑞德来到特拉维夫的第二天，还来不及倒时差，创业大赛决赛就拉开了序幕；评委们有序地入座，林立国和福瑞德被安排在第一排，显示出大赛举办方对硅动力创投公司这个赞助方的重视程度。

特拉维夫创新创业大赛每年由各地的科技孵化器轮流主办，今年的主办方是“耶路撒冷当代孵化器”（The Era Incubation Center）；此次大赛偏重生物科技、信息科技及互联网领域，林立国虽不了解生物科技，但信息科技及互联网领域倒是他的强项。

和硅谷不一样的地方在于，以色列的创业家多半来自大学的教授，团队成员很多也是教授的学生。所以，技术性有余，市场化不足。

以色列的市场容量很小，以色列的科技企业一般都没有像样的营销团队。他们创业的最大心愿就是将公司或技术出售给欧美的跨国企业集团，只有极少数企业是奔着在美国股票市场上市去的。

创业大赛决赛开始，当代孵化器的董事长亨特先生向大家致辞，并介绍了评审委员和赛程。今天是长达三个月的特拉维夫创新创业大赛的最后一天，共有 12 家企业入围，上午会有六家企业进行路演，下午也有六家企业路演，傍晚会举行总决赛的颁奖典礼。

接着亨特先生宣布，项目评审会正式开始，各个企业按顺序出场做介绍。

第一个项目是“超能细胞公司”（UltraCell），他们所展示的是固态电池[1]的技术，比现有的液态电池更加安全可靠，储能密度更高。

超能细胞公司 CEO 史提夫先生表示他们的产品在手机上充电一次可以使用一个多月，使用的是石墨烯正极材料。

林立国对超能细胞公司的技术成果感到不可思议，据他了解，固态电池技术在硅谷仍属于早期阶段，处于实验室的辩证阶段，以色列团队怎么就做出来了？他向史提夫要样品，史提夫说最后一个样品上周送去诺基亚做测试了，下周他们会再做一批样品出来，可以给评委做测试。

---

[1] 固态电池：固态电池是一种使用固体电极和固体电解液的电池。固态电池一般功率密度较低，能量密度较高。由于固态电池的功率重量比较高，所以它是电动汽车很理想的电池。

这是创业大赛让人感到蹊跷的地方，今天是决赛，意味着今天就要从这次大赛进入决赛的 12 支队伍中选出前三名；如果下周才能拿到样品，那在时间上是否稍嫌太晚？而且上一轮的半决赛林立国并没有参与，也没有任何记录可查，他无法做评判。

不过，既然这是大赛的安排，他也只好入境随俗，根据手中有限的资料打了一个分数。

第二个项目是“氢动力公司”（Hydro Power），展示了汽车用氢燃料电池的技术，氢燃料电池是将氢气和氧气的化学能直接转换成电能的发电装置。通过一层薄膜，借着氢气的能量转化驱动发电机，节能又环保。

这又让林立国感到新奇，毕竟日本车企在这个领域已经投入高达数亿美元的研发经费，在商品化上却一直没有太多突破；他不知道氢动力公司是如何办到的？或许他们只是拿了日本车企的实验室研究成果，在这里大做文章而已？

林立国不禁感叹创业大赛怎么变成了吹牛大赛？凭借着十几张 PPT，图文并茂，就要让大家相信他们的技术已经实现了，可他也只能怀疑，无法反驳。

作为客人，他实在不好咄咄逼人，他弄不清楚孵化器之间是否存在暗箱操作；今日他不妨先做个好人，尽可能地从劣中选优。

第三个项目是“超跑球公司”（Running Ball），展示的是一款植入式的手机游戏，随着使用者将手机倾斜偏移，手机上的小球也顺着地心引力的方向流动；手机需要预先植入一颗传导芯片，才能感应到重力。超跑球游戏共设置了五十多个关卡，娱乐性很高。

这次超跑球公司的 CEO 汤姆逊带来了样机，虽然样机看起来有点大，但还能接受。林立国一直在思索着，要如何才能将这个游戏互联网化，在 3G 通信手机上实现多人在线比赛。

看完了三个项目之后是茶歇，林立国和主办方当代孵化器的董事长亨特打招呼：“亨特先生，我觉得今天早上那三个项目都非常具有先进性，足证你们用心良苦，才能汇集这么多精英来参与！”

亨特笑道：“重赏之下必有勇夫，这次的创业大赛奖金是历年来最高的，这当然也要感谢你们的赞助。如果贵公司对某个项目特别感兴趣，比赛之后我可以让团队留下来和你们深入交流。今天上午的‘超跑球公司’和下午的‘一滴血公司’（One Drop）都出自我们的孵化器，技术也都源于耶路撒冷希伯来大学，欢迎你们来耶路撒冷考察拜访，这里还是世界三大宗教的圣地。”

林立国问：“请问你们的科技孵化器是如何运作的？”

亨特解释道：“基本上以色列政府对孵化器的运营经费有高达 80% 以上的资金支持力度；各地孵化器都是市场化的，孵化器业主需要投入 20% 的初始资金，通过投资孵化来参股初创型企业，并为他们提供各种服务，对接资源，以加速公司的发展。”

林立国又问：“政府的支持力度挺大啊！那你们会如何筛选入驻企业呢？”

亨特说：“我们大部分的企业都来自学校的导师和学生团队，由于我们都是先服兵役，再念大学，政府也鼓励年轻人在读大学之前到世界各地去看看。所以，这里的大学生普遍都具有国际视野，知道自己需要什么知识，老师们也会根据学生的专长给予辅导，大学里的创业氛围并不亚于硅谷。”

林立国点点头，此时大会司仪表示休息时间已结束，林立国原本还想探探亨特的口风，试图多了解一下前两个项目的背景，看看是否都经过严格的验证。随后一想，待会儿还有许多项目需要评审，还会有一箩筐的问题，届时再问也不迟。

果不其然，第四个项目一滴血公司比前三个项目还要梦幻，他们设计了一款仪器，只凭一滴血就可以测试身体是否有亚健康方面的问题，包括内分泌和癌细胞等，都可以通过血液中的影像来判断其患病的风险。

一滴血公司的CEO琳达当场演示了公司的专利设备，她采集志愿者的血液，滴在仪器的玻璃皿上；仪器的荧屏上可以看到红血球、白血球、血小板、脂肪和其他杂质，操作员凭这些图像解析志愿者的身体状态，告诉志愿者其血脂偏高，要多主意饮食和锻炼，要多喝水。

林立国告诉身边的福瑞德，对于新的事物，除了要能“证实”，还要能“证伪”。“证伪”就是在科学理论的基础上去搜寻一些例外的情况，或是从结果去反推原因。林立国实在不知道这类的技术是否也能证伪，如果可以的话，就值得投资。

证伪主义者提倡用试错法来检验真理，认为人们应该大胆地提出假说和猜测，然后去寻找和这一假说不符合的事例；然后再根据事例对假说进行修正，再不断重复这一过程，甚至将最初的假说全盘否定。

当然，医疗领域也并非硅动力创投公司的专长，林立国只能从团队的经验背景来判断项目的好坏了。事实上，他更重视临床数据，而不是个别的案例。

第五个项目是“光带网络公司”（Optiplex），他们展示了新一代光通信设备，可以实现多通道的光通信传输❶。林立国觉得光带网络公司的产品和米勤林的技术能形成高度协同，他想到让乔治来以色列和他们对接一下，没准还能做成一桩国际并购的生意。

第六个项目是“三维地理公司”（Geo 3D’s），展示了地理绘图及建模技术，他们绘制了欧美国家主要城市的高精度地图，可以自动形成3D模拟图像；产品主要应用在探矿探油及自然灾害的预防上，未来还可以延伸到智慧城市的领域。

---

❶多通道的光通信传输：一种光通信的传输方法，多通道指的是信号在单信道的光通信信道中进行传输，从而使接收端能接收到更多组数据。

林立国觉得这个项目特别好，从他们的演示中也不难验证其技术的真伪。他告诉福瑞德，这个项目在手机上的应用应该会比在电脑上的应用更具有前景，可以和基于位置的服务（Location Based Services，简称 LBS）绑定。看起来此行没有白跑，林立国不禁赞叹这个小国家的科技力量。

上午的六个项目在热烈的问答中终于结束了，午餐时林立国特别坐在三维地理公司 CEO 罗伯特先生的身旁，罗伯特向他亲切地问候："久仰大名，立国，五年前我在斯坦福游学的时候就曾拜访过硅动力，可惜贵公司不接受实习生。"

林立国笑笑，说："那时候我应该还在创业，尚未加入硅动力创投公司。我觉得你们公司是今天上午六个项目中最出色的，恭喜你们。"

罗伯特说："我的教授是以色列最有名望的地质学家，他给了我们团队很多的指导；学校的数据库也对我们无条件开放，我们才能较快地把地图绘制好。"

林立国说："不过，你们的商业计划书太偏向于技术方面了，没有充分体现出它的商业价值来，毕竟探油采矿另有一些大玩家在竞争，在互联网和 3G 通信领域上的应用才是正道。"

罗伯特说："林博士果然专业，我们也在探索这方面的应用，只是牵扯到太多商业机密，不方便在创业大赛上透漏太多。"

林立国表示同意："谨慎是对的，你们已经攻克了技术上最难的部分，至于用在哪里可以慢慢再规划，也可以和合作伙伴一起探讨。"

由于三维地理公司就在特拉维夫，他们约好后天去公司做深入了解。

下午的比赛从两点开始，林立国打了一小会儿盹，福瑞德和一滴血公司的美女 CEO琳达相谈甚欢；琳达细心测试了福瑞德的血液，提醒他该减肥了，要吃少油少盐的食物，从显示屏上可以看到，福瑞德的血液中脂肪和杂质太多了。

琳达也来自“迦南”地区，在犹太传统上和福瑞德渊源颇深；他们用希伯来语亲切交流，约好下周去耶路撒冷出差时，顺道去公司看看。

琳达说：“你们定好时间，我来安排你们的行程，当代孵化器里有八家企业，包括超跑球公司还有我们公司，以及其他从事互联网技术研发的企业。”

福瑞德说：“太好了！我们的 M 基金就是专注于互联网领域投资的，到时候可以一起看看，当然主要还是去拜访贵公司，我感觉你们的产品具有时代引领性。”

琳达说：“您实在太有眼光了，等我们新一代产品研发成功，体积还会比现在的版本小一半，功能再增加 20%，精确度也更高。”

随后，琳达热情地邀请福瑞德一起晚餐，她说在雅法老城的跳蚤市场旁边有一家不错的意大利餐厅，可以去尝尝，如果林立国有空也欢迎一道过来。看到福瑞德兴致颇高，林立国接受了她的邀请，条件是必须由他来做东。

下午参赛的企业更多的是和医药医疗方面相关的，有做医疗器械的，像是心脏支架以及人工关节；有做车载 X 光设备的；还有做减肥药和保健食品的。对这个领域陌生的林立国不禁瞌睡虫涌上头来，他频频喝咖啡，强忍住睡意。

经过了漫长的“折磨”，林立国终于把这次的评审工作做完了。大赛的结果和林立国预想得差不多，三维地理公司获得了冠军，获得 100 万美元的创业奖金，一滴血公司紧随其后，获得 30 万美元的创业奖金。

第三名获奖者是一家专门从事口服胰岛素研发的欧蓝制药公司，林立国与之失之交臂其实挺可惜的，但毕竟当时这个项目尚在早期验证阶段，无法看出端倪。

后来，欧蓝制药公司经过十多年的不懈努力，非但成功地将口服胰岛素推向市场，而且在 2021 年新冠肺炎疫情肆虐时，更研制出了一种口服新冠疫苗的产品。

创投人员常会自诩能洞悉未来，凭借的就是他们所接触的项目都具有未来性，动辄五年到十年；而那些早期的项目往往需要经历十多年的研发才能真正推出明星产品，无论参与投资与否，创投人员都能根据这些项目的产品特性及科技趋势去预测未来，早做布局。

作为创业大赛的赞助方，林立国代表硅动力创投公司为三维地理公司的团队颁奖，大会精心制作了一张巨型支票，上面标明着赞助商的名字和金额。

罗伯特先生代表公司接受奖项，他再次诚邀林立国一行到公司参观指导。

至此，硅动力创投公司终于在以色列这个创新国度埋下了第一颗种子。

2. 新锐合伙人以色列挑大梁

晚上，林立国和福瑞德去特拉维夫南边的雅法老城赴琳达的晚宴。雅法老城街道上铺满了有千年历史的石板路，错综复杂的小巷深处还有一些工艺品店。

福瑞德告诉林立国雅法老城是特拉维夫艺术家最多的地方，他们随意走进一家游客较多的工艺品店，林立国在店里挑了一条星座项链，打算带给李青云，福瑞德也买了一只用贝壳编织成的小包，要送给老婆拉雪儿。

在面向大海的意大利餐厅里，琳达刻意安排了一张露天的桌子，侍者为他们铺上白色的桌布，并点亮了烛台，地中海的浪漫气氛顿时被点燃了，琳达还带来一位美女赛米娜，她是琳达的研究所同学和创业伙伴。

在餐厅里，林立国调侃道："琳达，你们公司是否以女性居多，而且都是美女？"

琳达笑了笑，回答说："谢谢林总的赞美，不过我们公司的员工还是以男人居多，主要是赛米娜的魅力无限，让一群男人甘愿抛弃高薪要职加盟一滴血公司。"

林立国说："那是自然，我发现以色列的女性非常能干，也很独立。听说这里的女人都需要服兵役？"

赛米娜说："是的，我和琳达都服过兵役，以色列全国皆兵，这也和我们周边的环境有关，我们从小就生活在炮火声的恐惧中。"

琳达说："是的，我的体会最深，因为我外婆是巴勒斯坦人，我们家一向对犹太人和巴勒斯坦人的冲突有比较多的理解和宽容。不过，从小我在面对种族冲突时，往往被老师和同学强迫要选边站，虽然家父一直鼓励我要走出宗教迷思。"

福瑞德说："那相当不容易，我觉得令尊有这种见解非常值得敬佩，在我们家就没有这种自由。"

琳达点点头，说："在犹太人里，家父应该算是比较开明的人，他在英国居住了30年，在一次出差中认识了家母，非但不嫌弃家母的巴勒斯坦血统，后来还毅然决定来以色列发展。当时家母是希伯来大学的教务人员，她通过关系为家父向学校申请了教职，这才有了我在希伯来大学校园里幸福的童年，也看到了许多宗教之间和种族之间的融合。"

听了琳达的童年经历，林立国能想象她父亲和母亲曾经遭遇过多少亲戚朋友的反对压力才能走在一起；不像在美国，种族的融合已经成为常态。

他好奇地问赛米娜："你来自哪座城市？"

赛米娜拿出以色列地图，将以色列的几个大城市向林立国解说一下；然后指着以色列地图的最下方，说道："我和琳达刚好是一北一南，我出生于红海的海滨城市埃拉特，埃拉特位于阿拉伯谷地南端，离埃及边界很近，所以当地许多人都会说埃及语。"

林立国望一望地图，发现自己离非洲大陆非常近，从小他就想去参观金字塔，于是，他好奇地问道："你去过埃及吗？"

赛米娜摇摇头，说："埃及人信奉伊斯兰教，和以色列在历史上有几次战争冲突；我们从小受到战争的影响很大，也担心在埃及会不安全。"

此时，服务生将酒单和菜单递给琳达，她点了一瓶当地出产的红酒

"卡迈尔 1 号"，琳达说道："这瓶酒在法国巴黎博览会上曾经获得金奖，以色列的葡萄酒风味不错，如果你们感兴趣可以带几瓶葡萄酒回去。"

赛米娜应和着说："其实以色列是世界上酿造葡萄酒历史最长的国度之一，早在两千多年前就有许多葡萄园和酒庄出现在这片土地上；卡迈尔（Carmel）酒庄是由罗斯柴尔德家族设立的，他们还拥有法国波尔多的拉菲酒庄。"

有了琳达和赛米娜的解说，林立国和福瑞德都对这瓶红葡萄酒产生了好感，不知不觉中多喝了几杯；吃完沙拉，林立国要了一份牛膝骨，福瑞德则点了盘生牛肉，一口牛肉、一口红酒，在舌尖融合发酵，美味无穷！

赛米娜和福瑞德有说有笑，有时会掺杂一两句希伯来语，仿佛这里才是福瑞德的家，尽管他还有个哥伦比亚裔的妻子拉雪儿。有时候文化的差异会让婚姻变得简单，可在很多时候，文化的认同感又能让伴侣之间有更深度的交流和心灵感应。

林立国很难想象自己能接受其他种族文化的女人，一个不懂诗词、不懂《红楼梦》的伴侣。他和伊曼就经常在鱼雁往返中作诗填词，偶有佳作时彼此都会发出会心的一笑，相信这种心灵的契合是福瑞德和拉雪儿未曾有过的。

在美酒佳肴的催化下，福瑞德终于提起他的童年生活："我四岁时，父亲就死于一次以巴冲突的斗殴中，全靠母亲养蜂产蜜，独自将我们兄弟二人抚养长大。到了十岁时，我哥哥又在一次汽车炸弹袭击中身亡，母亲经不起再次打击而自杀了。孑然一身的我只好去投靠舅舅，一边读书，一边偷偷地工作积攒零用钱。"

福瑞德喝了一口酒，继续说道："后来我顺利考上特拉维夫大学，也成立了自己的公司，我将家乡生产的蜂蜜套上具有宗教色彩的包装，卖到特拉维夫，终于赚够去美国留学的钱。"

听了福瑞德那段悲惨的童年回忆，赛米娜若有所失，她也开始聊起她不幸的童年：“我父母亲在我很小的时候就迁居到加沙地带，幼时全家过的是那种刀口舔血的日子，从小我经常目睹巴勒斯坦人对以色列人的暴行；在我 11 岁时，一心宣扬和平的父亲在一次种族血拼中失去了一只眼睛，我们全家只好回到埃拉特，投靠我爷爷。”

说到这里，赛米娜拿起一根烟，抽了一口，继续说道：“搬到埃拉特之后，失去一只眼睛的父亲脾气从此变得暴躁起来，经常没事就冲着母亲发脾气；在我 13 岁那年，母亲因为受不了父亲的虐待离家出走了，那时我弟弟才 9 岁。”

赛米娜深深吸了一口烟，那吐出的烟雾袅袅升起，随着她的叹息消散了：“不久，父亲的另一只眼睛也开始出现问题，需要长期复健，我每周都会陪他去医院治疗。此时的父亲可能意识到自己的错误，常会自怨自艾，或是低头不语，我和弟弟就在这层阴影下度过了漫长的少年时光。

“祸不单行，我高中时爷爷突然中风了，经过两年的痛苦煎熬，过世了；家里顿失依靠，我只好利用课余时间到处打工赚钱，贴补家用。到了大学时，我和师兄合作，在校外开办了一家小企业，专门替大公司做编程服务，一直到琳达收购了我们公司的控股权，我们才有了较多的收入，这也是一滴血公司的前身。”

琳达点点头，表示一滴血公司最初的创始人应该算是赛米娜。

说到这里，餐桌上的气氛变得凝重起来，林立国试图转移话题，他问琳达是在什么背景下决定收购赛米娜所创的企业的。

琳达答道：“由于我父亲是大学教授，后来他也成为一位创业导师，从小我就耳濡目染，看到他辅导学生创业时的激情，也深受鼓舞，所以，我在读研时就开始筹划，要将自己的研究成果转化为可销售的产品。一滴血测试仪是我在读博士后时研究出来的产品，家父还是我们的天使投资人，后来看到赛米娜的公司有不错的编程能力，就提出要收购控股权的要求。”

“有这样的父亲是幸运的，大家可以少走许多弯路；如果在我的人生中也有这样的创业导师，也许我会有更好的创业格局。”林立国想起伍总邀请他加盟德用半导体公司时，曾经表示要让他作公司第一大股东，当时他碍于面子，没有多要，他没料到时过境迁，伍总会反客为主，架空他。

琳达说：“是的，我非常庆幸有这样的人生榜样；不过在创业初期我们还是遇到了许多瓶颈，一直无法克服；幸好赛米娜一直对我不离不弃，才能在第四次失败后，取得了满意的成果。”

当时，赛米娜的师兄曾几度对公司产生绝望，还抱怨将公司的控股权贱卖给琳达；后来琳达把他仅存的股份也收购了，才让他满意地退出了公司的经营层。

林立国说：“看起来赛米娜是你的贵人，是不可多得的战友。”

琳达说：“是的，多亏了我生命中这两位贵人，一滴血公司才能走到今天。”

回到酒店，福瑞德让林立国先回房间，他还要和两位美女在大堂吧台再聊一会儿。

回到房里，林立国和洪明通了电话，汇报了创业大赛的情况，并提及光带网络公司和三维地理公司这两个项目，他顺带也提到了一滴血公司的产品，虽然他觉得这应该不属于硅动力创投的投资范围，但他感觉这个团队还是挺优秀的。

洪明对光带网络公司以及三维地理公司都表达了强烈的兴趣，他希望林立国能多留几天；明天他会和米勤林公司的乔治聊聊，方便的话会让他过来看看。

至于一滴血公司，听起来产品具有革命性，如果能将数据传到网上，也许会有机会成为一家互联网大健康服务企业，他们可以利用简单的筛查来为用户提供健康管理服务，那就是非常好的投资标的了。因此，他建议林立国再和团队沟通一下。

林立国和洪明通完电话，越想越睡不着觉，他急忙下楼找福瑞德他们，可大堂吧台已打烊，林立国只好去福瑞德的房间找他。

福瑞德的房门挂上了“请勿打扰”字牌，寂静的楼道上隐约传来阵阵女人的喊叫声，他终于明白福瑞德要他先上楼的用意了，可在他房里的到底是谁呢？

林立国觉得赛米娜比较有可能，看他今晚和赛米娜聊得更多些，管它呢！在硅谷，林立国已经养成了对员工私生活绝不干涉的习惯，下班后员工爱干嘛就干嘛，不必瞎操心。

半夜里躺在床上，辗转反侧，林立国仍然睡不着，他突然想起了李青云。

酒意未消的林立国终于还是鼓起勇气给李青云拨了电话，他忘了特拉维夫和北京只有五个小时的时差。李青云从清晨的睡梦中被林立国的电话声惊醒，她误以为林立国出什么大事了，急忙问道：“立国，你还好吧？”

听到李青云沙哑的嗓音，林立国突然清醒过来，问道：“青云，北京现在是几点钟？不好意思，我可能算错时差了。”

此时，李青云也清醒过来了：“没事，立国，听到你的声音我真的很开心，你在特拉维夫顺利吗？”

“挺好的，现在是特拉维夫晚上十一点多，酒店窗户正对着大海，不禁想起我们在渔人码头散步的情景，如果你也在这里就好了。”林立国有感而发。

听得出林立国思念着自己，李青云脱口而出：“好啊，我明天就飞过来找你。”林立国没料到李青云会如此爽快，心中涌起阵阵温暖。

林立国说：“那就说好了喔！刚好今天我在雅法老城给你买了一条项

链，当时我还在想，要到什么时候才能亲自送给你呢。”

李青云说：“这么巧，今天我在国贸商城看到一条围巾，觉得很适合你，就让售货员打包了，明天一并带过去给你哦。”

林立国说：“订好机票告诉我，我去机场接你。”

李青云挂完电话，睡意全消，她立即在 Booking 网站上预订了从北京出发去特拉维夫的机票。

在沉睡中，林立国做了一个梦，梦中倚在窗前的伊曼变得轻盈起来，一阵强风吹过来，把伊曼吹向无边的天际，渐行渐远，直至消失不见。林立国顿时从梦中惊醒过来，他猛然记起昨夜和李青云的通话，再也睡不着了。他穿好运动服，去海边晨跑，不久旭日东升，天边泛起万道光芒，好似伊曼对他新生活的一种祝福。林立国回到房里，满心期待着李青云的到来。

早上，福瑞德一直到 12 点才和林立国联系，林立国也刻意不去打扰福瑞德；难得他乡遇知音，他不忍心破坏这段甜蜜的露水姻缘，尽管那是个不伦之恋。

美国人有句话，叫作“Out of sight, out of mind”，翻译成中文“眼不见心不烦”。在美国，恋人、夫妇们经常分居两地，这句话就成了异地恋的爱人们安慰自己的口头禅了。

无论是西雅图和硅谷，还是特拉维夫和硅谷，福瑞德和拉雪儿早已习惯两地分居的日子了。

下午，福瑞德约了特拉维夫大学的教授约瑟博士，去拜访他创立的特拉维夫大学孵化器。约瑟博士专门研究纳米材料，孵化器以新材料和通信器材为主。

大学的孵化器位于学校大门边上的小红楼里。特拉维夫大学建于 1955 年，是在合并三所原有的高等院校的基础上建立起来的。它是以色列规模最大的大学，十分重视基础和应用科学的研究。

大学的孵化器共有 12 家企业和两家创投公司入驻，学校最近计划搭建一个“创新国度”的平台，想引进国际知名的创投公司共襄盛举，学校的捐赠基金也会参与投资建设，约瑟博士表示非常欢迎硅动力创投公司来这里落地。

林立国觉得“孵化 + 创投”的模式特别理想，依托着特拉维夫大学的校友资源也不愁没有项目来源。趁 F4 创投还没和他们接触之前，硅动力创投公司要抓住机遇，抢占先机。

林立国立即给洪明打了电话，当场就拍板，决定将硅动力创投公司的以色列办公室设在这里，这样一来，办公室有了，资金似乎也就不愁了。

林立国问福瑞德是否愿意来以色列发展？可以提名他作为以色列区的合伙人。福瑞德喜出望外，连忙点头。

傍晚，李青云告诉林立国，她已经从北京首都机场启程了，恰巧乔治也是差不多的时间会抵达特拉维夫，大家可以搭同一部车子进城。

晚上，约瑟博士邀请林立国和福瑞德在孵化器的食堂吃饭，福瑞德表示自己还有事就先离开了，林立国只好单独和约瑟博士一起去了食堂。

约翰博士告诉林立国：“我们孵化器里的企业骨干们都会工作到很晚，食堂就成为大家一起交流的地方。这个食堂完全是参照硅谷大型企业食堂的标准设计的，宽敞的空间及创新的桌椅，体现出现代化的特质。”

林立国看一看四周，食堂内的光线非常明亮，每张桌子都配有网线，可以随时上网；各种饮料都可以无限续杯，还有各种自动贩卖机，可以买到各种零食。

有一个问题始终令林立国感到好奇，他忍不住问道：“约瑟博士，请问是什么力量在促使全球的犹太人不断地支持推动以色列的科技发展呢？”

约瑟博士答道：“全球的犹太人约有 1300 万，三分之一强在美国，三分之一强在以色列，其余的分布在世界各地。由于犹太人长期有亡国之痛，

“二战”后以色列建国，才让全球的犹太人又重新有了祖国，因此他们格外珍惜这得来不易的成就。”

“遍布全球的犹太人有不少优秀的资本家，有些家族甚至富可敌国。这些富裕的犹太人为了报效祖国，纷纷慷慨解囊，大力支持以色列的经济发展，我们学校每年都会收到来自全球犹太人的大量捐赠。

“至于如何运用这笔钱来推动科技产业的发展，学校认为科技产业孵化器似乎是其最佳模式，政府也是看到了我们学校在孵化器运作上的成功案例，才决定在全国层面来推广这个模式。”

原来，特拉维夫大学还是以色列科技产业孵化器的鼻祖，林立国更加敬佩约瑟博士了。他心想，如果全球的华人都能像犹太人那样回报祖国就好了，而不是空喊“华侨是革命之母”却缺乏行动，他觉得身在硅谷的华人更像是一盘散沙。

他期盼李青云此次来以色列，也能对特拉维夫大学的孵化器模式做深入的研究，将这里的模式带到北京；他相信北大和清华的科研精英决不逊色于特拉维夫大学，只是需要有人去引导，将大学的科技成果转化为先进生产力，最后形成可持续发展的企业孵化运营体系。

晚上，他回到酒店，刚好看到福瑞德和赛米娜的背影，他们正走向电梯；林立国连忙别过身去，希望不会被他们发现才好，也省得彼此尴尬。

看来明天早上，他只能独自一人去接机了，幸福的恋人们总是晚起，如果能不耽误工作就更好了。换个角度想，赛米娜肯定比福瑞德更加了解这里的环境，福瑞德能免费得一顾问也挺好的。

有人说“免费的通常是最贵的”，男女关系如此，事业伙伴如此，就连商品促销中所赠送的一些小礼品也是如此；大智若愚者总会利用人们贪小便宜的心态来引人入彀，正所谓“放长线钓大鱼”。

赛米娜的粉红色陷阱也在引诱福瑞德慢慢坠落其中……

3. 才子佳人，情定地中海滨

青云和乔治几乎是同时到达特拉维夫机场，他们在取行李的时候遇到了，乔治向李青云挥手：“嗨！李青云，你也来了？”

李青云俏皮地说道：“就是听说您老人家要来，我才专程从北京赶过来，怎么，这面子还不够大吗？”

乔治说：“是吗？那你上次回硅谷时怎么没来看我？”

李青云有点尴尬地说：“上次的遗憾现在补上，老友异地重逢，才显得格外亲切！”

乔治笑一笑，说道：“是的，不过你在这里的老友不会只有我一个吧？”

李青云抿抿嘴，指向远方，只见林立国正在出口处等着他们。

米勤林公司是硅动力创投公司重金押注的项目之一，曾经负责投后管理的李青云几乎每个月都会去找乔治，乔治和李青云的关系一直很融洽。

在去酒店的路上，林立国告诉乔治他觉得光带网络公司的技术不错，是下一代路由器的核心，如果能够收购他们，将给米勤林公司带来极大的协同效应。

乔治表态道：“是的，洪明昨天把他的思路告诉我了，我觉得光带网络公司的技术刚好可以和我们形成互补，而且光通信已逐渐成为市场的主流技术，各大运营商对光通信设备的采购需求也非常强劲。”

林立国说：“太好了，如果一切顺利，我们可以设立一支并购基金来协助你们公司促成这件事。”

乔治说：“如果资金问题能够解决，那我就放手去谈。最近我们正在申报股票上市，上市之后就有资金来收购光带网络公司了，你们的并购基金也能获得不错的收益。”

林立国说：“不过，今天我们还去不了光带网络公司，因为他们的CEO拉宾是一个非常传统的犹太人，在安息日里从不工作。犹太人的安息日指的是每周五日落时到周六的日落时分，通常周五晚上拉宾和家人会点燃蜡烛，在晚餐前颂读祷文。”

乔治说：“真的吗？看来我应该晚一天来，在硅谷就从来没有这个问题。不过，对于一个科学家而言，保留安息日的传统也算是非常独特的。”

林立国说：“其实，科学和宗教之间也并不矛盾，一种是对物质内在的探索，另一种是对灵魂内在的探索。迄今在人类的科学文明里还有无数个问题需要去进一步探究，退一万步说，宗教也是稳定社会秩序的核心力量之一。”

乔治赞同地点点头，说：“是的，美国总统就职宣誓时都要手按《圣经》，这两百多年来已经形成一种传统，无论总统是否是个虔诚的信徒。也许拉宾保留安息日的传统也不一定是宗教的原因，里面也有家庭的因素。”

林立国和李青云听了觉得有道理，反正已经来了，就在城里逛逛也挺好的。在逛的时候遇到了福瑞德，大家一起吃了饭。

周末，特拉维夫市区的宗教氛围很重，街上随处可以看到一些身穿黑色服饰，头戴黑色毡帽，在耳朵上沿留着长而卷曲鬓发的人。福瑞德说他们相当于犹太教的牧师，在希伯来语中叫“拉比”（Rabbi）。作为拉比都精通《塔木德》和拉比文学，是智者的象征。福瑞德的父亲就是一位拉比，他告别家乡，无视战火的威胁，孤身前往巴勒斯坦地区布道。

福瑞德接着介绍："犹太人常戴的小圆帽，在希伯来语中叫'基帕'（kipa），意为遮盖，表示对上帝的敬畏。因为头上有天，不可'光头'以对，所以要用基帕遮挡。"

晚上，林立国招待乔治和李青云吃饭，福瑞德作陪。福瑞德推荐了一家位于雅法老城的 kalimera 餐厅，他们家的海鲜做得非常有特色。

李青云喜欢这家餐厅蓝白相间的布置，东地中海虽然没有法国南滨蔚蓝海岸般奢华，却有相同的浪漫，尤其是和林立国久别重逢，使她倍感温馨。

林立国特地点了一瓶德国产的雷司令白葡萄酒，和海鲜搭配非常对味。

乔治也没想到特拉维夫会有如此浪漫的摩登情怀，突然有感而发："犹太人和阿拉伯人都在世界上举足轻重，其交集就是在以色列周边地区。不知道究竟是犹太人有钱，还是阿拉伯人有钱？"

林立国开玩笑说："我觉得这个问题很有趣，不过我觉得谁更有钱并不重要，关键在于谁能给支票。"

乔治笑道："这倒是真的，要不是默罕默德先生力挺，说不定米勤林公司早就结束营业了。犹太人太精明了，要从他们口袋里掏出钱来可真不容易。"

福瑞德不太同意乔治的看法："犹太人并非攻于心计，或是传言中的为富不仁，犹太人的文明早在两千多年前就开始了，我们有一套独特的普世价值观，财富在自我体系中循环，相对会比较理性。"

李青云不禁莞尔，看来乔治踩到"地雷"了，这里毕竟是犹太人的地盘。于是，她赶紧替乔治打了个圆场："乔治并非那个意思，其实我们都知道，像股神巴菲特、华尔街摩根家族、石油大王洛克菲勒，还有全世界最富有的家族罗斯柴尔德家族，他们全部都是犹太人，这些人都从善如流，譬如我们北京的协和医院就是洛克菲勒的善举，百年来治愈过千万病人，也培育了无数的医学精英。”

乔治连忙解释道：“青云说的对，我对犹太人绝对没有任何偏见，别误会。”

说完他转头看看旁桌的人，幸好他们都没注意他，这时他才猛然想起这里的人都会说英语。看来下次说话一定要特别留意，种族和宗教问题在中东地区尤为敏感，属于高压线，碰触不得。

回到酒店，李青云提议去海边散步，乔治和福瑞德都累了，想回房休息；林立国正求之不得，他俩有几个月没见了，从接机时他就一直盼着两人世界。

酒店的后门就能直接通往沙滩步道，夜里海边冷清，只有几对遛狗的夫妇；林立国主动牵起李青云的手，他们静静地走了一段路，来到海滩岗哨亭的旁边。

岗哨亭站着两位荷枪实弹的哨兵，这是他们第一次感觉到属于以色列这个国家的紧张气氛。其实，在美国的军事要塞也都有重兵把守，实在不必特别紧张。

此时，开始起风了，林立国脱下外套披在李青云的身上，也顺势搂着她。

李青云有点小感动，说：“立国，你冷吗？待会回酒店我把围巾拿给你。”

林立国说：“不冷，我挺扛冻的。说来也真巧，上次和你一起散步时也是在海边。从小我就一直在想，大海该是什么样子的？北京人习惯把湖叫作海，像是北海、后海，可是有很多人都没见过海。”

李青云说：“立国，我和你一样，从小也喜欢海，第一次和父亲去北戴河时还以为那里有一条河，没想到在北戴河看到的全是海，简直把我高兴坏了。”

林立国说："是的，大海总能带给人许多憧憬，隔海相望经常会予人一种殷殷的思念。最近听到《漂洋过海来看你》这首歌时，每次都能让我心驰神往，就像今天上午在机场看到你时那样，有种说不出的激动。"

李青云说："我也是的，中秋节晚上，我提早下了班一个人走在路上，街道上嘈杂的喇叭声和国贸商城拥挤的人潮却让我感到无比孤独，对着圆月不禁想起远在太平洋彼岸的你，刚好路过，就在路易威登店里给你挑了一条围巾。"

林立国说："我则是到了十六看到圆圆的月亮才想起中秋节的，最近实在太忙了；看到桌上的月饼也没特别留意，以为中秋节还要很久呢！"

李青云问："那你会记住女友的生日吗？"

林立国答道："关于这点我倒是省心的，伊曼的生日正好是元月一日，到了圣诞节我们就开始筹备礼物，把圣诞礼物和生日礼物一起办完了。"

李青云笑一笑，说道："你知道我的生日是哪一天吗？"

林立国突然被问住了，他不记得李青云庆生过，只好无辜地摇摇头。

李青云说："我的生日是十月一日国庆节，今年的国庆节刚好也是中秋节，同一天。"

林立国说："这么巧？那也非常好记啊！估计以后我都会记得你的生日。"

李青云看着林立国，点点头，嫣然一笑。

此时海边的风浪更大了，巨浪拍打着岸边发出巨响，他们才察觉路上的行人都离去了。林立国担心李青云的安全，虽说以色列全民皆兵、治安良好，可半夜里还是多注意一点较好。

李青云提议跑步回去，说完她就往前跑，林立国在后面追赶。跑了一阵，李青云停住脚步突然转身，林立国一把抱住李青云，一股热流涌上来，他们互相凝视着对方，两人的嘴唇就像蜜蜡般封住了。

当晚，李青云把围巾带到林立国的房里，之后她就没再走出房门，直到天亮。

清晨醒来，林立国看到身旁李青云那张稚真的脸十分感动，他想亲吻她又怕惊醒她，只好静静地欣赏着她，李青云白皙的皮肤透出淡淡的粉，细嫩好看。

不久，李青云醒了，她看到身旁深情看着自己的林立国，含羞一笑。林立国问她睡得好吗，她点点头轻吻了林立国。林立国拥抱着她，告诉她自己已经放下了前面的那一段感情，他要开启生命中属于自己的爱情春天了。

对李青云而言，这却是她人生中的第一次，林立国是她的第一个男人；幸福的感觉明显写在她的脸上，他们再次激情拥抱，直到闹钟响起，李青云才依依不舍地回到自己的房间。

九点整，拉宾来酒店接他们去公司，乔治一脸的疲惫感，他频频打哈欠，笑道："看来我的时差挺严重的，昨晚一直没睡着，还接了几通电话。"

拉宾说："这里和硅谷时差十个小时，我每次去美国也都有严重的时差感。"

乔治说："看来青云小姐没有时差啊，年轻就是好。"

李青云笑道："北京和特拉维夫时差只有五个小时，是您的一半而已。"

拉宾说："北京一直是我想去的城市，中华文明和以色列文明（希伯来文明）一样历史悠久。以色列文明源于公元前 1900 年左右，当时以色列民族之父亚伯拉罕离开了马尔城邦，定居迦南；一神教的神与亚伯拉罕订立了盟约，承诺会保佑神的子民以色列人在迦南的生活。"听拉宾这样说，林立国更觉得他是个虔诚的教徒。

拉宾继续说道："和中国不一样的地方是，在以色列的 4000 多年文明里有 2500 多年的亡国'大离散'，而中华文化始终一脉相承，是所有历史文明中保存得最完整的。许多人都说犹太人精明，那是因为我们的祖先留下了许多文化遗产；中国人也一样，中国博大精深的文化非常值得我们犹太人学习借鉴。”

来到特拉维夫大学孵化器，乔治对这里敞亮的空间及一流的研究设备印象十分深刻；和斯坦福大学比起来这里毫不逊色，两个学校的创业氛围差不多，大学教授也都在新创企业里扮演着举足轻重的角色。

光带网络公司位于特拉维夫大学孵化器的最顶层，屋顶有露天花园，可以看到辛巴利斯塔犹太会堂和犹太遗产中心的两个圆柱形建筑。这里也是公司用来举办各种小型学术研讨会的地方，视野开阔、庄严宁静。

乔治向拉宾表达了他对光带网络公司的高度合作意愿：“拉宾先生，首先，硅动力创投公司的林总邀我前来，是因为他本人对贵公司的产品及技术非常认可；其次，硅动力创投公司是米勤林公司的第二大股东，对我们公司的支持始终不遗余力，如果我们两家公司能顺利合作，硅动力创投基金也会一起参与进来。”

林立国顺着乔治的话说：“是的，拉宾先生，我对贵公司印象非常深刻，认为你们和米勤林公司之间的合作一定可以发挥协同效应；我们愿意促成你们两家公司的紧密合作，无论是在资金层面或是在业务层面。”

拉宾答道：“林立国先生和福瑞德先生，你们在此次创业大赛任评委时的专业度让我们团队感到非常敬佩，对于乔治先生所提出来的合作构思我们也乐观其成；目前光带网络公司正处于产品更新迭代的最后时刻，我们还需要1000万美元来完成后续的研发工作，希望硅动力创投基金能参与我们这一轮的投资。”

福瑞德说：“米勤林公司新一代ADSL路由器已经获得了许多电信巨头的订单，如果能结合你们的光通信模块，可以大大提升产品的性能。这种结合对贵公司而言也是一步到位的，毕竟大客户对新产品的认可和验证都需要一段漫长的时间，你们两家公司的产品可以搭配推向市场，大大节省客户验证的时间。”

林立国说："拉宾先生，待会儿先让乔治先生对你们公司的技术大概了解一下，如果双方有机会合作的话，我们可以进一步交流此轮的投资事宜。"

拉宾说："好的，我们之前已经对米勤林公司及产品做了详细的研究，非常期待双方的合作。据了解，米勤林公司计划在明年年初首次公开募股[1]（Initial Public Offering，IPO），未来我们也希望能搭上它在资本市场上的便车，获得快速发展。"

乔治说："没想到你们对米勤林公司如此了解，我们已经向 SEC（美国证券交易委员会）提交了材料，现在正处于股票上市前的静默期[2]。"

在拉宾的引导下，乔治和光带网络公司的团队进行深度交流。光带网络公司的员工不多，属于小而美的企业；他们也充分利用学校研究所的实验室及研究生资源，将一些非关键研究项目都外包给学校，这样节省了不少研发时间和费用。

经过深入了解之后，乔治非常满意光带网络公司的技术，也对他们的资金效率感到佩服。在硅谷这样的公司绝不是几百万美元就能搞定的，而光带网络公司从创立至今，花费不到 500 万美元，其中孵化器投资了 120 万美元，持有公司 15% 的股份。

约瑟教授表示如果硅动力创投公司感兴趣，特拉维夫大学孵化器愿意转让其持有的原始股份；林立国觉得这种方式可行，他表示会和乔治商量，如果没问题就会把这个项目提到投决会讨论。

到了晚餐时间，乔治表示要回请林立国、李青云及福瑞德，约瑟教授为他们推荐了学校附近的 M25 餐厅。教授非常喜欢这里的口味，他们家有

❶首次公开募股：指一家企业第一次将它的股份在证券市场挂牌，向公众出售，统称股票上市。

❷股票上市前的静默期：专指公司在首次公开募股前的一段时期内或上市后的几周内对外不发布任何信息，保持静默，主要是为了避免触犯证券管理委员会的欺诈规章。

上好的牛羊排，其烤牛舌更是一绝，价格也非常实惠。

吃晚饭时，乔治向林立国表达了对光带网络公司浓厚的兴趣，说道：“我非常看好光带网络公司的技术和产品；除了发起新的并购基金之外，如果他们只需要1000万美元，没准可以通过米勤林公司来投资光带网络公司？”

林立国不解地问：“此话怎讲？”

乔治答道：“我的建议是由我们公司来定向增发1000万美元的股票，你们来投资；然后，我们再将这笔钱给光带网络公司，持有他们的股份；这样下来你们也等于间接投资了这家公司。”

林立国觉得这个主意甚好，连忙点点头，称赞乔治的智慧。

李青云也觉得这个办法不错，这样一来，硅动力创投基金的一笔资金可以同时获得两家公司的权益，算是多赢的做法。

乔治接着说：“如果你们同意的话，我们也不必这么快地答复拉宾先生，明天我会再向他提一些问题，看看能不能把并购的对价也谈妥，尽量压低他们的期望值。”

李青云用崇拜的眼光看了乔治一眼，说：“看起来您不只是个科学家，在商务谈判上也有独特之处，怪不得佩德罗如此看重您。”

乔治哈哈大笑，说：“其实这些谈判要领也都是多年来和硅动力创投公司打交道时学会的，当初佩德罗也是狠狠地砍了我们一刀。国际并购是件大事，在估值上我们要非常谨慎，目前还不知道拉宾先生会出什么牌呢。”

林立国点点头，他非常赞同乔治的见解，表示如果明天能将并购方案谈妥就更好了。

晚上，林立国向洪明汇报了今天去光带网络公司考察的情况。

在电话的另一头，洪明不同意乔治所提出的方案：“通过米勤林来投资光带网络公司？绝对不行！我们在米勤林的股份已经太多了，而且他们公司的估值现在也比较高，股票上市后增值的空间也有限；还不如我们直接投资光带网络公司，估值较低，未来公司可以选择单独股票上市，或是出售给米勤林公司，这样一来，我们就是进可攻，退可守。”

他接着说：“以我们在米勤林公司的二股东地位，乔治应该协助我们取得光带网络公司较优的投资条件；我们则协助米勤林公司和光带网络公司建立战略合作伙伴关系，共同把市场打开，这也是多赢的事情。”

林立国不禁佩服洪明的谋略：“有道理，现在光带网络公司只需要 1000 万美元，如果公司能独立 IPO（股票上市），至少能有 20 倍以上的投资回报率。”

洪明提醒林立国：“我们最好再深入对光带网络公司进行尽职调查，毕竟乔治在投资上的经验并不多，而一个成功的投资不能仅仅依赖技术这一个环节。”

林立国觉得有道理：“明白了，明天我们会再去光带网络公司，和他们团队再沟通一下，并且找第三方尽调公司对其做市场、技术、法务及财务尽调，谢谢您的提醒。”

按照洪明的指示，林立国井然有序地推动该项目的投资流程，光带网络公司顺利通过了第三方尽调公司全方位的调查，成为硅动力创投公司在以色列的第一家被投企业，福瑞德也正式成为硅动力创投公司以色列办事处的合伙人。

有了第一家投资企业，福瑞德自然也有了抓手，他可以针对光带网络公司现有的产业链[1]来挖掘其上下游的投资项目，甚至还能协助光带网络公司和硅动力创投公司所投资的其他通信项目建立战略合作伙伴关系，大家共存共荣。

此时，林立国突然想起一件事，创业大赛时他曾经和三维地理公司的 CEO 罗伯特约好去拜访他们，却因为光带网络公司的投资项目将此事给耽

[1] 产业链：专指各个产业之间基于一定的技术经济关联，依据特定的逻辑关系和时空布局关系客观形成的链条式关联关系形态。

搁了。他连忙给罗伯特打了个电话，罗伯特告诉他这几天 F4 创投团队正在公司做尽职调查，不方便接见他们。

再过两天，罗伯特告诉他这一轮的融资结束了，F4 创投包办了这一轮的融资 2000 万美元，附加条件是罗伯特和团队不得接触硅动力创投公司的人员。

“林迪啊林迪，你这么高调地宣告自己和硅动力创投势不两立，未免操之过急了。”林立国暗自后悔没能及时去考察三维地理公司，才让 F4 创投有机可乘。

许多事情就是这样，过了这个村就没有这个店。林立国觉得三维地理公司将会是一个具有数十倍回报的项目，与他失之交臂实在是太可惜了。

其实，生命中最常发生的事情并非得到，而是错过。对于那些擦身而过的许多人和事，我们只能用随缘来安慰自己；我们真正能把握的是那些已经抓在手上的机遇，要好好珍惜、认真对待，才不至辜负了上天对我们的厚爱。

此时，李青云收到北京团队传来的消息，说是广东省佛山市暴发了一种叫作非典型肺炎（SARS）的病情，传播力极强，患者会有发烧、头痛、干咳、乏力等症状，严重者能导致死亡；据说北京也有几名患者有相同症状，病情严重。

同事来电表示有传言说北京市要开始封城了，李青云连忙预订了第二天早上的班机回北京。和林立国短暂甜蜜的相聚之后又要别离了，李青云不禁深深叹息着。

幸好李青云及时回到北京，才没有受到非典型肺炎（SARS）的隔离影响；这场瘟疫般的疾病传播得非常迅速，一直延续到 2003 年年中才得以控制住。

这场突发的疫情也让政府从错误中得到了学习，迅速建立起一套行之有效的防疫体系，从传播途径上杜绝疫情的扩散，最终将疫情消弭于无形。

这次的成功经验也让政府得以在 2020 年年初新冠肺炎疫情发生时的第一时间做出反应，有效地控制了疫情蔓延。

4. 粉红色陷阱，英雄痴迷

将特拉维夫办事处安排妥当之后，林立国回到硅谷总部；福瑞德则出差前往圣城耶路撒冷，拜访当代孵化器和一滴血公司，他心急地想见到赛米娜。

耶路撒冷（Jerusalem）是以色列和巴勒斯坦共有的首都，也是犹太教、基督教（包括天主教、新教、东正教）、伊斯兰教（包括逊尼派、什叶派）的共同圣地，其市区也被这三大宗教所分隔，主要景点有犹太教的哭墙和圣殿山、穆斯林的圆顶清真寺和阿克萨清真寺，以及基督徒的圣墓教堂和苦路。

福瑞德入住了耶路撒冷的佩特拉旅馆，这里离哭墙只有 500 米，也有他不堪回首的往事记忆。他在哭墙静默地伫立了 10 分钟，想起上一次他随母亲及哥哥来这里朝圣时的情形。

当时他哥哥 15 岁，喜欢闹腾，非常叛逆；他不听母亲的劝阻，在以巴冲突最激烈的时刻还去马哈内—耶胡达的露天市场闲逛，不幸遇到汽车爆炸事件，当场身亡。

事后得知这是伊斯兰圣战者组织所为，主要是报复以军在此次以巴冲突中杀害无辜巴勒斯坦平民的行为。

他看到哥哥的身躯血肉横飞，母亲当场昏厥过去；10岁的他表现得就像一位大人，在极度震惊中还能及时送母亲去医院，并独立处理了哥哥的后事。多年来，他哥哥惨死的影像总是挥之不去，福瑞德时常从梦中惊醒；但这血海深仇并未让他卷入无休止的报复当中，而是选择当一位和平的善行者。

到了美国，他对以巴冲突的政治问题看得更加清晰，也逐渐能放下了。

为了去掉犹太图腾，福瑞德还刻意选择和非犹太民族的拉雪儿结婚，在人群中也刻意不提任何和犹太人相关的事物，这是他告别自己悲惨童年的一种方式。

此次再回到耶路撒冷，他心中百感交集，有一股浓烈的归属感，尤其是和赛米娜在一起的时刻，彼此呼吸中那股熟悉的味道令他无法自拔。也许这里才真正属于自己，宿命中的一切重新点燃他对生活的激情。

傍晚，赛米娜和他约在哭墙附近的雅各布比萨餐厅碰面，热恋中的情人再度重逢就像是扭紧了发条的闹钟，一触即发；他们顾不得旁人的眼光，足足拥吻了10分钟之久，此时他最需要的就是一位可以倾诉的人。

晚餐时，福瑞德望着赛米娜的眼睛，称赞道："亲爱的，我觉得你的眼睛特别迷人，混血儿就是好看！"

赛米娜很开心，从皮包里取出一顶小圆帽交给福瑞德："在耶路撒冷还是戴着帽子显得精神。"

福瑞德接过帽子说："好久没戴帽子了，戴上去仿佛又回到往日时光。"

赛米娜说："过去的就让它过去吧！我们要往前看，这里的比萨多好吃啊！我们要珍惜当下的幸福。"说完，赛米娜切了一块比萨递到福瑞德的盘子里。

福瑞德说："是的，把握现在。饭后我们去老城走一走，散散步。"

赛米娜点点头，说："琳达告诉我，如果硅动力创投公司能投资一滴血公司，就让我去特拉维夫设立新公司，拓展国际业务。”

福瑞德说：“真的吗？太好了，这下我们就可以经常见面了！”

赛米娜说：“其实，一直以来，琳达对耶路撒冷保守的学术气息始终不太满意，她早就有将公司搬离耶路撒冷，去特拉维夫另谋发展的打算。”

福瑞德没想到琳达会想离开耶路撒冷，这里是她的家乡。

但当他参观了当代孵化器之后，也能了解琳达的感受了。

和特拉维夫大学孵化器比起来，当代孵化器显得落后许多，虽然背靠着希伯来大学，却无法名正言顺地利用学校的资源，毕竟希伯来大学也有自己的孵化器，学校对于“亲儿子”当然会给予更多的关照。

幸好，琳达的父母亲都在希伯来大学医学院里任职，他们会给琳达的公司提供额外的帮助，包括资金和技术；现在公司的产品已经做出来了，是时候放飞了，父母亲鼓励她到更大的城市去发展，见一下世面。

赛米娜和福瑞德来到当代孵化器 CEO 亨特先生的办公室，他热情地接待了福瑞德，并带他们去参观了孵化器里的另外七家企业。

上次参赛的超跑球公司位于最顶层，其 CEO 汤姆逊表示超跑球公司刚刚拿到诺基亚公司的订单，要将他们的产品植入最新的一款手机上，汤姆逊志得意满，表示有诺基亚公司的支持，这款游戏将一炮而红。

福瑞德当然不愿放弃这么一个好项目，软件工程师出身的他深入了解了超跑球公司的技术特点，发现他们独特的游戏引擎有比较高的技术门槛，这也是诺基亚看上他们的主要原因。此外，福瑞德对技术团队的背景也十分认可。

此时，福瑞德看到汤姆逊办公桌上放着 F4 创投字样的笔筒，连忙问道：“F4 创投来过了？”

汤姆逊点点头，说：“他们刚走，F4 创投和希伯来大学有合作关系，还在学校设立了奖学金，他们很欣赏我们的游戏，表示会发 Term Sheet（投资意向书）给我们。”

看起来 F4 创投速度挺快的，即使林迪没有参加此次的创业大赛，却对大赛中的项目情况了如指掌；由于 F4 创投是以林迪的意志为转移，基本上就是林迪一个人说了算，这也是他们投资决策周期短的原因。

据说 F4 创投最快的一次投资，是在一周之内给项目方打了款，这对硅动力创投公司来说是根本无法想象的事情。

福瑞德认为这是硅动力创投公司的缺点，或许也是优点——“一言堂”的效率很高却也充满隐藏的风险，众人的眼光通常会比较客观，也比较不容易出现盲点。

除了投资流程比较长之外，对于每个投资项目，硅动力创投公司都要找第三方做尽职调查；一个项目的尽调费用都在 20 万美元以上，费时约四周。

当然，尽调的完备并不能保证投资的成功，因为创业的成功因素太多了；创业成功的概率如凤毛麟角，其中当然也不乏运气的成分。

对于硅动力创投公司而言，按部就班地推进项目除了可以避免冒进之外，有时候多拖延几个月，看看项目是否还挺得住，也是一种必要的投资策略。

由于林迪的敌意和针对性，洪明要求大家，只要是 F4 创投正在关注的项目，都需要立即汇报。

果不其然，洪明一听到 F4 创投要给超跑球公司投资意向书，他顿时变得积极起来；他表示要立刻召开投决会，让福瑞德尽快安排尽调，看看能不能赶在 F4 创投尽职调查之前将这个项目拿下来。

看来今晚和赛米娜的晚餐约会要取消了，福瑞德急中生智，急忙找到琳达和赛米娜，看能不能晚上开投决会的时候也把一滴血公司的项目插进去一起表决；虽然在时间上仓促了些，但是林立国曾经看过她们的项目，他的背书对项目的过会至关重要。

福瑞德依稀记得，林立国曾说过，如果一滴血公司是一家基于互联网的健康管理公司，M 基金就有机会参与；他得好好协助琳达修改她们的商业计划书，以满足公司的投资要求，赛米娜非常想去特拉维夫发展，在那里他们俩就可以经常见面，于公于私，他都应该尽力帮忙。

琳达果然一点就通，两个小时就完成了新的商业计划书，她将自己改造成一家互联网健康管理公司，除了一滴血的测试之外，还能上传体检报告及家族遗传病史，健康专家能全方位地评测用户的身体状况，并提出有效的建议。

赛米娜建议在这个基础上再添加一个电子商务平台，让用户也可根据专家的建议来选购保健品。琳达摇摇头，表示这样会分心，福瑞德却认为这样公司看起来会比较有盈利点，最后琳达接受了他们的建议。

果然，在投决会上，超跑球公司和一滴血公司都顺利过会了。接下来就是尽职调查环节了。这种决策速度在硅动力创投公司的投资历史上非常罕见。

投决会开完之后已经是凌晨一点多了，福瑞德打电话给赛米娜报喜，电话足足响了一分钟都没接起来，福瑞德心想她大概已经入睡了，福瑞德也准备洗漱睡觉。此时酒店房间却响起叩门声，打开一看竟然是赛米娜，原来她一直在酒店大厅等候，随时准备给他一个惊喜。

福瑞德把项目过会的好消息告诉赛米娜，开心地说道："你就准备和我去特拉维夫吧！"

赛米娜欣喜若狂，紧紧依偎在福瑞德的怀里。福瑞德把手机关机，顾不得洗漱就和赛米娜上床，今晚他们都感到精力十足，几乎彻夜未眠。

翌日，福瑞德睡到中午才起床，还是酒店服务员的敲门声把他们叫醒的。福瑞德猛然想起上午和超跑球公司 CEO 汤姆逊约好一起早餐，他连忙拨了电话给汤姆逊。电话中汤姆逊的声音极其冷淡，后来才知道，他一大早就来到酒店，足足等了福瑞德两个多小时才悻悻离去。

电话中汤姆逊告诉福瑞德，F4 创投的投资总监已经把投资意向书送到他公司了，他准备接受 F4 创投的资金，还暗示硅动力创投公司太不专业了。

福瑞德感到十分懊恼，他的爽约让他丢失了一个项目，他盘算着要如何汇报这件事情。回头想想，表面上汤姆逊是因为福瑞德而舍弃硅动力创投公司，然而，说不定这也只是一个借口而已，毕竟 F4 创投的投资意向书已经摆在桌上，汤姆逊必须立刻做出选择。

福瑞德现在只能寄望一滴血项目能让他扳回一城了。于是，福瑞德立刻把公司制式的投资意向书打印出来交给琳达，琳达毫不犹豫地签了字；福瑞德把签好的协议传真回美国，洪明立即安排第三方尽调团队前往耶路撒冷。

随后福瑞德将超跑球公司被 F4 创投捷足先登的消息告诉洪明，他省略了自己放人家鸽子的事情，洪明安慰福瑞德："是福不是祸，永远不要为那些失去的东西后悔，要好好掌握眼前的。"

福瑞德有点自责，其实他们仍然是有机会的，哪怕是做个备胎都行。由于自己的疏忽得罪了汤姆逊实在没有必要，他也担心这件事情会成为业界的笑话，因为林迪那一条毒舌并不好惹。

不去想那么多了，今晚他还要赴当代孵化器董事长亨特的饭局，这次不能再迟到了。亨特答应送给他一本《以色列互联网产业名录》，这本名录是亨特先生精心编排的，下个月即将付梓，如果能提前拿到这本书，就可以抢得市场先机。

亨特约他去耶路撒冷旧城吃地道的犹太菜肴，有烤牛肉、酸奶牛肉和克里奥尔虾、加约克郡布丁和胡椒糕等，都是福瑞德的最爱，有儿时妈妈的味道。

席间亨特告诉福瑞德当代孵化器初创时的窘境，当时亨特才27岁，初生之犊不畏虎的他一心只想闯荡一番事业，却没想到事情会如此艰难："要是让我重新来一次，肯定不干这行。科技孵化器的投资周期实在太长了，资金像填无底洞般深不见底，我把父亲留给我的家产都变卖光了，才有了今天的样子。"

福瑞德没想到民营科技孵化器会如此艰辛，他好奇地问道："亨特先生，一般你们在所孵化的企业中会持有多少股份？其中的失败率大概会是多少？"

亨特答道："我们一般会持有被孵化企业15%~20%的股份，这也取决于企业的发展阶段和所需投入的资金总额。对于那些内在特别优质却很难对外融到资金的冷门项目，我们也必须一路陪伴他们走下去，这是孵化器最烧钱的部分。"

他接着说："至于失败率，会比你们创投要低一些，因为我们通常不会陪企业一直成长到IPO才退出。像是一滴血项目，如果你们决定投资的话，我们会将一部分老股转让给你们，这样也不会让公司管理团队稀释太多的股份。"

福瑞德说："原来如此，我们的投资就是你们的退出渠道。这也合理，让专业的人做专业的事，你们做零到一，我们做一到一百，各自分工，各取所需。"

亨特笑道："这句话说得极对，事实上，我们孵化企业的退出周期一般为三年，一旦他们取得了较大的资金量，我们就会建议他们搬出去，自立门户。"

福瑞德问："所以，你们孵化器里的企业也是一直滚动的吗？"

亨特答道："是的，我们从孵化器成立到现在已经孵化了二十多家企业，始终保持有八家企业在场内。企业一旦规模做大了，他们也会主动提出来要搬出去。

福瑞德问："能不能这样理解，一般企业的哺乳期都不会超过三年，如果三年内不能成长的话，就算是失败了？"

亨特答道："这样说基本上也是对的，但也不能一概而论。我们就有一家企业做了五年还待在孵化器里，比如地图雀跃（MapUP）就是晚发育的小孩。"

福瑞德又问："您说的地图雀跃公司是否也是从事地理勘测的企业？和此次创业大赛获得冠军的三维地理公司是竞争对手？"

亨特点点头，说："是的，只可惜地图雀跃公司的CEO米兰达刚刚生完小孩，无缘参加这次的创业大赛，要不然花落谁家实在也很难说。"

福瑞德问："米兰达产假要休到什么时候？可以和他们团队聊一聊吗？"

亨特说："米兰达要休息三个月左右，我可以安排她的助理丽莎和你沟通。"

随后，亨特将自己编辑的《以色列互联网产业名录》交给福瑞德，亨特表示以色列的编程能力已足以和硅谷抗衡，国际上有许多先进的互联网底层技术都源于这里。

福瑞德如获至宝，粗略地看了一下，里面果然有许多互联网科技公司；包括3D图像建模[1]、影像压缩、功率芯片和网上支付等，都是目前最热门的投资领域。

看看表，已经十点半了，他匆匆告别回到酒店，赛米娜还在房间里等他回来。进到房里福瑞德才留意到手机里有老婆拉雪儿打来的几通未接电话，他顾不得那么多了，连忙把手机一关，和赛米娜闹腾起来……

---

[1] 3D图像建模：指利用三维制作软件通过虚拟三维空间构建出具有三维数据的模型。

5. 一滴血的教训

第三方尽调团队在洪明的安排下进驻了一滴血公司，在福瑞德的协助下，一切看起来都挺顺利的。然而，他们却对一滴血所提供的临床数据❶来源感到怀疑，这里面有很多数据都来自二手机构，很难直接确认这些样本的真实性。

琳达赶紧找福瑞德商量，看是否能以专家论证来取代临床数据。福瑞德摇摇头，表示无法评估专家的独立性，不过，如果能将项目的专注点改为互联网健康管理平台，一滴血的测试服务只是其健康管理的内容之一，也许可行。

然而，第三方尽调团队却不认可这种商业模式的转变，他们觉得一滴血公司对互联网健康管理平台的技术储备不足，而且这些年来他们一直在做健康检测的工作，如果要换跑道，其难度极大。

福瑞德回到酒店，正一筹莫展，此时赛米娜刚好从特拉维夫出差回来，来酒店找他，她开心地告诉福瑞德："亲爱的，昨天我在特拉维夫市中心找到一处不错的写字楼，未来可以作为一滴血公司新的总部；我还在写字楼

❶临床数据：在此专指对于新发明医疗器械或医药所进行临床试验取得的数据信息，临床信息包括病历信息、医学影像数据、处方信息等。

附近找了一套公寓，两室一厅，家具和装修看起来都很新，非常舒适。”

福瑞德不忍心泼赛米娜的凉水，只好说：“太好了，住家离公司近非常方便！不过，我还在为第三方尽调公司所提出的临床数据来源的问题发愁，不知道你有没有好的建议。”

赛米娜听了，显得有点惊慌，忙道：“当初这些数据都是我亲自验证过的，是不会有任何问题的。”

福瑞德说：“这点我清楚，只不过洪明对第三方尽职调查报告非常关注，一旦他们不认可，这件事就不好办了！”

赛米娜说：“明白了，要不我们私底下约谈尽调团队的人员，看看有没有办法可想。”

福瑞德说：“这倒是个好主意，其实他们团队里面也只有一个医疗专家艾当，是他对这些数据提出质疑的。我再找艾当交流一下，没准能找出解决办法。”

睡觉前，赛米娜告诉福瑞德，他俩的幸福全靠这次尽职调查了，她真心期待能到特拉维夫和他一起生活。福瑞德表示会尽全力解决这件事情。

第二天，福瑞德找了专家艾当，请他在酒店的附近一起午餐。

福瑞德说：“艾当，感谢您在一滴血项目上的协助！”

艾当说：“应该的，大家是老朋友了，我们会尽力为项目把好关。”

福瑞德说：“听洪明说，您是斯坦福大学医学院毕业的？我们是校友啊！”

艾当说：“是的，正因为是校友，所以洪明对我信任有加。”

福瑞德点点头，问道：“请问一滴血公司的临床数据问题严重吗？”

艾当答道：“根据我的判断，琳达有可能在数据上造假，这些数据看起来比较像是编造的；如果是真实的数据，不会如此整齐划一。”

福瑞德说：“真的吗？我和赛米娜比较熟悉，她说这些数据都经过她的手，不会有错，我也觉得奇怪。”

艾当说："这点你要相信我的判断，我是专业的尽职调查专家，真假一看便知。"

福瑞德听了艾当斩钉截铁的评价，心里开始打鼓；可他又想到了赛米娜，只好继续和艾当闲聊，套近乎。

后来，他发现艾当的儿子爱德华正在微软公司实习，其部门主管恰好就是福瑞德的夫人拉雪儿，这让他心生一计。

福瑞德暗示艾当，如果他在临床数据上能稍微宽松一点的话，他可以协助他儿子转正；为了打消疑虑，福瑞德还强调："其实我从侧面了解过一滴血公司的临床数据，他们的临床数据虽来自二手机构，但每一笔都经过严格的验证，不会有问题的，这点我对他们有信心，请您不必担心。"

艾当虽半信半疑，却对自己儿子的前途心生忧虑；他寻思着要如何回复福瑞德，弄不好的话，没准儿子还会丢掉工作。在微软公司，实习生转正的概率并不高，如果福瑞德真能帮上忙，那真是太好了。

反正第三方尽职调查机构也经常会发生疏漏，除非是重大瑕疵，否则非常难界定他们的责任。对于这些临床数据，艾当决定睁一只眼闭一只眼。

最后，艾当答应帮这个忙，条件是一周之内福瑞德必须完成他儿子的转正工作；他还提醒福瑞德转告琳达，让她们将数据再优化一下，千万不要留下任何篡改的痕迹才好。

当晚，福瑞德打电话给拉雪儿，希望她能协助艾当的儿子爱德华转正；拉雪儿感到为难，表示爱德华缺乏工作经验，很难胜任现在的职务安排。

福瑞德记得拉雪儿最近曾经提过，她的助理正在招聘秘书，他建议道："是否能让爱德华当你助理的秘书，你再慢慢培养他？"

看到老公如此坚持，拉雪儿表示可以试试看，她明天会找她的助理谈谈，刚好拉雪儿助理的秘书正在休产假，可以先让爱德华代理一下。

拉雪儿丝毫不知道她这个忙实际上是在制造福瑞德和赛米娜同居的机

会，也在为一滴血公司篡改数据创造条件。

拉雪儿对福瑞德总是毫无保留地信任，估计她被福瑞德卖了都会替他数钞票；福瑞德在以色列期间，拉雪儿也从不“查岗”。

福瑞德也是箭在弦上，赛米娜求助的迷人眼神让他无从拒绝；琳达还答应额外给他一些暗股[1]，由赛米娜代持，福瑞德随时都可以变现。

不久，一滴血公司终于如愿以偿地成为硅动力创投公司在以色列的第二个投资项目，琳达特别招待福瑞德入住了国王大卫耶路撒冷酒店，这家酒店能欣赏整个耶路撒冷的景色，曾经接待过无数世界名人和领导人，例如伊丽莎白·泰勒、麦当娜、温斯顿·丘吉尔等。

赛米娜也沾了福瑞德的光，两人在这家极致奢华的酒店度过了一个非常愉悦的周末：护肤 SPA、室外游泳池、米其林餐厅和豪华的房间，福瑞德还为赛米娜预订了香槟美酒和九十九朵玫瑰，他们也美美地享受了满池玫瑰的鸳鸯浴。

完成了一滴血公司的尽调工作，第三方尽调团队开始对地图雀跃公司进行尽职调查。

地图雀跃公司的核心技术主要源于硅谷，米兰达曾在地图探寻公司（MapQuest）担任过技术总监，她在原有的技术基础上又迭代过两次，现在已是第四代产品。

米兰达表示，三维地理公司的技术团队大部分也都来自地图雀跃公司，罗伯特在创业时几乎把整个部门都搬空了；幸好罗伯特只掌握了技术支援部门，真正的研发团队还是牢牢地掌握在米兰达手中，罗伯特现有的技术和地图雀跃公司比起来估计要落后两年。

米兰达说：“我们一直在扎根技术，我们地图的精度比地图探寻公司

---

[1] 暗股：此处专指私底下给予、不能披露的公司股份。

的还好，而地图探寻公司最后以 11 亿美元卖给了美国在线公司（American Online）。”

福瑞德说：“是的，据说欧洲的导航标签公司（Navitaq）也正在寻求买家，地图精绘公司催生了导航产业，未来基于位置服务（LBS）的应用会层出不穷。”

米兰达感慨道：“我们都在和时间赛跑，罗伯特的背叛曾让我们公司空转了一年；得知三维地理公司不久前获得了 B 轮融资的消息，对我们团队也造成了一定的负面影响。我们当务之急是稳住现有技术团队，M 基金的投资对我有如天降甘泉；下一步就是攻城略地，主动出击了。”

福瑞德发现，在企业孵化器里的企业员工总是经常跳来跳去，企业孵化器的服务条件虽好，企业之间却毫无商业秘密可言；一旦被竞争对手盯上，员工的心态就会变得浮动起来，甚至整个部门都有被挖空的威胁，这也是地图雀跃公司急于离开企业孵化器的原因之一。

经过一周的尽职调查之后，地图雀跃公司终于成为硅动力创投公司在以色列的第三家投资企业，洪明和林立国都对福瑞德的工作能力给予了高度的肯定。

这次 M 基金的两笔投资让当代孵化器出让了不少股份，也收回了不少现金；一滴血公司和地图雀跃公司都将迁出孵化器，亨特又能再吸纳两家新创企业了。

福瑞德回到特拉维夫，没多久赛米娜也搬过来了。他们最后还是选择在拉宾广场附近的公寓楼里租了两个单间，楼上楼下，这样也挺方便的。

福瑞德毕竟是有妇之夫，他还必须确保公司同事来找他时不会露出马脚，而且拉雪儿也随时有可能来找他，所以，他必须保持自己居住空间的独立性。

赛米娜对此却颇有怨言，这使她看起来更像个情妇；琳达为此屡次劝她，让她别陷入太深，她主要担心的是，赛米娜和福瑞德的交往会给公司带来不利的影响。

在一次缠绵之后，赛米娜问福瑞德是如何看待他们之间的情感的。

福瑞德答道："赛米娜，其实我的内心也感到十分痛苦，我和你在一起时的快乐绝不是和拉雪儿相处时所能比拟的。我和她已渐行渐远了，在心灵上更是如此，你一定要相信我的真诚。"

赛米娜委婉地说："其实琳达一直在关心我们，她希望我们的关系正常化。"

福瑞德说："我会找机会和拉雪儿摊牌的，目前我最需要的是在工作上能有杰出的表现，让我也能在特拉维夫站稳脚跟。"

赛米娜知道福瑞德指的是什么，洪明的思想十分保守，非常重视人品；一旦让他知道福瑞德有婚外情，后果会非常严重，除非福瑞德能先和拉雪儿离婚。

而创投圈子也不大，正处于事业上升期的福瑞德决不能冒这个险。

转眼间圣诞假期快到了，由于犹太人不过圣诞节，拉雪儿特地向公司请了年假，要来以色列陪伴老公。福瑞德将这个消息告诉赛米娜，赛米娜希望福瑞德能利用这个机会向拉雪儿摊牌。

福瑞德有点为难，却不好明说，只好虚与委蛇、敷衍一番。福瑞德趁机向洪明请了一周的假，他担心拉雪儿在特拉维夫会和赛米娜发生矛盾，带她出游似乎是更好的选择。

拉雪儿提前在周日 12 月 22 日抵达特拉维夫，福瑞德一早就去机场接她。拉雪儿带来好多东西给他，足足装满了两个大行李箱，福瑞德为此非常感动。

拉雪儿说："冬天到了，我给你带来一些新衣服，还有你最喜欢的纳帕溪谷的红酒。"福瑞德对蒙大菲红酒（Robert Mondavi）始终情有独钟。

福瑞德说："亲爱的，谢谢你！我也为你安排了一周的假期，平安夜我们会在伯利恒的圣诞教堂里度过。"

拉雪儿说："太好了，你指的是那座建在耶稣出生之地的教堂吗？"

福瑞德说："是的，虽然我是犹太人，传统上不过圣诞节，可是这些年在美国生活习惯了和你一起共享平安夜，相信对于基督徒的你来说，这会是一次极佳的体验，我也可以享受一下节日的气息。"

拉雪儿说："亲爱的，你想得真周到，据说伯利恒离耶路撒冷不远，我们还可以去圣墓教堂朝圣一番。"

福瑞德说："当然，不去耶路撒冷就不算来过以色列，这也是我们这次圣诞节假期行程的重点之一。"

晚上，搂着拉雪儿，福瑞德感觉不太习惯，他一直惦记着赛米娜。不知道她今晚过得好不好，又不方便打电话给她。

他们俩说好这段时间都不要试图联系对方，以免让拉雪儿起疑而坏事。对福瑞德而言，要在拉雪儿面前表现出若无其事的样子并不容易，他无时无刻不在想着赛米娜，感情的折磨真是令人一刻也平静不下来。

拉雪儿也察觉到福瑞德的变化，她却把它解读为一种疏离感，毕竟他们有三个月没见面了，这是他们结婚以来最久的一次别离。

第二天，福瑞德领着拉雪儿在市区闲逛，发现特拉维夫的圣诞气息还是挺浓的，大街小巷随处都可以看到各种灯彩；广场上巨大的圣诞树光影闪烁，甚至比帕罗奥图市中心还要璀璨。

他们沿着海滨北上，在港口城市海法逗留一天，他们入宿的酒店就位于两年前刚落成的地标建筑，巴哈伊空中花园旁边，坐在酒店的阳台上，可以看到金色半球形穹顶的巴孛陵寝在阳光下熠熠生辉，非常壮丽。

拉雪儿看着美丽的风景，惊叹道："早就想来以色列了，今日终于成行。感谢亲爱的精心安排，让我一偿宿愿。"

福瑞德说："其实我小的时候对基督教关心的少，没想到这个城市的圣诞节气息如此浓烈；看街旁热闹的景象，简直和旧金山差不多。"

拉雪儿说："对啊！你不说我还没有感觉犹太教和基督教有什么不同呢。"

福瑞德笑道："其实犹太教和基督教差别挺大的，只不过是海法这座城市的包容性较大，让你察觉不出而已。"

傍晚时分，拉雪儿看到酒店街道两旁的餐厅生意十分红火，大大小小的摊位摆满了应景的商品，阿拉伯人、犹太人和基督徒不分你我、其乐融融。

拉雪儿觉得这座城市能将这三个宗教融合在一起实在很难得。据说，在犹太人的光明节和穆斯林的开斋节，这里也都是同样的欢庆景象，可见人们对于节日愉悦气息的期待是跨种族、跨宗教的，实在不需要自我设限。

晚上，福瑞德夫妇尽情地享受这座城市的节庆气氛，也美美地享受了当地的美食和红酒。

翌日，他们来到伯利恒，恰巧赶上了圣诞大游行，当地的学生和居民盛装出行，形成不同色彩的方阵，敲锣打鼓向马槽广场进发，煞是热闹。

平安夜，他们参观了伯利恒最负盛名的圣诞教堂，在诗歌声中拉雪儿度过了有生以来最神圣的一次圣诞节；福瑞德也深受感染，在圣乐中暗暗为自己所做的罪孽虔诚忏悔。

度过了一周的甜蜜假期，福瑞德和拉雪儿恢复了昔时的恩爱，温柔善良的拉雪儿让福瑞德开始回心转意。他感悟到，无论是犹太教、基督教还是伊斯兰教，只要内心真实坦荡，就能融合，虽然拉雪儿不懂犹太人的传统，却是一个坦诚无私、真心爱他、非常值得去珍惜的女人。

回到特拉维夫，拉雪儿回到福瑞德的单身公寓，实在心有不忍，她告诉福瑞德她想向公司请调到特拉维夫工作，他们可以在市区买一套较大的房子，还可以找个帮佣，如同他们在硅谷的时候一样。

福瑞德听了非常感动，说："如果你们公司真能同意你的调动，那就太好了！相信我们可以在这里拥有一个美好的生活，也可以为生小孩做准备了。"

拉雪儿说："是的，两地分居的生活让我们一直对生孩子有顾虑，是时候为宝贝做准备了。至于调动的问题你不必担心，我们公司一直有这方面的弹性。"

福瑞德吻着拉雪儿，轻声告诉她："我们今夜就开始行动吧！"

许多时候，男人缺的是女人，而不一定是哪一个女人；老婆纵有厌烦的时候，在复杂多变的社会关系中，家庭却是一处最可靠的港湾。

福瑞德突然想起，按照伊斯兰教法律，通奸罪是死罪；幸好这里是以色列，不是邻国，否则他和赛米娜该接受什么样的惩罚啊！

当福瑞德将拉雪儿决定来特拉维夫工作的消息告诉赛米娜时，她不可置信地看着眼前这个男人，有种被出卖的感觉；回头想想，一个能出卖公司的人，就能出卖自己的灵魂，也许能及早看清他也并非一件坏事。

福瑞德对赛米娜的冷静以对感到有些意外，也不敢相信。

福瑞德不知道女人在绝望时比男人决绝多了，如果这件事的角色互换，估计福瑞德还不一定能沉得住气。

其实，这件事情也让赛米娜幡然醒悟，她不能再自欺欺人了，一滴血测试仪根本就是个噱头，其所宣称的亚健康报告其实并无参考价值，琳达是个十足的投机分子。她不能再陪她玩下去了，赛米娜决定退出一滴血公司，退出这场骗局，也退出这场不伦之恋，重新找回自我。

假期结束，拉雪儿回到西雅图，她立刻向微软公司请调来以色列工作。微软公司通常会优先考虑资深员工的家庭因素，安排其在不同城市里工作。

可让福瑞德意想不到的是，当拉雪儿离开微软总部之后，艾当的儿子爱德华也在试用期满之前被公司解聘了；艾当气冲冲地质问福瑞德，福瑞德有苦难言，希望拉雪儿能再度帮忙，可人走茶凉，她也着实无能为力。

艾当气不过，他立即向以色列媒体朋友披露一滴血公司数据造假的事情。原来，艾当私下预留了一些证明材料，以备万一。在良心上，艾当始终对这件事情无法释怀，一直在找机会弥补，他不能任凭一滴血公司的产品去误导更多无辜的用户，去贻害社会。

林迪刚好也在以色列，当他看到一滴血公司的丑闻报道时，幸灾乐祸地拨了一个电话给洪明；洪明怒不可遏，立即要求律师深入调查，终于发现了福瑞德协助篡改一滴血公司数据的事实。

洪明决定控告福瑞德玩忽职守、受贿和图利他人；赛米娜见状也落井下石，她主动出庭做证，揭发福瑞德在一滴血公司私下拥有股份的事情，这让福瑞德百口莫辩，当庭认罪。

事后，洪明反省自己，觉得让福瑞德担任以色列公司的合伙人的确是太轻率了；林立国也非常自责，连续几天都睡不着觉。

林立国万万没想到，由于自己用人不当，会对公司造成这么大的负面影响，而一滴血公司的倒闭也让M基金蒙受了不小的损失，他自觉有愧于洪明的信任，向洪明引咎辞职。

洪明觉得林立国虽然在这件事情上有所疏忽，正式任命福瑞德的人却是自己，他和林立国在这件事情上都难辞其咎，不该让林立国独自承担后果。

其实，林立国最大的心结始终是李青云。当他知道洪明反对夫妻在一起工作的时候，心里就一直在权衡，是否要为了爱情而放弃工作。

当天晚上，洪明找林立国彻夜长谈，林立国开诚布公地将所有的顾虑告诉洪明。

原来，洪明早就知道他和李青云的关系，他告诉林立国李青云是个好女孩，值得他去追求；如果工作上有冲突，也犯不着辞去工作。

林立国答道："可是我也不好去破坏公司的规矩。"

洪明说："只要有心，凡事都能找到解决方案的，我一直在等你或李青云主动来告诉我你们的事情。难道你们还不能信任我吗？"

林立国说："抱歉！洪总，看来是我多虑了，虽然我和李青云的关系有了新的变化，但在工作上我们都能把握住原则，绝不会以私害公。我内心也在纠结，想找最佳时机向您汇报。"

洪明说："我明白你们都能恪守本分，但这却非长久之计，要让你和李青云在工作上切割也很容易，只要将北京办事处交由佩德罗来管就行了。你就专心负责 M 基金总部的业务，目前美国和中东的业务繁重、任务艰巨，也够你忙的了。"

林立国顿时开朗起来，以色列办公室出这么大的问题，还需要林立国去收拾烂摊子，把北京业务交给佩德罗也能让林立国腾出手来，专心处理问题。

事实上，林立国对行政工作并不感兴趣，反倒是佩德罗比较在意头衔；意大利人一向好面子，洪明这一招一石两鸟，既解决了林立国和李青云的问题，也能再度激发佩德罗的工作热情，林立国不得不佩服洪明的深谋远虑。

幸好洪明挽留了自己，否则离开了这样一位值得追随的领导，日后自己一定会后悔，估计李青云也会为此感到惋惜的。

其实，从一滴血的教训中，硅动力创投团队也学到了不少：第三方尽调公司并非是万灵神丹，不可完全依赖他们；如果自己不能深入项目的底层，就不要轻易投资；企业家的人品最重要，合伙人也是。

纵观硅动力创投公司的现有团队中，就没有一位具有医学背景的合伙人，面对如此专业的医疗检测项目，M 基金要驾驭它简直就像瞎猫抓耗子般不靠谱。

洪明记得股神巴菲特有一句名言：“看不懂的项目永远不投，因为你赚不到超出你认知范围外的钱。”未来 M 基金也将严格遵循这个原则，对于自己无法判断的领域不再涉足。

对于福瑞德和赛米娜的秘密交往，林立国把它界定为员工的私生活，这也是不正确的。我们所谓的人品，其中最重要的特质就是诚信，能对结发夫妻不诚信的人，也能玩忽职守。婚外恋处理得不好，很容易造成一发不可收拾的局面。

而林立国和李青云都是在感情上有洁癖的人，他们在工作上也非常忠诚；见微知著，看人必须从小地方看起。

阅人之术难于上青天：千里马常有，而伯乐难寻啊！

第四章 冬

——百尺竿头，实至名归

1. 基金盘点，成绩斐然

经过三年的投资期，M 基金共参与了十四家互联网服务企业的投资，其中美国六家，中国五家，以色列（中东）三家。所投资的企业名单如下：

美国区：

掌上快游公司：手机游戏

立莎国际公司：网络杀毒软件

易通支付公司：网上支付

快快买公司：电子商务

企鹅星球游戏公司：网络游戏

四海通信公司：即时通信 / 网络电话

中东区：

一滴血公司：医疗检测仪器，已倒闭

光带网络公司：光通信设备

地图雀跃公司：地图服务

中国区：

弹跳科技公司：互联网广告

铃动天下公司：铃声下载及计费

畅游网公司：旅游网站

抱团网公司：团购 / 电子商务

海汇软件：软件外包

此外，硅动力创投公司的“通信产业基金”在中国也投资了两家企业，分别是清北半导体（3G 通信芯片）和贝力公司（宽带路由器）。基于地利之便，中国的七家已投企业的投后管理工作交由李青云负责，其余 M 基金所投的九家企业则由高登负责管理。

自从福瑞德黯然离职后，以色列办事处就没再聘任合伙人，而是由林立国兼管，硅动力创投公司在以色列的投资脚步也放慢下来了。倒是光带网络公司的业务出乎意料的好，甚至有凌驾米勤林公司之势。拉宾果然是个人才，他开发的光传输模块已经拿到思科的订单，李青云也正在协助他们进入中国市场。

莱伊拉对此事功不可没，是她介绍思科的研发总监给拉宾的。因为莱伊拉在霍去病公司任职时就和思科经常打交道，霍去病公司是思科的供应商，提供思科网关系统的病毒过滤产品，所以，莱伊拉和他们采购部门上上下下都很熟悉。

最近，光带网络公司又要进行新一轮的融资，莱伊拉替拉宾对接了一些位列头部的创投基金。由于硅动力通信产业基金的资金已经全部投资完毕，洪明又不想错过这次的投资机会，征得基金过半数投资人的许可之后，洪明和林立国决定让 M 基金来参与光带网络公司此轮的投资。

根据之前和光带网络公司的投资协议，硅动力创投享有优先投资权，这一轮可以分到 2000 万美元的投资份额。

在 M 基金的投决会上，高登将光带网络公司的新一轮融资作了汇报：“各位合伙人，光带网络公司今年前十个月的业绩是 8300 万美元，较预期目标增长了 225%，目前正在进行 B 轮融资。红杉资本、KKR、凯雷资本、

KPCB 都在关注这个项目，公司希望在年底前完成此轮融资，我建议 M 基金跟投。”

莱伊拉接过话头说道：“请问光带网络公司是计划独立股票上市，还是出售给米勤林公司？我记得之前米勤林公司好像有收购计划。”

高登说：“应该会选择独立股票上市。米勤林公司今年年初上市以来，股价较预期还低 20%，以现有的股价并购光带网络公司将会稀释太多股份，有可能会失去控股地位，乔治觉得不划算。而且，光带网络公司的业绩增长迅速，独立股票上市应该没有问题，我个人也认为这样的安排会比较理想。”

莱伊拉问：“这一轮他们提出的五亿美元的估值是否有些偏高呢？”

洪明说：“我也觉得偏高，不知道是否有调降的空间？”

高登说：“这一轮的估值基本上是由领投方来决定，下周拉宾就会确定下来；以目前投资人竞相抢投的情势下，说不定还会再上调。”

林立国说：“我也听说了，这一轮的估值有可能会上到 5.5 亿～ 6 亿美元，目前与光通信相关的企业估值都很高，其对标企业的市值更高。按照这个估值我们还会有不错的回报，光带网络公司计划明年年底递交材料[1]，后年年初股票上市。”

李青云说：“不过，中国市场在这个领域也开始出现竞品了，不知道大家有没有听过‘立光科技’这家公司？”

洪明说：“我听说过这家公司，他们的创始人是斯坦福大学的校友，技术的确不错。作为竞争对手，我个人判断他们大概落后光带网络公司两年。”

李青云说：“我感觉差距不会那么大，他们的样品已经通过了中兴通讯公司的测试，明年就可以大量交货了，最近他们也在做一轮融资。”

---

❶ 递交材料：此处专指为了股票上市向证券监管机构所递交的公开资料。

洪明说："一般而言，我们不会同时投资两家互相竞争的企业，对于立光通信的竞争态势，我们必须及时提醒拉宾，让他有所警觉。"

李青云说："好的，我也正在协助光带网络公司进入中国市场，华为技术公司已经测试过他们的产品，对测试结果感到十分满意。"

林立国说："现在就比谁的速度快了，那我们就决定追加这一轮的投资？"

经过投决会表决，全数通过了对光带网络公司这一轮的追加投资。

接下来，李青云向投决会汇报弹跳科技公司的司法案件，弹跳科技被检察院指控"用不当手段窃取个人数据"。

李青云说："上个月检调机关又再次传唤弹跳科技公司的CEO赵力宏，这个案件从立案迄今已有十个月的时间了，一直在来来回回地调查，估计还要再拖一阵子。由于公司正处于调查期间，赵力宏叫停了现有业务，估计要等到法院判决结果出来后才能继续营业，这也影响到公司的现金流。"

林立国说："几个月前我见到了赵力宏，我感觉这家公司应该不会有问题；检调方所谓的窃取个人数据是站不住脚的，他们只是在网页上贴标签❶而已。"

洪明说："在美国，类似的公司也有很多，都归类为精准营销公司。"

李青云说："是的，赵力宏正是如此抗辩的。目前我们还在疏通关系，看能不能将管辖法院移到北京，这样会对我们比较有利。"

林立国说："这个主意不错，管辖法院很重要。因为小地方的法院往往不够国际化，对于新科技的理解有限，很容易被检方误导。"

李青云说："由于广告业务暂停，赵力宏转而研发客户关系管理系统❷

❶贴标签：此处专指根据个人浏览网页的内容特性所标注的一种个性化行为。

❷客户关系管理系统：指利用软件和网络技术，为企业建立一套客户信息收集、管理、分析和利用的信息系统。

（CRM），目前已经取得了广州本田汽车的订单，未来他们将发力整个汽车行业及其供应链企业。由于需要持续的资金投入，我正在协助他们进行新一轮的融资，目前领投方已经确认是新加坡祥峰投资。”

林立国说：“适时地调整业务是不错的尝试，客户关系管理系统的市场容量很大，例如，在硅谷的甲骨文（Oracle）和欧洲的思爱普公司（SAP）都有不错的成绩。看来赵力宏的危机处理能力不错，这也印证了我们当时投资的眼光。”

洪明说：“是的，多年来我一直强调，投资就是投人，因为市场是不断变化的，只有优秀的企业家才能快速回应市场的变化，扭转乾坤。中国有一家企业叫阿里巴巴，孙正义投资他们以后业务也大幅调整了，现在他们的电子商务业务做得风生水起的，这就证明只要是人对了，办法总是有的。”

林立国说：“洪总所说极是，我现在也体会到人品第一、人才至上的道理了。关于弹跳科技公司现金流的问题，请青云协助处理，必要时我们可以跟投，这样可以显示我们对公司的高度认可，其他投资人也会有信心。”

李青云说：“好的。目前还有另外两家创投公司也对弹跳科技公司感兴趣，正在做尽职调查。他们都建议公司更名，赵力宏觉得‘客友科技公司’这个名字不错，想咨询一下我们的意见。”

洪明说：“以客为友，能体现出客户关系管理系统的目标，简单明了，这个名字很贴切，也容易被记住。”

李青云说：“可是市场上已经有一家做ERP的企业名字叫作用友软件，不知道客友科技这个名字能不能注册下来，日后会不会产生商标混淆的问题。”

林立国说：“我觉得问题不大，只要商标看起来有明显的差异，估计就没问题了。”

最后投决会也全票通过了对弹跳科技公司的跟投决议。

会后，洪明突然想起来，说："青云，清北半导体的投后管理要麻烦你多费心，据说他们的 TD-SCDMA 基带芯片已取得了不错的成绩。"

李青云答道："是的，去年清北半导体的营收已经破亿，今年估计会超过两亿美元；毛利率都维持在 60% 左右，净利率也有 20% 左右。"

林立国说："看起来魏教授和任立新、陈武的合作很成功啊！这也印证了'海龟 + 土鳖'组合在高科技领域的成功模式。有这样突出的业绩，相信明年清北半导体公司可以准备股票上市了。"

李青云说："是的，大部分海归人士对国内市场不了解，需要本土人才引路；本土科学家虽然技术段位高，却比较难和国际接轨，这方面则需要海归人士来弥补。他们的结合既能弥补彼此的短板，又能在各自的优势上形成互补，可以说是天生一对。"

林立国说："据我所知，目前也有几家芯片公司都是这种结构，在互联网服务产业上，我们也可以重点押注这种团队组合，将国外好的互联网技术引入中国。"

洪明说："如果清北半导体计划到美国上市，有一点我必须提醒陈武，就是技术侵权和专利授权的问题。陈武过去在高力通公司开发过类似产品，我担心他们会发起侵权诉讼。"

李青云说："我会提醒陈武的，公司小的时候那些国际大佬往往不屑一顾；一旦企业做大了，什么坏事都可能会找上门来。"

洪明说："科盛公司就是一个血淋淋的教训，因为创业团队太缺乏法律意识，企业就会面临灭顶之灾，不可不慎。"科盛公司的倒闭一直是洪明多年来的心头之痛。

李青云说："其实，魏教授和任立新的本土技术力量也不可忽视。清北半导体能这么快就将 TD-SCDMA 芯片做出来，他们都功不可没，这光靠陈武一个人是实现不了的，我不认为他们的技术和高力通公司会有雷同之嫌。”

洪明说：“那就好。今年是个丰收年，综合看起来，M 基金最大的收获将来自立莎国际公司的投资项目，据说他们的杀毒软件已经取得了 30% 的市场份额，俄罗斯人的网路技术的确够硬啊！”

莱伊拉说：“是的，为了撇清立莎国际和俄罗斯的关系，马可仕和他老婆都已经拿到了美国绿卡，而且所有和俄罗斯的技术联系也都停止了，下一步要做的就是培养硅谷的技术人才。”

洪明说：“这个项目的成功瓦格实在功不可没。他现在还在做国际骇客吗？”

莱伊拉说：“是的，瓦格一度想金盆洗手，却惹来俄罗斯联邦安全局（FSB）的调查，目前他被国家指控有十多条罪名，估计短期内很难脱身。”

洪明说：“水能载舟亦能覆舟，骇客们自诩为正义之神，可是在国家面前都是‘小儿科’，所以说，人不能太过自我膨胀，否则就容易引火上身。”

林立国说：“是的，幸好马可仕老婆所代持瓦格的股份都已经卖给新的投资人了，否则，立莎国际公司恐怕也会遭受池鱼之殃。”

洪明说：“能及时撇清关系是非常明智的做法，我们要好好把握住这个项目，争取明年股票上市，不知道公司缺少了瓦格的技术支持会不会受到影响。”

林立国说：“短期内倒是不会，因为瓦格和技术团队把最近两年要推向市场的产品都开发好了。但是，从长期来看则很难说，毕竟马可仕的技术力量还是差瓦格一大截。”

洪明说：“那我们最好做两手准备，一个是股票上市，另一个是出售公司。”

林立国说：“马可仕也是这样想的。最近赛门克公司提出要整体收购立莎国际公司，出的价格也很高，估计我们能有 60 倍的投资收益。”

洪明说：“这是一个非常好的退出机会，看起来自己孵化的项目回报率不低啊！林立国立大功了，下周的年会我们要好好庆祝一下！”

每年的周年庆典是硅动力创投公司的年度盛事，洪明会邀请所有的投资人（LP）、已投企业的高管、政府官员、律师事务所和金融机构来参加。今年的年会选择在旧金山的联合广场凯悦酒店举办，硅动力创投公司的全球合伙人都会参加。这场盛会也是硅动力创投公司对外展示业绩的秀场，是洪明和潜在投资人沟通的最佳机会。年会之所以特别选择在年底举行，也有回顾过去、展望未来的味道。

林立国说：“李青云、蒋德昕和穆春平今年的表现都不错，说不定明年可以把年会地点放在北京，也为硅动力设立人民币投资基金热热身。”

洪明说：“好主意，中国区今年的业绩的确亮眼，铃动天下公司的上市已经给我们带来 30 倍的投资回报率，虽然我们所投的金额并不多。”

当初也是因为铃动天下的 CEO 吴京生临时将公司估值由 1 亿美元提高到 1.5 亿美元，让原本想投资 1000 万美元的洪明临时改变了主意，最后只投了 500 万美元，要不然收益还会翻倍。

看起来估值对于成长中的企业而言，的确没有绝对标准，即使估值再低，如果项目不够好也是白费功夫；就算是估值高些，如果能有 10 倍以上的投资回报，那又何必过于计较呢？

从铃动天下的投资案例中，让洪明深刻意识到，那些只执着于估值高低的创投企业，是很难抓住市场上那些最佳投资机遇的。因为，逢低买入对炒股而言也许有效，对专门投资未上市公司股票的创投公司而言，却往往失灵。更何况高与低都是相对而言的，企业的业务消长瞬息万变，股价也很难预测。

自 2000 年互联网企业泡沫破裂以来，股市已逐渐回暖，资本市场也有复苏的迹象，市场上原本就稀缺的高科技投资项目也纷纷拿翘，估值节节上升，要想从他们身上占到便宜确实不容易，这就逼得创投公司只能和企业家捆绑，一起从资本市场拿钱了。

例如，最近他们在看的“中国婚恋网”项目的估值就非常高，这让李青云觉得不可思议：五年前他们还只是一家地方婚介公司，根本就没有任何含金量，经过互联网及媒体的包装之后，居然摇身一变，成为家喻户晓的互联网新贵。

事实上，这一波互联网增值服务的商业化风潮已经颠覆了许多传统行业，通过互联网的传播性与时效性，许多名不见经传的新创企业都能快速在全国铺开，就连在深圳打工的上班族，也都利用下班时间在电商平台上补货卖货，业务竟然也做得热火朝天的，甚至比他们本职工作赚的还多。

李青云觉得硅动力创投公司也应该在不同的垂直领域上布局。她看好商务旅游服务和房屋中介服务。随着中国人均 GDP 快速增长，国人对住房和商务旅游的需求日益增多，李青云认为这两个领域应该都会有头部企业逐渐冒出来。

李青云对下周的年会充满期待，因为届时又可以和林立国重逢了。最近洪明在电话中频频问她是否想回硅谷生活，可她又舍不得离开，在北京她可以说是如鱼得水，这两年她已经将公司打造成国内的一线创投，要让她放弃这一切实在是心有不甘。

女人在感情和事业上经常会面临两难的抉择，她也很想让林立国回国发展，却总说不出口。李青云心想洪明能同意他们交往已是作了极大的让步，又怎么会让夫妇俩都在中国团队里面“沆瀣一气”呢?

其实，洪明也并非铁板一块，许多规矩都是立下来待异人来打破的；日后李青云就会发现，天下无难事，只怕有心人。

2. 嘉宾云集，振聋发聩

年会终于在大家的期待中来临了，硅动力创投公司各地的合伙人都到齐了。上午洪明和大家召开了一次会前会，年会从下午三点开始，持续到晚宴结束。

洪明盛装出现在公司的会议室里，他向北京团队亲切问候；林立国也穿上了他仅有的一套阿玛尼西装。不久人员都到齐了，洪明向大家一一致意。

洪明说："各位合伙人，我们终于迎来了硅动力创投公司的年度盛事，下午的活动预计会有一百多人出席。出席名单里有三十多位是我们已经投资的企业家和十多位我们正在做尽调的企业家，还有二十多位投资人以及十多位特邀嘉宾，今年的特邀嘉宾里有旧金山市长和硅谷银行的董事长，我们要好好接待他们。"

佩德罗接着说："今年的第十三届年会是我们硅动力创投公司自成立至今规模最大的一次，记得我们第一次年会是在斯坦福大学附近的小酒馆里举办的，当时我们公司只有七个人，韶光飞逝，公司变大了，我们也开始老了。"

玛丽也回忆起她刚加入硅动力创投公司时的情况："我加入公司的时候

刚好赶上了第二届年会，当时公司也才十多位员工，小而美；当年我们所投资的第一家企业被收购，获得不错的回报，从此公司的发展就越来越好。”

李青云说：“我比玛丽要晚一个多月入职，完美地错过了第二届年会，不过，每年的年会都可以感受到硅动力的成长轨迹，感谢洪总给我们的栽培与鼓励。”

莱伊拉虽然来公司时间不长，参加年会的次数可并不少，说：“其实我第一次参加硅动力的年会是在 1999 年，和霍去病公司的张千总一起参加的；记得当时我对硅动力创投公司年会的高质量表现印象十分深刻，洪总的演说更是让在座的每一位嘉宾都如沐春风，收获满满。每年的年会，洪总都会将基金的投资战略向参会者做专题介绍，这也是年会中最精彩的一部分，洪总对科技和市场趋势的分析非常精辟，远胜过华尔街的分析师。”

洪总说：“谢谢莱伊拉的认可，我也是看着你一路成长起来的；每次的专题演讲的确是年会中最重要的部分，我一般都要花上一周时间来做准备，目的就是要传递我们公司的价值观。”

高登说：“是的，洪总的演讲总是让我们深受启发，意犹未尽。我来硅动力创投公司也三年多了，共参加过四次年会，每次都有极大的收获。投资和创业在感觉上非常不一样，投资甚至比创业还要难。这三年来，我看过数百个项目，里面真正能走出来的企业却是凤毛麟角。投资这个行业也是可以一直工作到老的，甚至越老越值钱，我期盼能参加硅动力创投公司的 30 周年年会。”

林立国点点头，说：“我也期待着 30 周年年会，这次参加硅动力创投公司的年会，感觉今年是最隆重的一次，出席的贵宾规格最高，人数也最多；德昕和春平，你们今天可以好好感受一下硅动力创投公司在美国的魅力。”

蒋德昕说：“今天得以见到各位前辈，感到特别荣幸，感谢各位前辈过去的厚爱与提携；这次来硅谷，也希望能够向大家多学习请教。”

穆春平说：“感谢前辈们的支持与栽培！来到硅谷非常兴奋，能参加公司的年会更是倍感荣幸，也希望洪总能到北京办公室指导业务。”洪明自北京办事处设立后就一直没去过，由于李青云每次都会把洪明推向台前，国内的媒体倒是对这位创投家并不陌生。

李青云说：“今年德昕和春平的表现都非常出色，明年我们中国区估计会有两家企业股票上市，每一家预计都有30倍以上的投资回报。目前，中国的高科技企业其股票上市的资本利得非常高，正是投资的良好契机，我们要趁热打铁。”

洪明说：“太好了，看到中国市场的蓬勃发展，我要感谢我们的中国团队。我在考虑是否将我们明年的年会放在北京，届时可以邀请一些美国嘉宾去北京参加年会，由我们来支付旅费。”

佩德罗说：“这倒是不错的主意，明年我们新的通信产业基金就会开始启动，中国的市场巨大，相信会有许多优质的投资标的，我也可以带一些已投企业去中国发展，设立亚太研发中心。”

林立国说：“不错，那就麻烦青云好好筹备一下了。”他将目光投向李青云。李青云点点头，昨天上午他去机场接她时迟到了一个小时，赔了半天的不是。后来，林立国带她去半月湾的丽思卡尔顿酒店吃大餐，故地重游，才平息了青云心中的不快。

李青云说：“这没问题，建议明年的年会就安排在北京王府井的东方凯悦酒店，该酒店是香港知名企业家投资建造的；最近我们经常过去吃饭，他们的宴会厅设备一流，周边的环境也非常好，是极佳的年会场所。”

洪明说：“今年的年会在（旧金山）凯悦酒店举办，相信大家会期待看到另一家具有异国风情的凯悦酒店。东方凯悦酒店位于中国首都的核心地段，去故宫也非常方便。”洪明经常去酒店附近的王府井大街购物。

开完会前会之后，洪明的秘书送来一个大蛋糕，上面插着13支蜡烛；

恰巧林立国和德昕都是 12 月份生日，洪明让他们戴上寿星的金色纸冠，现场喜气非凡。

庆生会结束后，洪明邀请大家在公司附近的中餐馆吃饭，餐厅老板来自温州，女儿孙明月是斯坦福大学的学生，今年刚取得 MBA 学位，洪明安排她在公司实习，并让林立国亲自带她一下。

孙明月长得婷婷玉立、秀外慧中，由于幼时在温州上过几年小学，她的普通话说得很流利。林立国看到明月娇艳动人的模样有些踟躇，因为今年 M 基金又招聘了几位年轻的投资经理，他担心美女在公司会影响其他小伙子的工作状态。

林立国有位朋友在麦肯锡顾问咨询公司担任合伙人，他曾说麦肯锡公司有一项不成文的招聘规矩，就是非不得已不招收长得太漂亮的女员工，因为担心美女会破坏办公室的整体氛围，还会给客户传递不专业的公司形象，最重要的是，担心内部会出现性骚扰或绯闻一类的问题。

看起来美女也并非无往不利的，别人眼中的宝却可能是自己的毒药。林立国也知道这种歧视是没有道理的，李青云不也是美女一枚吗？

孙明月望着林立国，恭敬地说道："洪叔叔、林叔叔，感谢你们的栽培，我会好好学习的，有什么地方做得不好，也要麻烦你们给予指点。"平常孙明月管洪明叫叔叔，她也用叔叔称呼林立国，这让林立国感到浑身不自在。

洪明说："明月，不必客气！听你父亲说你曾经在华平投资实习过，这些经验应该都派得上用场，相信你很快就可以适应这份工作。"

林立国接着说："明月，不必太拘谨，以后你叫我立国就行，华平投资是一流的私募股权投资机构[1]（Private Equity，PE），是专注于成长型的企业，我们所投资的企业有一些也拿了他们的资金，说不定以后你还会和他

[1] 私募股权投资机构：泛指通过私募形式对非上市企业进行的权益性投资的机构，这些机构的主要获利来源通常是通过股票上市或是股权出售。

们打交道。”

孙明月说：“是的，我看他们平时出手都很阔绰，资金量也很充裕；他们几个合伙人我都认识，对我也都很好。”

林立国点点头，说：“最近几年华平投资的业绩非常好，资金的募集量也非常大；除了投资，他们也擅长企业并购。”

李青云看到林立国和美女明月有说有笑，心里不禁泛起一丝醋意，她接过话题，道：“明月，PE 是我们的下游，追求稳定的收益，投资体量也大，对企业的要求非常高；我们硅动力创投属于风险投资机构❶（Venture Capital，VC），主要投早期项目，追求高倍数的回报，风险系数也比较高，这其中还是有比较大的差距，双方的投资战略也大相径庭。”说着就把 PE 和 VC 的差别做了一番解说。

林立国看到李青云在指导明月，他就在洪明的身边坐下来，洪明笑着问道：“立国，青云何时回硅谷啊？你们长期这样子分居两地也不是办法啊！”

林立国有点心不在焉，望着正在和明月交谈的李青云，答道：“中国的业务越来越好，青云的责任就越来越大；我每次问她，她总是转移话题，看起来她有长期在中国发展的打算了。”

洪明说：“青云是个事业心重的女人，她身上的那股干劲的确令人欣赏，却也让人为她的婚姻担心；要不等明年人民币基金设立好后你就去北京办公，将 M 基金的总部也设在北京？”

林立国说：“我觉得行，中国已经成为世界上经济增速最快的国家，身为中国人的我们应该好好把握住这个良机，既可以为国家做出贡献，也能创造社会价值。”

---

❶风险投资机构：类似私募股权投资机构，风险投资机构具有风险偏好性，又称为创业投资，通常会投资相对比较早期的企业。

其实，洪明始终心系祖国发展，也认为林立国能回国工作对硅动力创投公司而言是件好事。要不是老婆和孩子无法离开美国，洪明自己都想去北京住一段时间。

李青云拉着孙明月坐在另一桌，同桌的德昕和春平都瞪大了眼睛，打量着这两位美女。不久，孙明月的父亲孙老板也过来打招呼，他首先向洪明表示感谢，还叮嘱女儿一定要好好表现，不可辜负了洪总的栽培。

孙老板是温州人，二十多年前他向亲戚朋友借了一万多美元付给了人蛇集团，来到了美国。在当年这笔钱可是大数目，孙老板花了将近5年的时间才还清了本息。由于他具有生意头脑，又肯吃苦耐劳，前后开了三家餐厅，都在硅谷。

硅谷的中餐馆口味都经过改良，和正宗粤菜有显著的差别，中餐馆卖得最好的菜品是炒饭、炒面、水饺、炸春卷、宫保鸡丁、烤鸭和酸辣汤等。中国人来吃的话孙老板会特别关照，炒菜时会多放点蚝油和小辣椒，实在不行时就免费送点番茄炒蛋、海带汤等家常菜，生意居然也做得风生水起的。

西方人普遍不喜欢带骨头的食物，吃鸡肉喜欢吃鸡胸肉，吃鱼也喜欢吃三文鱼。孙老板为了兼顾中西方口味，他家的凤爪分为剔骨的和不剔骨的两种。多宝鱼是这里最受欢迎的菜肴之一，因多宝鱼少骨刺，清蒸时味道鲜美，中西皆宜。

席中，蒋德昕将创投常见的“坑”编了一个段子说给孙明月听，还将企业家百态比拟成“投前孙样，投后爷样”，孙明月听得津津有味，笑声不断。李青云没想到蒋德昕还有此特长，平常在办公室看到他都是正襟危坐的样子，在美女面前竟然变得多才多艺。

林立国过来敬酒，他首先向李青云的团队表示感谢，勉励大家来年再接再厉；之后他向孙明月表示欢迎，四目交汇，孙明月的眼中充满了崇拜的眼神，让腼腆的林立国感到很不自在。李青云将这一切看在眼里，心里颇不是滋味。

饭后，孙明月也随着大部队来到凯悦酒店。

下午两点多，硅谷银行董事长威克士提前到达，洪明引他到贵宾室里歇息，由林立国和李青云负责接待。

林立国说："威克士先生，感谢您对硅动力创投公司的大力支持！"

威克士说："大家都是老朋友，别客气！我们在硅动力通信产业基金上有三个项目在合作，成效卓著，我们期待也能和您在M基金的项目中建立合作关系。"

硅谷银行专注于投贷一体化❶业务，他们和一流的创投企业合作，专门贷款给那些需要资金的优质项目，前提是该项目必须获得顶尖创投的投资承诺。

由于头部创投公司的安全系数高，贷款风险可控，而且债权优先于股权，等同于创投资金给硅谷银行做了资金安全垫❷。也就是说，当公司亏损时，应将剩余资金优先偿还给硅谷银行，如有剩余，才返还给股权投资人和其他股东。

由于贷款不必稀释股权比例，对创业团队有偌大的吸引力。对创投基金而言，既不必在单个项目上投入太多资金，也能分散风险，大体上是划算的。

事实上，核心团队过度稀释股份比例也会影响其工作积极性，而企业家精神正是创业过程中最珍贵的。硅谷银行恰恰能填补这块市场。

林立国听说威克士最近常去亚洲，于是好奇地问道："你们在中国有分

---

❶ 投贷一体化：指以"投资＋贷款"的方式从事股权投资的一种方式。

❷ 资金安全垫：指风险资产投资可承受的最高损失限额，亦即如果出现亏损，通常由劣后级投资人先承担，这部分金额就成为优先级投资人的资金安全垫。

公司吗？未来我们M基金的投资重点会在中国。”

威克士说：“硅谷银行还没有中国办事处。一般而言，中国公司要到美国上市都需要有境外架构，我们可以直接贷款给中国公司的境外控股公司。”

李青云也听过投贷一体化，说：“威克士先生，您可以将资料发给我们参考一下。我们打算在中国建立一套标杆模式，作为我们基金投资的核心卖点之一。”随着越来越多的境外创投基金到中国设立办事处，创投公司也需要突出其基金亮点，包括资金规模、业务支持和上市辅导等，李青云觉得投贷一体化也能成为亮点之一。

威克士说：“好啊！明年三月我计划去北京一趟，主要是参加投资论坛，到时候顺道去拜访您？我们可以专门为你们的客户举办一场座谈会。”

李青云说：“太好了！我也是这次投资论坛的演讲嘉宾，届时可以一起出席。”

此时洪明和约翰教授正引导着一位贵客进来，威克士一眼就认出来，忙道：“纽森市长，您好！”市长看到威克士，和他亲切握手，寒暄了几句。

这位贵宾是现任的旧金山市长、民主党希望之星加文·纽森，纽森市长毕业于圣克拉拉大学，和斯坦福大学的约翰教授曾是高中同学，此次能来参加硅动力完全是卖约翰教授的面子。

最近共和党常常在挖纽森市长的丑闻。据小道消息，纽森市长和他最忠诚的助手亚利克斯·图尔克的妻子过从甚密，彼此之间似有不可告人的关系。

纽森市长对此感到非常困扰，市长夫人金伯莉·吉尔福伊尔也因此闹着要离婚。最近，他需要多参加社会活动，意欲通过媒体从侧面来化解此次政治危机。

林立国说：“纽森市长先生，您好！我是林立国，硅动力创投公司的合伙人。”

纽森市长说：“林先生，您好！我在旧金山市的华人朋友非常多，个个都是精英中的精英；你们不但学识好，温文儒雅，工作态度也非常认真，明年我将提拔华人朋友作为我市政府的行政官。”

果不其然，几个月后，纽森市长就聘任广东台山移民的后代，1952 年生于西雅图的李孟贤先生担任市政府的行政官；后来在 2012 年，李孟贤先生还当选了旧金山市第一位民选华裔市长。当时纽森市长已升任为加州副州长，并于 2018 年年底高票当选为加州州长，这些都是后话。

林立国说：“我也非常认同市长所说的话，华人一向有吃苦耐劳的美德；我们为人处世都会以礼相待，在上司面前更是任劳任怨，市长的眼光一定不会错的。”

市长点点头，说道：“这几年高科技的发展推动了湾区的繁荣，你们创投企业实在功不可没！”

李青云说：“市长先生，谢谢您的认可！听说您和约翰教授是高中同学？”

纽森市长说：“是的，当时约翰在班上总是名列前茅，我成绩不是太好。”

李青云说：“市长是综合人才啊！约翰教授一直称赞您非常具有人格魅力。”

纽森市长继续调侃自己，让李青云听得津津有味；后来，她把这次年会的活动日程表分别向二位贵宾介绍了一下。

年会的钟声响起来，洪明引导贵宾按序进入会场，会场响起了隆重而热烈的掌声。

年会的司仪是佩德罗，他盛装出现在舞台上，高挑的身材搭配黑色的燕尾服看起来非常绅士。介绍完嘉宾后，他宣布年会正式开始。

随后，林立国代表M基金向嘉宾问好，随着M基金投资版图的扩张，其嘉宾人数也每年都在增加，今年估计占到所有嘉宾人数的一半左右。

之后，纽森市长为大家带来一段精彩的演说，他充分肯定了创投行业对高科技产业的影响力，并拿出权威媒体的统计数字来佐证；大家对纽森市长如此精心的准备都非常感动，也从他报告里的数据看到了高科技企业蓬勃的发展趋势。

最后，他当场宣布，计划在旧金山大学附近建设会议中心和科技孵化产业园，非常欢迎硅动力创投公司的已投企业来入驻这里，获得了台下的喝彩声和掌声。

接下来是年会重头戏，洪明要开始做主题演讲了，会场响起了一片震耳的掌声，似乎比给市长的掌声还要热烈，这让洪明感到很不好意思。

“纽森市长先生、威克士先生、各位嘉宾、各位伙伴，大家下午好！

“感谢大家拨冗出席硅动力创投公司的年会，今年我要讲的主题是‘年轻人的创业机会在哪里？’根据M基金的统计数据来看，我们已投的互联网企业里，有一半以上的创业团队都不足30岁，我们不禁自问，这是正常的吗？

“如果再往前看10年，或20年，我们会惊奇地发现，年轻人创业成功的比例始终要高于中年人，26~27岁成为创业家开始创业时的平均年龄，恰巧拿破仑也是在27岁时被任命为法兰西共和国意大利方面军总司令，成为一代名将。

“在互联网服务产业里，创业者的年轻化更是一种趋势，许多人在大学时期就萌生了创业的念头；大学生创业经常不太考虑如何赚钱，而是带有一种玩票性质：‘因为好玩，所以创业！’

“正因为如此，他们的产品设计会更加生动有趣，更有内涵，更吸引人。这样一来，客户体验的满意度增加了，客户的产品黏性也大了，通过口耳相传，这些企业的客流量大幅上升。此时，如果再赋予创新的商业模式，就根本不必担心公司赚钱的问题了。

“当然，每年都会有许多毕业生走向就业 / 创业市场，也许其中有很多人会自怨自艾，抱怨社会给予他们的机会太少，慨叹各行各业都被前辈们所垄断了。

“其实不然。因为生命的规律始终不变，每年都有差不多的人数退休或是死亡，退休的人带不走工作机会，逝去的人带不走社会财富，而经济总量每年都在持续增加，这些都将给年轻人带来希望。

“当今年轻人所拥有的，除了分享父辈的财富之外，他们对新科技的掌握也是最前沿的；科技文明的进步让这群年轻人具有更多创新的能力，能跳脱老旧思维，迅速推动科技改变生活的进程。

“我们硅动力创投公司今年所招聘的新员工都不满 30 岁，他们的表现令人欣赏，而我们投资的企业大多也是由年轻人所创立的。今天是硅动力创投公司 13 周岁的日子，在基业长青的大企业面前，我们只能算是个少年，本着一颗追求卓越的初心，我们将不断地投资年轻人，辅佐年轻人，引导他们的创业天份。

“毛泽东主席曾经对年轻人说过：‘世界是你们的，也是我们的，但是归根结底是你们的。’今晚，我要把这句话送给大家。”

听到洪明用英文完美地转述毛主席的这一段话，现场涌起了一阵掌声。

洪明还将今年的投资业绩做了分析比较，并将未来的投资战略做了详细的阐述。洪明生动有趣的比喻和现身说法，让与会者都沉浸其中。

大会现场妙趣横生，大家享用了一场丰富的思想盛宴，也对硅动力创投公司未来的发展深具信心。

后面是硅动力创投公司的“已投企业分享”环节，洪明特别邀请五位企业家分享其成功经验。这些企业家都在硅动力创投公司的投资和支持下业务获得增长，最后股票上市，成为产业龙头。有他们现身说法，投资人对硅动力创投公司更加有信心了。

最后是颁奖环节，硅动力创投公司将年度“最佳投资人奖”颁给了林立国，“最佳经理人奖”颁给了李青云，“最佳新人奖”颁给了蒋德昕。

今年硅动力创投公司各区的业绩表现都非常出色，年会就在一片欢庆声中圆满结束了。

第一次参加年会的孙明月非常激动，会后她问林立国：“你也觉得年轻人在创业上更有优势吗？”

林立国点点头，说：“从具体的统计数字来看，年轻人创业的成功比例的确比较高。”

孙明月说：“那对于创业投资领域而言，年轻人也具有优势吗？”

林立国再次点点头，说：“年轻人走在科技前沿，对高科技项目的专业判断会占便宜；但是由于涉世未深，旁边还是需要一位资深的人来把关，这样才不会上当。”

孙明月说：“那以后就要麻烦林总给我多指导了，我一定不会让您失望的！”

林立国点点头，说：“我们硅动力创投公司一向非常欢迎肯干敢干的年轻人，所谓‘江山代有才人出’，未来公司的发展就要靠你们年轻一辈了。”

林立国心里在想，在公司30周年年会的时候，不知道孙明月是否还会在公司？如果在的话，应该也是核心合伙人之一了吧。

3. 捷报频传，再下一城

2004年的旧金山市区有点动荡，在市政府宣布同性恋者可以结婚的政策之后街头不断有人举牌抗议，其中主要是宗教团体和卫道人士。而太平洋的另一端也不平静，韩国科学家宣称已经克隆出了人类胚胎，引起了世界各国对人类干细胞研究的热烈讨论，同时也担心这会造成社会伦理的崩塌，如果持续发展下去，估计还会引发大家对“新人种”的担忧。

近日，有位记者发表了一篇《世界上活着的科学家比死去的还多》的热点文章，表示自从人类有历史以来，如果把所有的发明家或是创新者都称为科学家，那世界上还活着的科学家会比死去的科学家还要多。

这意味着现今的科学家人数比过去几千年的科学家总数还多，加上互联网时代来临，所有的科技信息大抵都上线了，当今科学家之间都可以互通有无、互相协作，极少发生研发浪费的情况，科技的发展正在呈等比级数增长。

科技的发展推动产业升级迭代，也催生了一批新的创业家，财富随之重新洗牌，这也给所有的创业投资企业带来极佳的发展前景。根据清华科技研究中心的统计，2004年中外创投机构总数为300多家，2003年的投资总额约是9.92亿美元，比2002年增加了137%。

硅动力创投公司也加大了在中国的投资力度，追加了在清北半导体、海汇软件和客友科技（原弹跳科技）公司的新一轮融资；并着手辅导这三家企业的股票上市进程，他们基本瞄准了纳斯达克板块，分别找了摩根大通公司、高盛公司及中金公司等投资银行❶作为财务顾问。

此外，以色列的光带网络公司的完整年度财务报表也出炉了，和去年相比，他们有250%的业绩增长，净利润也有一倍以上的增长。为此，洪明给他们推荐了一位颇负盛名的首席财务官（CFO），准备立即启动上市事宜，硅动力创投还在上市前的融资轮❷（Pre IPO）中投资了5000万美元。

另外一家来自硅谷的易支付公司则受益于网络游戏的快速增长，业绩和净利润都超过预期，将成为M基金第二支股票上市的项目（第一支是铃动天下）。李青云也给易支付公司对接了网易公司，网易公司是中国最大的游戏公司之一。

四月份，赛门克公司和立莎国际公司的并购谈判有了新的进展。赛门克公司提出以现金并购的方式出价30亿美元收购立莎国际公司；马可仕及其团队为此欣喜若狂，硅动力创投公司也感到非常振奋。

事实上，自从瓦格退出技术团队之后，立莎国际公司在研发上一直有些滞后，这次并购让他们得以全身而退，硅动力创投M基金也获得3亿多美元的收益。

另外值得一提的是，企鹅星球游戏公司，黄月和朴汉石这对绝佳拍档将动漫片和网络游戏联动起来，使得电影好评如潮，随之带动了衍生商品和动漫游戏的销路。尤其是他们的第二版多点在线游戏《帝企鹅珍珍》刚

❶投资银行：专指主要从事证券发行、承销、交易、企业重组、兼并与收购、投资分析、风险投资、项目融资等业务的非银行金融机构，是资本市场上的主要金融中介。

❷上市前的融资轮：指企业在股票上市前的最后一轮融资，在这一轮，企业的业务风险不大，只有估值风险，许多私募股权投资基金都会瞄准这一轮的投资。

一上线就获得了网络游戏迷的大力追捧，迅速位居全球在线游戏榜单前列。

企鹅星球游戏公司优异的表现被刚刚上任的迪尼公司[1]首席执行官（CEO）罗伯特看在眼里，立即提出了诱人的并购方案。李青云非常看好罗伯特先生的能力，觉得迪尼公司的股价还会再涨，她建议师姐黄月向迪尼公司提议以“股权＋现金”收购[2]的方式来并购企鹅星球游戏公司，两年后硅动力创投公司从这场交易中共套现4.5亿美元。

公司被收购后不久，黄月和老公史蒂芬的缘分已尽，因为史蒂芬沾花惹草的毛病始终改不掉，他们协议离婚。黄月和朴汉石这对创业伙伴日久生情，终于走到一起，他们婚后搬到首尔居住，三年的竞业限制协议[3]期满后，他们在首尔又创立了一家网络游戏公司，硅动力创投公司也参与了投资，这是后话。

两个被并购项目的协调工作非常繁重，让林立国和李青云都忙得不可开交，刚开始他们约好每天在忙碌之余一定要抽空通个电话；后来发现，两个人在电话中总是讨论工作，索性就没再坚持下去了。

倒是孙明月尽职尽责，替林立国分担了不少工作，她十分勤勉好学，做事非常仔细，查阅资料的能力也好；很快，她就替高登分担了大部分文案工作，获得了同事的一致认可。

然而，李青云对孙明月却如鲠在喉，因为她不放心林立国和孙明月在一起工作，虽然她相信林立国的人品，却对孙明月始终不放心；几经琢磨，

---

[1] 迪尼公司：由于本书里的投资案例全属虚构，为了体现出产业的特性，本书会将虚拟案例和真实公司联系起来，在本书中迪尼公司是动漫的龙头企业，和现实世界里的迪士尼公司大体类似。

[2] “股权+现金”收购：当一家企业并购另一家企业时，除了支付现金之外，亦将自身股票作为支付工具的一种交易形式。

[3] 竞业限制协议：指用人单位和员工终止或解除劳动合同后的一定期限内不得在竞争对手处任职，或是自己成为原单位竞争对手的一种协议。

她想到了一个法子，利用中国区正在招聘新人的机会，提出让孙明月转正后来北京工作的想法。

她将这个消息告知孙明月的父亲，刚好孙明月的父亲一直希望女儿能回国发展，就满口答应下来。洪明也觉得这是个好主意。孙明月在转正后被安排在李青云旗下，继续负责市场调研分析工作。

其实，林立国尚未将洪明答应他去中国设立人民币基金的事情告诉李青云，否则，李青云就不必如此大费周章了。林立国一方面怕这件事情还会有变数，另一方面也怕李青云会对这件事有其他想法，说不定她也想主导人民币基金，毕竟这里是她的地盘。

临行之前，林立国为孙明月举办了一场欢送会，洪明、佩德罗、玛丽、莱伊拉和高登都出席了。林立国特别为孙明月开了一瓶香槟酒，祝贺她转正。

孙明月也举起了杯子，说："感谢洪总，感谢林总，也感谢大家的照顾。我实在舍不得离开硅谷，你们以后要常来看我喔！"

林立国说："我们是国际化的创投公司，无论你在哪里都是我们的一分子。中国市场潜力无穷，相信你在北京一定能做出好成绩来的。"

莱伊拉说："明月，记得我刚刚加入霍去病公司的时候和你现在的年龄差不多，可是你现在的成就却比我当时要强很多。趁年轻时多学习，无论是任何形式的吃苦都会是值得的。"

孙明月说："我不怕吃苦，我会好好努力的。莱伊拉姐，您可是我的偶像喔，能当上硅谷一流创投公司的合伙人并不容易呢！"

莱伊拉说："明月，这些都要感谢托默罕默德先生。家母是默罕默德先生的表妹，从小他们就是青梅竹马，后来因为皇室家族之间的矛盾，家母被安排来美国求学，在这里认识了有沙特皇室血统的父亲，这才有了我。"

洪明好奇地问莱伊拉："这样啊！当时默罕默德先生是如何认出你

的呢？”

莱伊拉指了指胸前的项链说：“家母去世时曾经留给我这条项链，它是默罕默德送给家母的；这条项链上面有皇室的图腾，他一眼就认出来了。”

林立国点点头，说：“原来如此，看来默罕默德先生非常念旧情啊！不过，我倒是要感谢默罕默德先生将你这位人才推荐给我们，今日我们能和所有的投资人融洽地沟通，实在是有赖于你的聪明才干和不懈努力。”

原本佩德罗还以为莱伊拉那一晚肯定和默罕默德发生过什么特殊关系，要不然平白无故地，默罕默德怎么会对她这么好；现在水落石出了，他觉得非常惭愧，立刻举起杯子敬二位女士。

林立国心里在想，逝去的人总是最完美的。他相信在默罕默德的心中，莱伊拉的母亲就像挂在她胸前那一串璀璨的项链一般，永恒而美丽。

无论如何，逝者已矣，来者可追，林立国突然心生渴望，希望早日回国……

4. 一代枭雄黯然退出江湖

2003 年，F4 创投有 8 家已投企业股票上市，成为硅谷创投界的佼佼者；其中“康达智能手机公司”上市后股价飙升，也成为 F4 创投的年度代表之作。

当时佩德罗也曾看过康达智能手机这个投资项目，他对这家公司的技术团队背景不太满意，他们的团队成员都是从二流大学出来的，也没有一流公司的工作经验。当佩德罗质疑康达智能手机的技术来源时，并没有从团队那边得到满意的答复，后来听说 F4 创投出手了，他也就没再跟进这个项目了。

当时，F4 创投极有可能是听闻硅动力创投公司对这个项目感兴趣，因而故意横刀夺爱的。硅动力创投公司却从来不会因为 F4 创投看好的就躁进；洪明一直坚持要独立判断，无论市场如何追捧某一家公司，该做的工作还是得细做，一点儿不能马虎。

后来，康达智能手机公司的成功曾经让佩德罗难过了好久，他懊悔自己没能放下身段探究到底。从成王败寇的结果来看，F4 创投是赢家，市场上普遍相信智能手机的时代将要来临了。

佩德罗烦心的事情还有很多，最棘手的事情是高力通公司最近盯上了清北半导体公司，打算指控陈武窃取了高力通公司的技术机密。虽然这是高科技巨头惯用的手法，目的在于不战而屈人之兵，但面对无穷尽的检调和出庭，清北半导体公司实在不胜其扰，估计今年股票上市的计划又要延后了。

佩德罗知道这件事情肯定和F4创投的林迪有关，因为林迪对陈武的临阵倒戈一直怀恨在心，而且台湾蔡老板也一直在暗地里调查清北半导体公司，看来这将会是一场硬仗。

在清北半导体公司书面回复高力通公司，表示在技术上没有侵权之后，高力通公司随即向北京地方法院提起诉讼，控告陈武利用工作之便窃取了他们的技术机密。

李青云为陈武推荐了肯特－李文律师事务所，这家律师事务所的总部设在纽约，在旧金山、洛杉矶和北京都有分公司。他们专长于解决跨国专利案件，由于李文律师和李青云有私交，他愿意亲自负责这个项目，约了陈武到所里见面。

陈武第一次和跨国大律师打交道，显得有点紧张。李文律师看他不自在的样子，亲自倒了一杯茶给他。

陈武喝了一口茶，心情舒缓多了。他把这个案件的情况如实地介绍了一下，李文律师听完，问陈武听过“李代桃僵”这句成语没有。

陈武点点头，说：“听过，这是三十六计之一，指在敌我双方势均力敌或者敌优我劣的情况下，用小的代价换取大的胜利的谋略。”

李文望着陈武，对他的解释表示嘉许：“您想想看，这次高力通公司为什么要控告你？”

陈武答道：“我认为他们主要是想杀鸡儆猴，目的是通过控告清北半导体公司来震慑其他使用我们芯片的手机公司，以及那些使用他们芯片而不愿意支付专利费的手机公司。”

原来，高力通公司每年除了向芯片公司收取专利授权费用之外，还向每家手机制造公司按照生产数量收取一定数额的专利费，而且手机厂家的专利费甚至比芯片公司的授权金还要多。

李文问："这样看来，这场官司他们非赢不可了？"

陈武答道："是的，他们认准我们公司规模小，会向他们低头。"

李文说："这倒是真的，官司缠讼估计对你们公司未来的股票上市也会造成一定的影响。"

陈武说："是的，美国证券交易委员会❶（SEC）对于正在打技术侵权官司的企业都会非常谨慎，很难通过他们的审核，同时这也将大大增加我们公司的机会成本❷。"

李文说："那就很明显了，高力通公司选择在中国打官司，而不是在你们上市之后再来威胁你们，估计是因为没有取得确切的证据，而且单纯从您在高力通公司工作的问题上来下手也比较直接，我方举证起来会比较烦琐，并且会旷日费时。"

陈武说："其实，我本人倒不怕他们对我窃取技术机密的指控，而且我本人也没有和高力通公司签订竞业限制条款，况且我们所开发的基带芯片和高力通芯片在技术路径上也有明显的差别。"

李文说："虽然如此，我也不建议你们继续在官司上和对方纠缠。事实上，刚刚我说的'李代桃僵'是最好的处理办法！"

陈武说："李律师高明，我愿闻其详！打官司实在不是我们所希望的。"

李文说："首先，我们打温情牌，让对方感到你对老东家是有感情的。

---

❶美国证券交易委员会：直属美国联邦的独立准司法机构，负责美国的证券监督和管理工作，是美国证券行业的最高机构。

❷机会成本：指人或企业为从事某项经营活动而放弃另一项经营活动的机会，或利用一定资源获得某种收入时所放弃的另一种收入。

其次，你将问题转移到手机厂家，最后提出技术和解，支付一点授权费，前提是在可控范围之内。”

陈武说：“这个主意不错，其实我们手上也有一张王牌，就是我们的图像传输技术可以提升手机的显示性能，说不定可以以技术交叉授权的方式和对方谈判。此外，我们还想看看未来在4G技术领域上是否还能进一步合作。”

李文说：“对的，如果我们也有对方想要的东西，那谈判就变得容易多了。”

陈武说：“还有，高力通公司的MSM6250芯片组大量被WCDMA手机厂家使用，联通公司正是使用WCDMA标准的，如果能把这次的专利纠纷上升到运营商层面，是否对降低高力通公司的和解条件有帮助呢？”

李文说：“这个点子非常好，如果能让中国的运营商支持你们公司，的确会给高力通公司形成压力。”

陈武记得硅动力中国的合伙人穆春平毕业于北京邮电大学，他有许多同学都在电信营运商工作。之后，穆春平果然找来在中国联通工作的同学武志坚，恰巧他也是中国联通公司对接高力通公司的技术总监。

在高力通公司的中国律师吴薇的安排下，双方进行了第一次和解谈判会议，出席会议的有双方公司的律师，高力通公司的谈判代表爱德华、陈国豪和清北半导体公司董事长魏和平和总裁陈武；中国联通公司的技术总监武志坚和硅动力创投公司中国合伙人穆春平则列席旁听。

吴薇律师首先将这次会议的主要目的向在场的人员做了解说，然后，李文律师也把清北半导体公司的和解意向表达清楚。

吴薇说：“我非常赞同李律师的建议，毕竟官司打起来旷日费时，我们非常欢迎和解，也接受以技术授权的方式来解决陈武的侵权司法案件。”

李文说：“是的，这也是我们想要和解的前提，陈武在高力通公司工作了很久，他一直对老东家心存感恩之心，希望未来也能和老东家继续紧密合作。”

吴薇说：“既然这样，我就开门见山了，我方当事人表示，如果贵公司能一次性支付我方当事人 2 亿美元的专利授权费用，并接受所有使用贵公司芯片的手机厂家每卖出一只手机再支付我方当事人 5 美元的专利使用费，我方答应立即撤诉。”

魏和平和陈武听了摇摇头，向李文律师示意不能接受这么高的授权金。

李文说：“我方当事人恐怕无法承受这么高额的授权金，毕竟他们只是个小企业。我方当事人提出想以专利交叉授权的方式和贵公司合作，他们的影像传输技术世界领先，相信对贵公司新一代产品性能的提升会有极大帮助。”

这次轮到爱德华和陈国豪摇头了，吴薇律师表示理解。

吴薇说：“今天我们是来谈专利授权的，而不是来谈专利交叉授权的；如果贵公司缺乏诚意，我们就不必再浪费时间了。”

李文说：“我理解双方的条件存在一些差异，可您刚刚所提出的授权金额却是我方当事人承受不起的，看看是否能针对授权金的内涵及金额大家商讨一下。”

陈武示意想发言，李文同意了，他说：“尊敬的爱德华先生和陈国豪先生，首先我要感谢我的老东家高力通公司，工作的那些年让我成长不少；基于这份感恩之情，我绝不会做出违反高力通公司利益的事情。这点我问心无愧，原本也想通过这场官司来证明我的清白，可是回头一想，打官司总是会伤和气，我实在不愿意破坏和老东家的关系。”

陈武接着说：“恰好李律师也觉得诉讼对我们这种小公司来说不是很有利，他建议我们双方和解，以专利授权来取代诉讼，我也认为这样会好些，尤其是在 4G 领域方面的技术授权。尽管我们现金不多，只要金额能够承受，我们都愿意支付，如果能分期付款那就更好了。”

武志坚见状也趁机表态：“爱德华先生，我们是老朋友了，中国联通公司一直力挺贵公司，在 WCDMA 上的合作也非常愉快。TDS-CDMA 是中国的标准，如果在这方面缺乏共识，我们双方在中国的业务就失去支撑点了。”

爱德华和武志坚的合作一直非常愉快，为此他连忙表态：“武总，您好！我们一直非常珍惜和中国联通公司的合作，也感谢您今天百忙之中还能来这里给我们做见证；刚才我们的吴律师也表达了我们合作的诚意，在此，我们也愿意将 4G 授权费一起纳进来讨论。”

陈武见状，脱口而出：“如果连未来的 4G 授权费一起谈，我们可以支付贵公司 5000 万美元，分五年付清……”李文示意他不要急着出招，他就没再说下去。

爱德华摇摇头，说：“抱歉，1 亿美元是我们的底价，低于 1 亿美元就很难谈下去了。不过，我们倒是可以接受分期付款。”

李文见状，提出建议：“如果我方把影像传输技术专利也捆绑进来，授权给贵公司，不知道 5000 万美元是否可谈？”

爱德华知道清北半导体公司在影像传输技术上的优势，这也是当年陈武在高力通公司提出来的新思路。只是当时这个技术并没有被公司采纳，原因是其技术路径和高力通公司现有的主流技术不同，担心会有兼容性的问题，没想到最后证明陈武是对的，在使用上也没有任何问题。

爱德华说：“关于这个技术我们还需要评估一下，我们会尽快向总裁汇报；争取下周回复贵公司。”

李文点点头，说：“感谢爱德华先生的支持！如果贵公司在中国需要我们提供任何协助，我方愿意尽全力配合，尤其是针对手机厂家的侵权问题。”

这句话说到了吴薇律师的心头上了，她连忙说道："感谢李律师，其实手机厂家的侵权问题一直困扰着我们，如果贵方能够协助我们工作，我方可以考虑在授权金上给予优惠。"

看来陈武所说的杀鸡儆猴的思路没错，手机厂商才是高力通公司的主要对象。

会后，陈国豪向武志坚咨询康达智能手机公司销量的问题，武志坚表示这家公司的智能手机市场销量领先，也是中国联通公司的最佳合作伙伴之一。

说完，武志坚反问陈国豪："他们不是你们的客户吗？怎么你们还要问我们关于销量的问题？"

陈国豪笑笑，回答说："如果是我们的客户就好了，他们一直无视我们的律师函，总觉得只要他们不在国外销售，就可以无偿使用我们的技术。"

吴薇说："我们这次来北京，就是想多收集康达公司的侵权资料，以便我们能着手准备诉讼事宜。康达公司是纳斯达克上市企业，必须遵守美国的法律。"

陈武表示会全力配合高力通公司的调查工作，这让旁听的穆春平觉得另一场中国企业的跨国诉讼也即将拉开帷幕了。

果不其然，在爱德华和陈国豪回美国之后不久，高力通公司就向康达公司提出法律诉讼，并申请假扣押[1]冻结康达公司在美国所有尚未售出的库存，由于康达公司是纳斯达克上市企业，他们选择纽约地院作为审理法院。

这场诉讼进行了三个月，由于证据确凿，法官判处康达智能手机公司10亿美元的侵权费，还判决该公司创始人一年半的刑期，宣判结果出来后，

[1] 假扣押：债权人的诉讼请求为金钱给付时，为防止法院判决后，债务人不履行给义务，债权人可向法院申请对债务人的财产进行假扣押，申请假扣押的债权人应提供足额担保。

康达智能手机公司的股票立即跌去 80%，还一度停牌。

看来佩德罗当时对于康达公司技术来源问题的质疑还是非常正确的。由于林迪手上的股票还在锁定期内，这次官司也给他们带来了巨额损失。

福无双至、祸不单行。很快，F4 创投的另外一家已投企业也出事了。病毒克星公司的总裁马克被联邦调查局（FBI）拘捕了，原因是他们制造商业病毒，扰乱了金融体系。这件事情一经披露，病毒克星公司的股价立刻下跌了一半。

林立国不由得庆幸立莎国际公司从来不制造病毒，即使是被并购之后大家也都能安全着陆。此后，硅动力创投公司再也不去碰触这些骇客级的软件企业了。

今年真不是林迪的好年份，他做梦也没想到这两家明星企业会遇到如此重大的危机，原本他们寄希望今年能将这两家上市公司的股票减持一半，这样在年底时团队也能有不错的奖金和提成。

不过，林迪手上还有一张王牌，他个人和公司重仓持有的爱蒙电脑公司即将上市了，他深信这家企业的上市一定能弥补 F4 创投在病毒克星公司和康达智能手机公司的投资失利。

爱蒙电脑公司自成立以来，业绩就直追戴尔电脑公司。他们通过沃尔玛超市卖场来销售电脑在业界也属于一种新的尝试。因为之前所有的电脑公司都选择在百思买或其他 3C 超市及专卖店销售，主要是沃尔玛总给人一种不专业的感觉。

没想到这种模式还真走对了，他们的低配置电脑一战成名，迅速放量。后来，沃尔玛又陆续推出不同品牌的个人电脑，全部由爱蒙电脑公司来生产组装，获得了许多客户的高度好评。沃尔玛遂成为爱蒙电脑公司的最大客户，其购买量也逐渐占到爱蒙电脑公司总业绩的 90% 以上。

爱蒙电脑公司的 CEO潘如强是林迪在哈佛大学时的同学，林迪个人也是他的天使投资人，后来F4创投基金更是持续加码；为了稳住沃尔玛这个大客户，他们还私下无偿赠与沃尔玛的采购总监尼克森一些爱蒙电脑公司的股票。

可是，就在爱蒙电脑公司股票上市的前一天，潘如强接到尼克森的电话。说希望潘如强和林迪能够把个人名下的爱蒙电脑公司股票私底下过户20%给他，否则，他会阻止爱蒙电脑公司股票的上市进程。

潘如强不知所措，立刻约见林迪，林迪得知这个消息后告诉他不必惊慌，毕竟尼克森已经持有爱蒙电脑公司8%的股票，如果公司无法上市，他个人也将蒙受损失。

然而，林迪所不知道的是，尼克森所持有的爱蒙电脑公司股票都是由他女朋友艾琳代持的，当时双方已经谈婚论嫁，就没有签订任何协议；后来，尼克森因为感情出轨和艾琳分手了，这部分股票就石沉大海了，他又不好将实情告知潘如强。

在得知潘如强和林迪不愿将股份转给他之后，尼克森立刻召开了一次记者会，公开表示有许多客户对爱蒙电脑公司的产品质量感到不满意，将取消下半年的订单，沃尔玛所有新的电脑机型都将转由台湾的宏碁电脑公司生产。

消息一出，爱蒙电脑公司的战略投资人纷纷走避，股票上市也随之流产。

这个重磅消息让林迪和潘如强完全招架不住了，他们不理解尼克森这么做的动机，简直是害人害己；他们忿而威胁艾琳，希望她能说服尼克森改变主意。

事实上，艾琳也是“尼克森记者事件”的直接受害人，她愤恨之际向公安机关举报了尼克森，尼克森立即被警察带走；连带的林迪和潘如强都成了共犯，沃尔玛也随之向他们提出控告。

由于林迪也是爱蒙电脑公司的董事和第二大股东，公司所有的贪腐行为他都知情，所以很难界定他不是一致行动人；加上离职员工林文锦的举证，林迪百口莫辩，最后获刑六个月，缓刑一年执行。

爱蒙电脑公司经过这次事件之后，不久就宣告破产了。F4 创投蒙受了巨额损失，这里面还存在林迪私底下投资了自己私下参股公司的丑闻。依照 F4 创投公司的章程，凡是基金管理人要投资自己所持有股份的关联公司，都必须提前向投资人披露，并在投决会上回避[1]，林迪再一次卷入失信的官司里，被 F4 创投公司解除了一切职务。

从此，林迪退出了创投界的舞台，告别江湖，再无踪迹。

洪明也为他感到惋惜，真所谓：常在河边走，哪有不湿鞋，聪明反被聪明误啊！

---

[1] 投决会上回避：此处专指在基金的投资决策会议中，如果拟投资的企业和自己有关联利益，必须披露并不参与投资决策的行为。

5. 硅谷之龙实至名归

飞机缓缓降落在北京首都机场，林立国心中充满期待；和过去几次返乡不同，这次他决定要回国定居了。洪明让他回来负责筹建人民币基金，未来还计划将 M 基金的总部也迁来北京。

看着邻座睡得十分香甜的孩子，他不禁想起四年前动身前往硅谷时的情景；这四年来他总算没有辜负洪明的期望，硅动力创投公司也恢复了昔日的声望。

李青云去机场接他，告诉他已经为他在朝阳公园西门的景园公寓租了一套三居室的房子，非常舒适。朝阳公园有北京的中央公园之美称，由于临近使馆区，周边也成为老外聚集的地方。

景园公寓属于外销房，房价 2000 美元一平方米，和旁边的内销房比起来要贵上一倍左右，房租却差不了多少。林立国的对门住着一对法国夫妇，先生在法国大使馆上班，太太则在北京法国学校任教，他们说着一口流利的普通话让林立国感到惊讶，李青云表示普通话已经越来越普及了，所以在楼道里说话时一定要格外小心。

林立国告诉李青云："有一次我去参加德国汉诺威展，就有展会的朋友用普通话嘲笑身边的德国人：'你看，这个老外的鼻子是鹰钩鼻。'没想到德国人听得懂，笑着告诉我朋友：‘我不是老外，你们才是老外。’这件事当时简直把我逗得不行了。”

李青云说：“是的，这类糗事在北京也经常发生，尤其是在地铁里面。北京人以为老外什么都听不懂，说话也不太注意，经常闹笑话。”

林立国说：“普通话的普及也象征着国家在世界的影响力越来越大了，就像我们学英文一样，未来还会有更多的老外学普通话。”

李青云点点头，说：“是的，可这普通话还真是不好学，我们应该庆幸我们是中国人，最起码不必再为学中文而犯愁，就连日文和中文这么相似，我也都学不好。”

林立国说：“甭提日文了，就连粤语对我而言也不容易。每次去香港，我都只能用英文和香港同胞交流。”

李青云说：“说到粤语，我有一个英国朋友的粤语一级棒，可他普通话却一句也不会；后来才知道，他在香港住了三年，从头到尾不知道粤语和普通话的区别，直到来北京工作，才发现自己的‘中国话’不过关。”

李青云的故事让林立国笑不拢嘴，他们一面整理行李，一面大谈老外经。

将行李收拾妥当后，林立国和李青云决定去朝阳公园散散步，顺便熟悉一下环境。他们走在池塘旁边，六月荷花盛开如少女一样婷婷玉立，湖畔的垂柳随风飘逸更显多姿。面对如此美景，林立国望着李青云，告诉她在硅谷自己无时无刻不在想她；李青云回了林立国一个轻柔的吻，告诉他自己等这一刻也等得好苦。

林立国搂着李青云，沿着湖畔走走停停，不知不觉，竟也走到了公园南门的滚石西餐厅；林立国觉得好奇，想去试试味道，他们选了一个靠窗的座位。

李青云说：“立国，你离开的这四年，北京的变化其实挺大的，去年年底五环路开始通车了，位于亦庄的北京经济技术开发区也吸引了许多跨国企业入驻；四环边上的华贸中心也开业了，什刹海美食街逐渐取代了三里屯酒吧一条街，成为年轻人的新去处。"

林立国点点头，说："其实，过去我很少来东边，今天才发现原来朝阳公园附近的环境这么优雅，看来东边的发展前景可期啊！没准我们可以考虑在此买房。"

李青云点点头，说："最近朝阳公园附近新的楼盘还真不少，听说朝阳公园的北边要建一个国际级的购物中心，规格堪比伦敦的特拉法尔加广场，主要是想给 2008 年来参加北京奥运会的外国人有宾至如归的感觉。"

林立国说："对啊！再过几年北京就要主办奥运会了，看到市区地铁线路的建设也能想象出这座城市未来的变化，估计连东京和首尔都会比不上。听说上海的建设也是一年一个样、三年大变样啊！"

李青云说："是的，祖国的建设是遍地开花型的，几乎没有一座城市闲着。你现在回国绝对是躬逢其盛，最明智的选择。"

林立国说："其实，身在美国虽然安逸，却始终有寄人篱下的感觉。这次回国以后我再也不会离开了，看到祖国的繁荣发展，我也有跃跃欲试的冲动。"

李青云笑笑，说："立国，你终于明白我一直没答应回硅谷的原因了吧！真不是我不爱你，而是割舍不下这里的一切，相信我们对国家的热爱是一样的。"

林立国说："其实，就算你回硅谷了，我们也还是会再回来的；只是这样一来，我们会错过现在的一切机会。"

李青云说："相不相信，我一直有预感，你一定会回国发展的；我们都是老北京，这里有我们熟悉的一切，还有关心我们的家人。"

走出餐厅，林立国看到南门有一处"棕榈泉公寓"售楼处，他告诉李青云想去看看，李青云笑了笑，表示她认识这家房地产公司的老板娘；据说她和曾老板是在美国的一家餐厅结缘的，老板娘在北京有不错的家世背景，夫妇携手创业，这又是一个“海归+土豪”组合的成功案例。

林立国非常喜欢棕榈泉公寓的会所、花园和游泳池，当场就订了一套面向朝阳公园的高层楼房，李青云也在这里挑了一套面南的公寓，老板娘特别给他们打了九五折。

回到公司，孙明月为林立国准备了一场简单的欢迎仪式，林立国非常开心，说道：“终于回到自己的家乡了，未来我们大家一起努力！”

孙明月为林立国戴上花环，说：“欢迎英雄归来！这是我们为你准备的花环。”

林立国笑了笑，说：“这花环让我还以为自己到了夏威夷呢！不过见到大家挺开心的。”

蒋德昕说：“我们终于可以推进人民币基金的工作进程了，目前国家四大部委正在征求各方意见，正计划引进美国的创业投资的体系和规章制度。”

林立国说：“是的，我回国的主要任务就是开展人民币基金的组建。”

李青云点了点头，说道：“立国，以后就让德昕协助你来筹备人民币基金工作，我会专注于已投企业的投后管理，下半年海汇软件公司和客友软件公司都会股票上市，这也够我忙乎的了。”

穆春平说：“青云姐，您还有我呢！我会全力协助您辅导这些企业的股票上市工作。另外，刚刚陈武告诉我说高力通公司接受了他们的提议，将影像传输技术和3G/4G授权费一起捆绑，要价7000万美元，分期五年支付。”

李青云说：“这真是个好消息啊！看样子今年我们北京团队将会三喜临门啊！”

蒋德昕说："加上人民币基金的设立，是四喜临门了。"

林立国说："是的，我们趁着这个势头，扩大品牌影响力。下个月，我们可以召开一次记者发布会，将我们人民币基金推向市场。"

李青云深表赞同："是的，我们要好好利用这次的机会造势，也邀请一些潜在投资人参加记者招待酒会，应该会产生极佳的效果。"

林立国说："青云，还是你想得周到，那我们就分头推进了。"

经过几天的联系，孙明月邀请了她在温州老乡的父辈企业家朋友们来参加酒会，李青云和穆春平也各自邀请了上市公司的大股东和民营企业家一起参会。

在记者招待酒会上，林立国将其宏伟的基金发展计划向大家做了介绍：

"各位嘉宾、企业家和媒体界的朋友，大家好！

"硅动力创投公司是一家由海外华人创立的创业投资公司，目前是硅谷最有影响力的高科技创投公司之一，过去 13 年来我们共支持了八十多家高科技企业的发展，获得了不错的投资回报。

"一直以来，硅动力创投公司的董事成员都有回报祖国的宏愿，两年前我们设立了北京办公室，迄今在国内投资了八家企业。今日，我们更将扩大在中国的业务布局，在北京设立首支人民币创投基金。

"中国有巨大的市场空间和优秀的人才，中央和各地政府都在不余遗力地支持科技产业发展；这将会吸引许多外资企业来中国掘金，我们不能将这个大好机会拱手让给外国资本，而应该去培养本土的创业投资人才。

"在投资方面，我们计划从硅谷引进高科技人才，结合本地人才的本土优势，为高科技产业的深耕贡献心力；我们还计划在中关村科技园区亦庄科技园设立科技孵化园，培养本土精英，通过投资孵化来协助他们，并提供各种创业辅导。

"创业投资已经是推动硅谷科技产业发展的驱动力，相信通过我们的共同努力，北京中关村将成为中国的科技谷，推动全国科技产业的快速发展。

“目前创投在中国仍然属于新的业态，相关的法律还需要进一步完善，我们愿意提供在美国的经验来协助各部委完善相关法律规章的制定；初期我们会以‘有限责任公司’的形式来设立这支人民币基金，等国家在‘有限合伙企业’方面的立法完备了，我们再设立以这个形态所组建的基金，和国际接轨。

“希望新的人民币基金能够得到在座各位的支持，共同为推动国家科技建设做出贡献；我们将复制在硅谷的成功经验，为各位投资人取得良好的回报。”

林立国演说完毕，蒋德昕将硅动力创投公司的过往业绩向潜在投资人做了汇报，获得了嘉宾们极高的评价，纷纷表示想参与这支基金的投资意愿。

林立国没想到温州企业家竟然也会对高科技投资如此感兴趣，印象中的温州老板似乎都在做一些仿冒伪劣的小商品，许多温州华侨更是以走私逃税致富。

孙明月告诉林立国，温州人非常团结，常常抱团取暖，当时温州的“炒房团”已是全国知名，他们聚沙成塔，短时间就可以筹集大量资金。一旦有一家企业对高科技感兴趣，就会引来许多同行的关注，她相信温州老板都想转型做高科技产品。

林立国说：“明月，你这次表现得太好了，如果这些温州企业家都能投资我们，这支人民币基金所需要的资金也基本都能到位了。”

孙明月说：“嗯！除了温州老板，我在美国最好的同学，她父亲是山西人，在大同从事煤矿产业，听说他们这群矿主的资金也非常雄厚，我们也可以尝试联系一下。”

林立国说：“我们管他们叫煤老板，他们家家有煤矿，财富从地下来；

北京有些楼盘甫一推出，就迅速被他们抢光了。”

孙明月说：“看来中国人很有钱啊！和我之前想象的不一样。”

林立国说：“是的，美国人始终对中国有成见，一想到北京城就会问起自行车；他们没看到中国现在繁荣的样子，还以为中国依旧是一穷二白呢。”

孙明月说：“最让我惊讶的是，最近有很多华人宁可放弃海外优渥的薪水待遇回国发展，有的人甚至回到贫困落后的家乡扶贫、支教，令人非常感动。”

林立国说：“你也可以说他们是有远见，如果赶不上这一波创富机会，就会终身后悔。”

孙明月说：“感谢青云姐安排我来北京工作，才得以参与祖国的经济建设。”

林立国说：“是的，如果没有青云的扎根，我们也不会有这么好的立足点。”

孙明月说：“嗯！青云姐非常能干，人也好，业界对她的评价非常高。”

晚上，林立国约大伙去阿丽雅（Aria）西餐厅吃饭，说是有重要事情向大家宣布。

林立国特地预订了一条长桌，可以容纳他们公司 15 个人；在李青云的带领下，硅动力中国的队伍越来越壮大了。

阿丽雅西餐厅主打意大利菜，主厨是意大利名厨，在北京算是最高档的西餐厅了。餐厅老板的父亲是林立国父亲的战友，他们两家人一直有联系。

餐厅特别为大家准备印有客人名字的桌布，这让大伙觉得今晚一定有特别的事情要发生。

酒席中，餐厅突然奏起爵士乐《*All the things you are*》来，将李青云带入一阵迷思中。这首曲子李青云曾在M基金的设立晚宴中演奏过，李青云知道这一定是林立国特地安排的。

乐曲结束后，林立国站起来，向大家敬酒，说："这些年来，我最感谢的是青云，在中国，没有她的辛勤播种，就没有我们今日的欢乐收割；她是我最好的事业伙伴，希望未来也是我最佳的人生伴侣。"

说完，人群中响起一阵掌声，李青云脸上泛起了一阵红晕。

林立国从口袋里取出一枚戒指，向李青云求婚："青云，嫁给我吧！这句话我很早就想告诉你了，可我人一直在硅谷，来不及向你表白。今天我终于回来了，这句放在心中的话语终于可以说出来了。希望大家为我们见证，此生我一定会好好爱你，照顾你，不离不弃。"

这表白让李青云既惊又喜，一时之间说不出话来，她没想到一向低调的林立国竟然也会如此浪漫。其实，这个灵感是来自吴俊，当年吴俊也是用这一招抱得佳人归的。

林立国看着李青云，再次问道："青云，你愿意嫁给我吗？"

当着大家的面，李青云害羞地点点头，说："立国，我愿意！"

此时，大家一起欢呼呐喊，都为这对佳偶感到开心喜悦！

在林立国为李青云戴上戒指的时候，李青云感动地落泪了，她没想到幸福会来得这么快。随着每天忙不完的工作，岁月正在匆匆逝去，她每天对着镜子，额头和眼角都开始有皱纹了。

此时，蒋德昕望着孙明月，心中有了计划，也许下一个求婚的会是……

（全书完）